ARNO STROBEL

MÖRDER FINDER

DAS MUSTER DES BÖSEN

Thriller

 FISCHER

Bei Erfahrungen mit Gewalt oder Missbrauch können manche Passagen in
diesem Buch triggernd wirken. Wenn es Ihnen damit nicht gut geht,
finden Sie hier Hilfe: www.hilfetelefon.de oder www.weisser-ring.de.

Erschienen bei FISCHER Taschenbuch

© 2025 S. Fischer Verlag GmbH,
Hedderichstr. 114, D-60596 Frankfurt am Main
Dieses Werk wurde vermittelt durch die
Literarische Agentur Thomas Schlück GmbH, 30161 Hannover.
Redaktion: Ilse Wagner
Die Nutzung unserer Werke für Text- und Data-Mining
im Sinne von § 44b UrhG behalten wir uns explizit vor.
Satz: Dörlemann Satz, Lemförde
Druck und Bindung: GGP Media GmbH, Pößneck
ISBN 978-3-596-71148-2

Kontaktadresse nach EU-Produktsicherheitsverordnung:
produktsicherheit@fischerverlage.de

Dieses Buch widme ich allen Polizistinnen und Polizisten – danke für euren unermüdlichen Einsatz!

Das Recht ist für alle gleich, der Richter aber nicht.

Nando Martellini, italienischer Journalist

PROLOG

Er hat die Augen auf die Decke gerichtet, aber sein Blick verliert sich in der Unendlichkeit.

Er befindet sich in einem tranceähnlichen Zustand, in dem er seinen Körper nicht mehr wahrnimmt. Dafür sind seine Gedanken so klar und bildhaft, wie er es erst seit kurzem erlebt. Er denkt an ihn. Daran, wie sehr sich sein Leben seit seiner ersten Begegnung mit ihm verändert hat. Wie logisch ihm alles erscheint, seit er ihm die Zusammenhänge erklärt hat. Wie viele Jahre seines Lebens sind nutzlos verstrichen, weil er ihm nicht schon früher begegnet ist.

Ja, anfangs hat er sich vor ihm gefürchtet. Aber er ist sicher, dass es jedem so ergeht, der ihn zum ersten Mal erlebt. Er ist auf eine Art Furcht einflößend, die einem schnell klarmacht, dass er ein Leben auf eine Weise verändern kann, wie man es sich nie hätte träumen lassen. Wenn man tut, was er sagt, und seine Anforderungen erfüllt.

Dass er aber auch sehr grausam sein kann, wenn man versagt.

Der Gedanke daran lässt ihn aus der Entrücktheit in die Wirklichkeit zurückkehren. Ein Schauer läuft ihm über den Rücken, und er ist sich nicht sicher, ob dieser seiner Bewunderung oder der Angst vor ihm geschuldet ist.

9

Er schwingt die Beine aus dem Bett und blickt auf die Uhr. Sechs Uhr zwölf. Er hat einen Großteil der Nacht wach gelegen, den Rest in diesem seltsamen Zustand zwischen Schlaf und Wachsein verbracht.

Der Schein des schwachen Lichts, das von der Straßenlaterne drei Häuser weiter das Fenster seines Schlafzimmers ein wenig erhellt, lässt ihn die Gegenstände im Raum mehr erahnen als sehen.

Er atmet tief durch und horcht in sich hinein. Er empfindet keine Angst mehr und auch sonst nichts außer dem brennenden Wunsch zu tun, was ihm aufgetragen wurde.

Er steht auf. Er weiß, er wird die Aufgabe zu seiner Zufriedenheit erfüllen.

1

»Ich finde ja, es fehlen noch ein paar Bilder an den Wänden.« Jana Brosius stand, die Hände in die Hüften gestemmt, in der Mitte des großen Raumes und sah sich um. Max betrachtete ebenfalls die zugegebenermaßen recht kahl wirkenden, weiß getünchten Wände. »Das stimmt. Ich könnte mir was in Schwarz-Weiß vorstellen. *Humphrey Bogart* vielleicht, mit Panamahut auf dem Kopf und einer Waffe in der Hand. Das würde hervorragend zu einer Detektei passen.«

Jana zog die Stirn kraus. »Humphrey wer?«

»Bogart«, antwortete Marvin Wagner an Max' Stelle. »Er war in den 1950ern in Sachen Coolness nicht zu übertreffen. Quasi der Vorgänger von Chuck Norris.«

»Aha.« Ein Lächeln legte sich über ihr Gesicht. »Und wer ist Chuck Norris?«

Max schüttelte grinsend den Kopf und setzte sich auf den ledernen Bürostuhl, der frisch ausgepackt neben ihm stand.

Sein Blick wanderte über die noch leeren Schränke und Schreibtische, die sich in den nächsten Tagen nach und nach füllen würden, und blieb an der runden weißen

Wanduhr hängen, die Marvin mitgebracht und gleich aufgehängt hatte. Ihr Design ließ den Schluss zu, dass sie schon mindestens fünfzig Jahre alt war. Schön war sie sicher nicht, aber Marvin hatte erklärt, dass er diese Uhr von seiner Großmutter geerbt hatte und sie ihn schon sein ganzes Berufsleben lang begleitete.

Sie zeigte zehn Uhr dreiundvierzig an.

Die Computer sollten an diesem Nachmittag geliefert und gemeinsam mit der Telefonanlage eingerichtet werden.

Schon in zwei Tagen war die offizielle Eröffnung von *WaBi Investigations*, der gemeinsamen Detektei von Max und Marvin. Eine Stehparty mit geladenen Gästen und wahrscheinlich endlosem Smalltalk. Der Name war eine Kombination der Anfangsbuchstaben ihrer Nachnamen *Wa*gner und *Bi*schoff, den Marvin sich ausgedacht hatte.

Max' Gedanken schweiften für einen Moment ab zu seiner Tätigkeit als Dozent für operative Fallanalyse an der Kölner Hochschule, die er zugunsten der gemeinsamen Firma mit Marvin aufgegeben hatte. Professor Heinrichs, der Dekan der Universität, hatte sich sehr verständnisvoll gezeigt, als Max ihm seine Kündigung überreichte.

»Es ist sehr schade, dass wir Sie als Dozent verlieren, Herr Bischoff. Ich weiß ja schon seit geraumer Zeit, dass Sie aufhören wollen, aber ich hatte die leise Hoffnung, dass Sie es sich vielleicht doch noch anders überlegen. Sie leisten hervorragende Arbeit und sind bei den Studentinnen und Studenten sehr beliebt.« Er wiegte den Kopf hin und her. »Andererseits habe ich immer gewusst, dass Sie eigentlich auf die Straße gehören, wo Sie das, was Sie den jungen Menschen über die Fallanalyse beibringen, anwenden können.« Dann hatte Heinrichs sich erhoben und Max feierlich die Hand gereicht. »Ich wünsche Ihnen alles Gute. Bringen Sie die bösen Buben hinter Schloss und Riegel.«

Das Geräusch der sich öffnenden Tür hinter Max holte ihn zurück in die Gegenwart. Er wandte sich um und betrachtete ebenso wie Jana und Marvin den Mann, der ihre zukünftigen Büroräume betrat. Er war durchschnittlich groß und von sportlicher Statur. Die kahl rasierte, leicht gebräunte Kopfhaut stand in interessantem Kontrast zu einem sorgsam getrimmten weißen Vollbart. Auf der Nase trug er eine Brille mit breitem schwarzem Rand. Er war bekleidet mit einer gutsitzenden Jeans, Sneakers und einem weißen T-Shirt, über das er eine dünne Jacke gezogen hatte. Recht wenig, wenn man bedachte, dass es Anfang Februar war und Außentemperaturen von knapp über null Grad herrschten.

»Guten Tag«, sagte er und blieb in der offenen Tür stehen. »Ist das die Detektei von Max Bischoff?«

»Ja, und von Dr. Marvin Wagner«, ergänzte Max und deutete zu Marvin hinüber, während er sich darüber wunderte, dass schon vor der Eröffnung von *WaBi Investigations* jemand ihr Büro aufsuchte.

Der Mann starrte Marvin sekundenlang an, etwas, das Max schon öfter erlebt hatte. Ihm selbst war es beim ersten Zusammentreffen mit dem Psychologen nicht anders ergangen. Wie oft traf man schon einen Wissenschaftler mit rasierter Glatze, der große Ohr-Tunnel trug und auffällige Tätowierungen an allen sichtbaren Stellen des Körpers außer dem Gesicht hatte. Dessen Nasenflügel ein Ring zierte und Metallstifte seine Augenbrauen. Und Max ahnte, was als Nächstes kommen würde. Wie so oft enttäuschte sein zukünftiger Partner ihn nicht.

»Wie ich Ihrem irritierten Blick entnehmen kann, fragen Sie sich gerade, ob Sie richtig gehört haben«, erklärte Marvin. »Ich kann Sie beruhigen, Ihr Gehör funktioniert. Herr Bischoff hat tatsächlich und völlig korrekt *Doktor* Marvin Wagner gesagt. Ich habe nach dem abgeschlossenen Studium der Psychologie eine Weiterbildung zum Psychotherapeuten absolviert und meine Dissertation mit summa cum laude beendet. Ich bin Rechtspsychologe bei Gericht und forensischer Psychologe, zudem forensischer Schriftgutachter. Und« – er machte eine weit ausholende Geste mit den Händen – »mittlerweile auch Mitinhaber von *WaBi Investigations.*«

Max wusste, wie sehr Marvin die stets verblüfften Gesichter nach seiner Ausführung genoss.

»Ah!«, entfuhr es dem Mann, während er weiter verdattert in Marvins Richtung sah. Dann wandte er sich wieder Max zu. »Sie sehen jünger aus, als ich dachte.«

Max lächelte und fuhr sich durch die kurzen, dunkelblonden Haare. »Danke, aber in manchen Momenten fühle ich mich deutlich älter als fünfunddreißig. Aber kommen wir doch zum Grund Ihres Besuchs.«

»Ja, sicher. Bitte entschuldigen Sie, dass ich Sie störe.

Mein Name ist Kai Weinand. Ich weiß, dass die offizielle Eröffnung der Detektei erst in zwei Tagen ist, aber ich konnte nicht so lange warten. Jemand braucht Ihre Hilfe.«

»Jemand?«, hakte Marvin nach.

»Ja. Ein sehr guter Freund.«

»Und der hat Sie zu uns geschickt?«

»Ja.«

»Warum kommt er nicht selbst?«

»Das würde ich Ihnen gern erklären.«

»Also gut. Worum geht's?«

Als sich Weinands Blick fragend auf Jana richtete, sagte Max: »Das ist Jana Brosius. Was immer Sie uns zu sagen haben, darf sie hören. Sie ist Kriminalkommissarin und wird uns bei unseren Fällen unterstützen.« Er sah zu Jana hinüber, betrachtete ihre sportliche Gestalt, die feinen Linien ihres Gesichts und die provisorisch hochgesteckten, blonden Haare und fügte in Gedanken hinzu: *Und außerdem liebe ich sie.*

Weinand nickte Jana zu und wandte sich dann wieder an Max. »Okay. Also … es geht um die Entführung eines Kindes.«

Max wechselte einen schnellen Blick mit Marvin, bevor er auf einen der neuen Stühle deutete. »Bitte, nehmen Sie Platz.«

Weinand schüttelte den Kopf. »Ich habe fast drei Stunden im Auto gesessen und möchte lieber stehen bleiben.«

»Wo kommen Sie denn her?«, fragte Jana.

»Aus Trier.«

»Das sind über zweihundert Kilometer.«

»Ich weiß!«

»Okay, dann schießen Sie mal los«, schlug Marvin interessiert vor. »Ich schätze, Sie werden uns im Laufe Ihrer Schilderungen auch darüber aufklären, warum Sie extra von Trier zu uns nach Düsseldorf gekommen sind.«

»Ich muss ein wenig ausholen. Ich …« Weinand stockte, als Marvin sich einen Stuhl heranzog, sich darauf niederließ und dann entschuldigend die Hand hob.

»Sprechen Sie ruhig weiter. Sie haben *ausholen* gesagt, das ist für mich ein Schlüsselwort, um mich hinzusetzen.«

Weinand rang sich ein flüchtiges Lächeln ab, dann fuhr er fort: »Ich bin Friseurmeister und habe in Trier einen Salon. Nebenbei schneide ich auch den Insassen der JVA die Haare. Wenn Sie so wollen, bin ich quasi Knastfriseur.«

»Sicher eine interessante Tätigkeit«, bemerkte Marvin.

»Ja. Ich mache das nicht für Geld, sondern weil es mir wichtig ist, mich im sozialen Bereich zu engagieren. Anfangs war es ein seltsames Gefühl, als sich hinter mir eine Stahltür nach der nächsten geschlossen hat. Beklemmend. Aber mit der Zeit …«

»Entschuldigen Sie«, fiel Max ihm ins Wort. Seit Weinand den Grund seines Besuchs genannt hatte, spürte er eine steigende Unruhe in sich. »Sie sagten, es geht um eine Kindesentführung.«

»Das ist richtig. Einer meiner … *Kunden* wartet in der JVA Trier in U-Haft auf seinen Prozess. Sein Name ist

Rainer Klinke, er ist ein Geschäftsmann aus Trier, der sich vorher noch nie etwas hat zuschulden kommen lassen. Das weiß ich so genau, weil ich ihm nicht nur in der U-Haft die Haare schneide, sondern er der sehr gute Freund ist, den ich erwähnt habe. Dass wir befreundet sind, weiß dort allerdings niemand. Rainer ist verheiratet und hatte einen siebenjährigen Sohn.«

»Hatte?«, hakte Max nach und spürte ein ungutes Ziehen im Magen. »Sie sagten, es geht um eine Kindesentführung.«

»Der Junge ist vor einem halben Jahr sexuell misshandelt und dann ermordet worden.« Es war Weinand anzusehen, dass ihn die Sache sehr mitnahm. Er schluckte mehrmals, bevor er weitersprechen konnte.

»Der Täter ist recht schnell gefasst worden, und es hat sich herausgestellt, dass er drei Jahre zuvor schon einmal einen kleinen Jungen vergewaltigt hatte, eine Richterin ihn damals aber zu einer lächerlich geringen Strafe verurteilte. Wenige Tage nach seiner Entlassung hat er dann Rainers Sohn missbraucht und getötet.«

»Ich erinnere mich an den Fall«, sagte Max bitter. »Es hat deswegen kurz einen Aufschrei in der Presse gegeben, aber nach ein paar Tagen war es wieder vergessen. So, wie es fast immer geschieht.«

Weinand nickte. »Für Rainer war es nicht vergessen. Und nicht für seine Frau. Sie ist mit dem Verlust ihres Kindes nicht klargekommen und muss seitdem stationär in einer psychiatrischen Einrichtung behandelt werden. Rainer ist fast durchgedreht vor Verzweiflung und wahnsinniger Wut auf die Richterin, die aus seiner Sicht durch ihr Handeln für den Tod seines Jungen und den Zustand seiner Frau mitverantwortlich ist.«

»Das kann man sogar verstehen«, bemerkte Jana, und Max sah, dass ihre Augen feucht waren.

»Allerdings. Ich hatte zeitweise Angst, dass er sich selbst etwas antut.« Weinand atmete tief durch, bevor er weitersprach. »Rainer war so wütend, dass er beschloss, die elfjährige Tochter dieser Richterin ein, zwei Tage festzuhalten, damit ihre Mutter zumindest für eine kurze Zeit das Gefühl der tiefen Angst und Verzweiflung kennenlernt, das man empfindet, wenn man um das Leben seines Kindes fürchten muss.«

»Er wollte das Mädchen entführen?«, hakte Max nach.

»Nicht wirklich. Er wollte ihr nichts tun und hätte sie spätestens nach zwei Tagen wieder zu ihrer Mutter zurückgebracht.«

»Zwischenfrage: Hat er Ihnen von seinem Vorhaben erzählt?«, wollte Marvin wissen.

»Nein, um Gottes willen, ich hätte unter allen Umständen verhindert, dass er so etwas Furchtbares tut.«

»Und? Hat er es letztendlich getan?«, fragte Jana.

»Ja.«

»Da hört das Verständnis allerdings auf.«

Weinand nickte. »Das sehe ich auch so. Jedenfalls hat Rainer sich bei dem Entführungsversuch so dilettantisch angestellt, dass er beobachtet und kurz darauf gefasst worden ist. Dem Mädchen ist nichts passiert.«

»Das stimmt höchstwahrscheinlich nicht«, warf Marvin ein. »Auch wenn das Kind keine physischen Verletzungen davongetragen hat, ist es durch so ein Erlebnis mit hoher Wahrscheinlichkeit tief verstört.«

»Das ist mir bewusst. Rainer hat geschworen, er habe nie vorgehabt, dem Mädchen etwas anzutun. Er wollte lediglich diese Richterin selbst die Folgen ihrer unverständlichen Nachsicht gegenüber einem Sexualstraftäter spüren lassen.«

Marvin beugte sich nach vorn, stützte die Arme auf den Oberschenkeln ab und legte die Hände zusammen.

»Herr Weinand, ich hatte ebenfalls schon viel mit Leuten in Gefängnissen zu tun, die entweder in U-Haft saßen oder bereits verurteilt waren. Ich kann Ihnen aus Erfahrung sagen, dass gerade die Jungs, die eindeutig schuldig sind, jeden Trick anwenden und alles erzählen würden, um da rauszukommen oder freigesprochen zu werden.«

Weinand schüttelte vehement den Kopf, dann machte er zwei Schritte zur Seite und ließ sich doch auf einen Stuhl sinken. »Rainer Klinke ist anders. Ich sagte doch, wir sind sehr gut befreundet. Ich kenne ihn schon lange. Es stimmt, er ist ein verzweifelter und wütender Mann, dem man auf brutale Weise sein Kind genommen hat, aber er würde deswegen nie einem anderen Kind etwas Schlimmes antun. Dazu wäre er gar nicht fähig.«

»Was macht Sie so sicher?«, erkundigte sich Marvin. »Woher wollen Sie wissen, dass er Ihnen die Wahrheit sagt? Dass er blind vor Wut und Rachegedanken das Mädchen nicht tatsächlich töten wollte und sich diese feine Geschichte nur ausgedacht hat, damit Sie ihm helfen, freigesprochen zu werden?«

Weinand sah Marvin eine Weile ernst an, bevor er sagte: »Hören Sie mir eigentlich zu?«

»Das tue ich.«

»Die wichtigste Frage, die mich umtreibt«, sagte Max, der sich bisher zurückgehalten hatte, »ist: Wenn er erwischt wurde und die Entführung damit beendet ist ... was wollen Sie dann von uns?«

»Dazu komme ich jetzt. Nachdem er gefasst worden war, hat Rainer auf allen möglichen Wegen enormen Zuspruch von Leuten bekommen, die ebenfalls der Meinung sind, dass viele Urteile lächerlich sind. Sein Mailkonto und sein Facebook-Account, die ich im Moment verwalte, laufen quasi über. Unter all den Zuschriften ist auch die, wegen der ich hier bin.«

»Sie verwalten seine E-Mails und sein Social-Media-Profil?«, vergewisserte sich Max. »Sie müssen wirklich sehr gut befreundet sein.«

»Ja, wie ich es bereits mehrfach sagte. Er hat sonst niemanden. Seine Familie ist von diesem Monster zerstört worden, das eigentlich im Gefängnis hätte sitzen sollen.«

2

Weinand griff in die Innentasche seiner Jacke und zog ein zusammengefaltetes Blatt Papier hervor. »Das ist eine der vielen Mails, die in Klinkes Postfach angekommen sind.« Er reichte das Blatt wortlos an Max, der es auseinanderfaltete und dabei feststellte, dass es sich sogar um zwei Blätter handelte.

»Lies bitte vor«, sagte Marvin und lehnte sich auf seinem Stuhl zurück.

Max nickte, überflog die ersten Sätze und begann:

»Sehr geehrter Herr Klinke, ich gehe davon aus, dass Sie viele Mails bekommen, und ich bin mir nicht sicher, ob Sie angesichts Ihrer offensichtlich nur eingeschränkt vorhandenen geistigen Möglichkeiten die Einzigartigkeit dieser Nachricht im Vergleich zum Rest verstehen. Dennoch schreibe ich Ihnen.

Wir kennen uns nicht persönlich, aber ich muss Ihnen leider attestieren, dass Sie Ihr löbliches und wichtiges Vorhaben mehr als stümperhaft angegangen sind. Ich kann Ihnen auch den Grund dafür nennen: Sie haben aus Rache und Wut gehandelt, beides Emotionen, die den Verstand und die Fähigkeit trüben, die Geschehnisse als Ganzes in ihrem Zusammenhang zu sehen. Sie leben und handeln wie unter dem Lichtkegel einer Taschenlampe, die auf Ihr Mikrouniversum aus Hass und Trauer gerichtet ist und den Rest der Welt für Sie im Dunkeln versinken lässt. Sie können nicht sehen, dass alles viel größer, viel komplexer ist.

Nicht nur unser Land, die ganze Welt ist an einem Scheideweg angekommen, den man als historisch bezeichnen muss. Und nicht zum ersten Mal ist es an der Zeit, dass die Menschheit aufgerüttelt und ihr vor Augen geführt wird, wie degeneriert und verkommen sie mittlerweile ist. Und zwar mit drastischen Maßnahmen. Schauen Sie sich doch nur um. Korrupte und machtgierige Politiker regieren Völker von Egoisten und Dummköpfen. Niemand kümmert sich mehr um Werte wie Respekt, Mitgefühl, Freundlichkeit, Bescheidenheit oder Treue. Vergewaltiger und Verbrecher wüten nahezu ungestraft unter uns, und niemand ist mehr bereit, sie in ihre Schranken zu weisen und dafür zu sorgen, dass rechtschaffene und unbescholtene Menschen vor ihnen beschützt werden. Die Menschheit ist verkommen zu einer nutzlosen Sippschaft, die sich weder um Traditionen noch um die universellen, über allem stehenden Gesetze kümmert, die für alle und jeden Gültigkeit haben. Deshalb ist es an der Zeit, etwas zu unternehmen.

Ich werde meinen Teil dazu beitragen, dass wir wieder nach den richtigen Werten leben. Dass diejenigen bestraft werden, die Verbrecher nicht bestrafen. Sehen Sie, worauf das hinausläuft, Herr Klinke? Hier schließt sich der Kreis. Ich habe gerade das getan, was Sie so dilettantisch versucht und nicht zustande gebracht haben. Ich habe nicht versagt, weil ich nicht von Hass getrieben bin, sondern auf einen klaren Befehl hin handele. Und das ist erst der Anfang. Sie werden schon morgen von mir hören. Fragen Sie Ihren Anwalt.«

Max ließ die Blätter sinken und starrte einen Moment vor sich auf den Boden, bevor er Weinand ansah. »Von wann ist diese Mail?«

»Sie ist vier Tage alt.«

»*Sie werden schon morgen von mir hören ...*«, wiederholte Max. »Das war dann also vor drei Tagen.« Er tauschte einen Blick mit Marvin. »Denkst du, was ich denke?«

Marvin nickte ernst. »Das kann fast kein Zufall sein.«

»Sie haben also gehört, dass hier in Düsseldorf der neunjährige Sohn eines Richters entführt worden ist?«

»Es stand in allen Zeitungen«, bestätigte Max. Er sah Jana an, fragte jedoch nicht nach dem Stand der Ermittlungen, weil sie im Beisein von Weinand auf keinen Fall etwas dazu sagen konnte. Er wusste, dass sein Ex-Partner Horst Böhmer in seiner neuen Funktion als Leiter des KK11 sofort eine Soko zusammengestellt hatte, um den entführten Jungen zu finden. Der Vater war Richter am Landgericht Düsseldorf.

Das letzte Telefonat mit Böhmer war schon zwei Tage her, weil es rund um die Eröffnung der Detektei viel zu tun gab, deshalb fehlten Max aktuelle Informationen.

»Jedenfalls war gestern wieder Haarschneidetermin in der JVA, und nachdem Rainer die Mail gelesen hatte, hat er mich gebeten, sie Ihnen zu zeigen und Sie zu fragen, ob Sie den Fall übernehmen. Selbstverständlich kommt er für Ihr Honorar auf.«

»Warum möchte er das?«, stellte Max die naheliegende Frage. »Obwohl er nichts mit der Sache zu tun hat.«

»Das habe ich ihn auch gefragt. Er sagt, er tut das, weil er sich durch seine Tat mitschuldig an der Entführung hier in Düsseldorf fühlt.«

»Hm … Sie sagten, es gab viele Mails. Woher haben diese ganzen Leute die Mailadresse von Herrn Klinke?«

»Das weiß ich nicht.«

»Und er hat Sie gebeten, speziell uns zu beauftragen?«, fragte Marvin.

»Nicht direkt. Von der Detektei hat er nichts gesagt. Er hat nur Herrn Bischoff namentlich genannt. Ich habe dann herausbekommen, dass in zwei Tagen die Detektei eröffnet.« Weinand wandte sich wieder an Max. »Er sagte, er kennt Ihre Ermittlungserfolge aus einem True-Crime-Podcast, den er sich regelmäßig angehört hat. Und er traut Ihnen zu, dass Sie den Jungen schneller finden als die Polizei.«

»Kennt die Polizei den Inhalt dieser Mail?«

»Soweit ich weiß, nicht. Rainer hat große Angst vor Gewalt gegen ihn in der U-Haft oder der späteren Haft, falls er verurteilt wird. Deshalb möchte er selbst auf keinen Fall damit in Verbindung gebracht werden, einen Tipp gegeben zu haben. Er bezweifelt, von der Polizei Anonymität zugesichert zu bekommen und gegebenenfalls im Gefängnis beschützt zu werden.«

»Diese Mail ist ein möglicher Hinweis auf den Täter

in einem Fall von Kindesentführung«, schaltete sich Jana ein. »Sie der Polizei vorzuenthalten kann Ihnen als Behinderung der Ermittlung ausgelegt werden. Sie machen sich damit strafbar, ist Ihnen das klar, Herr Weinand?«

»Wieso ich? Ich habe diese Mail doch nicht bekommen, sondern Rainer. Wenn er entscheidet …«

»Das spielt keine Rolle. In dem Moment, in dem Sie Kenntnis vom Inhalt der Mail erlangt haben, sind Sie verpflichtet, die Polizei zu informieren.«

»Das werden wir jetzt übernehmen«, entschied Max und legte die ausgedruckte Mail auf den Tisch. Dann betrachtete er Weinand nachdenklich. »Entschuldigen Sie uns bitte einen Moment?« Und an Jana gewandt: »Bist du bitte so lieb und leistest Herrn Weinand Gesellschaft, während ich mit Marvin unser Besprechungszimmer einweihe?«

Jana nickte und wandte sich an den Friseurmeister: »Möchten Sie einen Kaffee? Der Vollautomat ist nagelneu.«

»Nun, werter Partner, wie schaut's aus?«, fragte Marvin, kaum dass Max die Tür geschlossen hatte. »Glaubst du alles, was uns der Friseur der Gefangenen erzählt hat?«

Die Einrichtung des Besprechungsraums beschränkte sich auf lediglich einen ovalen Tisch und sechs Stühle, deren lederne Sitzflächen noch mit Schutzfolie überzogen waren.

Max lehnte sich gegen die Wand und verschränkte die Arme vor der Brust. »Ich denke, er sagt die Wahrheit.

Was aber nicht bedeutet, dass das automatisch auch für seinen Freund gilt.«

»Ich sehe das grundsätzlich auch so. Allerdings finde ich die gesamte Geschichte etwas seltsam, fast konstruiert. Der Vater eines ermordeten Jungen entführt ein Mädchen, wird erwischt und beauftragt über den Gefängnisfriseur aus dem Knast heraus eine Detektei, weil er sich um einen tatsächlich entführten Jungen in Düsseldorf sorgt. Ich weiß nicht ...«

»Andererseits klingt alles logisch, was Weinand uns erzählt hat. Wenn Rainer Klinke dem Mädchen wirklich nichts tun, sondern lediglich der Mutter die Augen öffnen wollte, ist es durchaus glaubhaft, dass er sich nun schuldig fühlt angesichts der Tatsache, dass jemand sein Handeln vielleicht zum Anlass genommen hat, nun wirklich ein Kind zu entführen.«

Marvins Gesicht verzog sich zu einem Grinsen. »Du möchtest diesen Fall übernehmen, habe ich recht? Die Eröffnung der Detektei ist erst in zwei Tagen, und bis dahin haben wir noch so viel zu tun, dass wir eigentlich für nichts anderes Zeit haben. Aber der Gedanke, ein entführtes Kind vielleicht befreien und den Entführer schnappen zu können, lässt dir schon jetzt keine Ruhe mehr. Ich sehe deinem Gesicht an, dass du am liebsten alles stehen und liegen lassen und sofort losstürmen würdest.«

»Ich möchte aber zuerst mit Rainer Klinke reden.«

»Und wenn er dir glaubhaft erscheint?«

»Dann, lieber Marvin, hoffe ich, dass du damit einverstanden bist, dass die Detektei *WaBi Investigations* ihren ersten Fall hat.«

Kurz darauf verabschiedete sich Kai Weinand, nachdem sie ihm erklärt hatten, dass Max versuchen würde, kurzfristig einen Besuchstermin in der JVA Trier zu bekommen, und sie im Anschluss entscheiden würden, ob sie den Auftrag annahmen.

Als sich die Tür hinter ihm geschlossen hatte, fragte Jana: »Soll ich Böhmer anrufen, oder machst du das lieber selbst?«

Max winkte ab. »Ich mach das schon, ich wollte mich sowieso heute oder morgen bei ihm melden.«

Er erreichte Böhmer in seinem Büro im Präsidium.

»Max, wie geht's?«, polterte sein Ex-Partner in gewohnter Weise los. »Was machen die neuen Räumlichkeiten?«

»Gut so weit. Es ist noch viel zu tun bis zur Eröffnung, aber wir schaffen das schon. Ich bin froh, dass Jana sich extra Urlaub genommen hat, um uns zu helfen.«

»Du hast Stress und nimmst dir trotzdem die Zeit, mich anzurufen. Das gibt mir zu denken. Raus mit der Sprache, was kann ich für dich tun?«

Max lächelte. Böhmer kannte ihn tatsächlich sehr gut. »Ich brauche einen Besuchstermin in der JVA Trier.«

»Warum?«

»Hast du einen Moment?«

»Ich nehme ihn mir, also schieß los.«

Max berichtete von Weinands Besuch und von dem,

was er ihnen erzählt und was in der Mail gestanden hatte, und erklärte zum Abschluss: »Bevor wir den Fall übernehmen, möchte ich mit diesem Rainer Klinke reden und mir ein Bild von ihm machen.«

»Hm«, brummte Böhmer.

»Was, ist das alles?«, fragte Max nach einer Weile überrascht. »Keine abfälligen Bemerkungen dazu, dass ich darüber nachdenke, mich von jemandem engagieren zu lassen, der in U-Haft sitzt, weil er ein Mädchen entführen wollte?«

»Nein.«

»Ich erinnere mich, was du vor nicht allzu langer Zeit für einen Tanz aufgeführt hast, weil ich einen Auftrag von einer Anwaltskanzlei angenommen habe.«

»Das war etwas vollkommen anderes, das weißt du.« Und deutlich leiser fügte er hinzu: »Und du weißt auch, dass mir mein Verhalten von damals leidtut.«

Max spürte ein Ziehen im Magen, und er bereute, dass er das erwähnt hatte. Während dieses Falls im Anwalts- und Finanzmilieu, den er gemeinsam mit dem Strafverteidiger Anton Pirlo gelöst hatte, war die Freundschaft zwischen Böhmer und ihm auf eine harte Probe gestellt worden, und beide waren froh, diese Zeit hinter sich zu haben. »Schon gut,. Horst. Sorry, dass ich es erwähnt habe. Wir haben das alles bereits besprochen. Das Thema ist erledigt.«

»Gut. Trotzdem muss ich wohl nicht extra erwähnen, was ich von einem Kindesentführer als Auftraggeber halte.« Da war sie wieder, die polternde Stimme von

Horst Böhmer. »Ich denke, das weißt du auch so. Und normalerweise würde ich dich fragen, ob du deinen Polizistenverstand völlig verloren hast.«

Max musste lächeln. »Und was hält dich davon ab?«

»Das, was du mir erzählt hast. Vorausgesetzt, dieser Friseur und sein Freund in U-Haft haben die Wahrheit gesagt.«

»Das versuche ich bei dem Besuch im Gefängnis herauszufinden.«

»Wie viel weißt du über den Vater des Jungen, der hier in Düsseldorf entführt wurde?«

Max dachte nach. »Nur, dass er Richter ist. Ich glaube, beim Landgericht.«

»Genau. Da gibt es allerdings ein interessantes Detail.«

»Und das wäre?«

»Tut mir leid, aber das ist Teil der Ermittlungen, dazu kann ich dir als Zivilisten nichts sagen.«

Das waren genau die Worte, die Max immer wieder von Eslem Keskin gehört hatte.

Nach einem kurzen Moment der Verwirrung musste Max lachen. »Okay, ich habe verstanden. Das habe ich mir mit meiner Bemerkung verdient.«

»Jawoll! Aber ich sage es dir trotzdem.«

3

»Ich wundere mich, dass du davon nichts mitbekommen hast. Dr. Holzheimer hat als Richter des Landgerichts Düsseldorf in der Vergangenheit des Öfteren von sich reden gemacht, weil er Urteile des Amtsgerichts gegen Straftäter abgemildert oder sogar ganz aufgehoben hat und mehrere Kerle, die nachweislich Sexualstraftäter sind, dank ihm frei herumlaufen können. Darunter Typen, derentwegen wir Sokos gebildet und denen wir wochenlang hinterherermittelt hatten, bis wir sie endlich fassen konnten. Gerade vor ein paar Wochen erst hat er einen Mann, der Kinder in der Nähe einer Grundschule sexuell belästigte, mit einer kleinen Bewährungsstrafe davonkommen lassen.«

»Wow, das passt.«

»Genau. Aber ich muss dich warnen. Holzheimer ist in der Vergangenheit vielen dieser Mistkerle gegenüber zwar extrem milde gewesen, jetzt aber, wo es um seinen eigenen Sohn geht, dreht er ziemlich am Rad. Er ruft zehnmal am Tag hier an und will den Stand der Ermittlungen wissen.«

»Hm, da müsste es ihm doch eigentlich recht sein, wenn sich neben der Polizei noch jemand darum kümmert, dass sein Junge möglichst schnell gefunden wird, oder?«

»Das schon, aber wenn er mitbekommen sollte, dass dich der Entführer eines anderen Richterkindes beauftragt hat, flippt er vielleicht völlig aus.«

»Verstehe. Von mir erfährt er es sicher nicht.«

»Das ist mir klar, aber ich weiß nicht, wie weit seine Verbindungen reichen. Versteh mich nicht falsch, Max. Ich kenne dich und weiß, dass es für alle nur von Vorteil sein kann, wenn du an dem Fall mitarbeitest. Ich wollte dich aber trotzdem darauf hinweisen.«

»Ich danke dir. Und bin einmal mehr froh, dass Keskin weg ist und du jetzt auf ihrem Stuhl sitzt.«

Kriminalrätin Eslem Keskin war Böhmers Vorgängerin an der Spitze des KK11 gewesen und hatte Max das Leben schwer gemacht, wo immer sie konnte, weil sie der Meinung war, Max sei schuld am Tod eines Polizisten gewesen, den sie geliebt hatte. Nachdem sie sogar ihre Dienstpflicht verletzt und damit nicht nur Max' Leben, sondern auch das ihrer Ermittlerin Jana Brosiüs leichtfertig aufs Spiel gesetzt hatte, war sie freiwillig gegangen.

Böhmer lachte kurz auf. »Das bin ich meistens auch, aber es gibt auch Situationen, da wünschte ich, sie müsste den Kopf hinhalten und nicht ich. Aber lassen wir das. Ich kümmere mich um einen Besuchstermin in der JVA Trier für dich. Mal sehen, wen ich dort in der Region von der Staatsanwaltschaft oder der Kripo kenne. Ich melde mich.«

»Danke, bis dann.«

Max legte auf und blickte von Jana zu Marvin, bevor er ihnen von Böhmers Reaktion berichtete.

»Du könntest auch einen ganz normalen Besuchstermin für Rainer Klinke beantragen«, erwähnte Marvin, woraufhin Max den Kopf schüttelte. »Das dauert zu lange. Ich denke, Horst wird das schon hinbekommen.«

Am nächsten Vormittag um kurz vor elf Uhr stand Max nach zweieinhalbstündiger Autofahrt an der Anmeldung der JVA Trier, die in einem kleinen Vorraum untergebracht war.

»Bischoff ...«, murmelte der Mann, der hinter einer dicken Glasscheibe vor einem Monitor saß. »Ja, hier ... warten Sie bitte noch kurz draußen, Sie werden reingerufen.«

Wieder draußen, dachte Max daran, wie oft er in seiner Rolle als Polizist Gefängnisse aufgesucht hatte, meist gemeinsam mit Böhmer.

Der hatte nach ihrem Telefonat am Vortag keine zwei Stunden gebraucht, dann war ein Besuchstermin in der JVA Trier organisiert. Wie er Max erklärte, hatte ein Trierer Ermittler, den Böhmer von früher kannte, diese Ausnahme für ihn mit der Leiterin des Gefängnisses geregelt.

Nach wenigen Minuten öffnete sich die Tür erneut, und Max durchlief das übliche Procedere mit Abgabe seines Passes im Tausch gegen einen Besucherausweis, seiner Unterschrift auf einem Dokument bezüglich der Sicherheit und dem Durchschreiten des Metalldetektors.

Eine Viertelstunde später wartete er darauf, dass Rainer Klinke zu ihm gebracht wurde. Man hatte ihm nicht einen Platz in dem Raum zugewiesen, in dem Verwandte oder Freunde während der offiziellen Besuchszeiten den Gefangenen gegenüber in einer Reihe hinter kopfhohen Glasscheiben saßen, sondern eines der wenigen separaten Besuchszimmer. Es waren schmale Kammern, die nur Platz boten für den Gefangenen auf der einen Seite einer ebenfalls halbhohen, den Raum trennenden Scheibe und seinen Besucher auf der anderen.

Als sich die Tür auf der Gefangenenseite öffnete und Rainer Klinke in den Raum geführt wurde, stellte Max fest, dass der Unternehmer in etwa so aussah, wie er ihn sich nach Weinands Beschreibung vorgestellt hatte. Wie bei Untersuchungshäftlingen üblich, trug Klinke eigene Kleidung, die aus einer dunklen Jeans und einem grauen Sweatshirt bestand. Insgesamt wirkte der Mann sportlich und durchtrainiert. Seine dunklen Haare waren an den Schläfen von silbernen Fäden durchzogen, das Gesicht glatt rasiert. Max schätzte ihn auf Mitte bis Ende vierzig.

Als Klinke sich auf den Stuhl hinter der anderen Seite der Scheibe setzte, konnte Max von seinem Gesicht ablesen, wie sehr ihn die letzten Wochen mitgenommen hatten. Dennoch wollte er dem Mann erst mal auf den Zahn fühlen. Er musste wissen, ob er es mit einem trauernden und zutiefst enttäuschten Vater zu tun hatte, der eine Verzweiflungstat begangen hatte, oder mit einem cleveren Verbrecher.

»Hallo, Herr Klinke«, begann Max das Gespräch, nachdem die Tür hinter dem Untersuchungshäftling geschlossen worden war.

»Guten Tag, Herr Bischoff. Danke, dass Sie hergekommen sind. Ich habe schon viel über Sie gelesen und gehört.«

Max nickte. »Das freut mich, aber ich möchte vorab etwas klarstellen: Ich kann wahrscheinlich nicht ansatzweise nachempfinden, was die Misshandlung oder der gewaltsame Tod eines Kindes für Eltern bedeutet, und ich bin absolut der Meinung, dass Menschen, die solche Verbrechen begehen, für lange Zeit von der Gesellschaft ferngehalten werden müssen. Trotzdem ist das, was Sie getan haben, durch nichts zu rechtfertigen. Dieses kleine Mädchen, dem Sie mit Ihrer Tat eine höllische Angst eingejagt haben, ist am allerwenigsten verantwortlich für das, was Ihnen passiert ist.«

Klinke hielt Max' Blick stand. »Das weiß ich, Herr Bischoff«, erklärte er mit leiser Stimme. »Ich wünschte, ich könnte es ungeschehen machen. Als ich die verängstigten Augen der Kleinen gesehen habe, wollte ich das Ganze sofort abbrechen, aber da war ich schon zu weit gegangen.«

»Was haben Sie denn gedacht, würden Sie mit dieser Aktion erreichen? Glaubten Sie wirklich, damit etwas an den vielleicht zu milden Urteilen von manchen Richtern ändern zu können?«

Klinkes Gesichtszüge verhärteten sich. »Nein, mir ging es dabei nur um diese eine Richterin. Sie ist mitschuldig am Tod meines Sohnes, und ich hoffe, sie wird zumindest diese Gewissheit bis an ihr Lebensende mit sich herumtragen.« Er stieß ein kurzes, humorloses Lachen aus. »Aber diese Frau ist in ihrer Selbstherrlichkeit wahrscheinlich zu sehr davon überzeugt, mit ihren aberwitzigen Urteilen ein richtig guter Mensch zu sein, um begreifen zu können, dass sie *für* die Täter und *gegen* die Opfer agiert.«

»Vielleicht haben Sie damit sogar recht, aber noch einmal: Ihre Tochter ist daran völlig unschuldig.«

»Ich weiß.« Klinke sah sich in dem kleinen Raum um, als gäbe es etwas zu entdecken, bevor er sich wieder Max zuwandte. »Hier eingesperrt zu sein ist schlimm, aber ich weiß, dass ich es verdiene. Man hat mir angeboten zu arbeiten, damit käme ich jeden Tag für ein paar Stunden aus meiner Zelle heraus. Ich habe abgelehnt. Nicht, weil ich keine Lust auf Arbeit habe, sondern weil ich weiß, dass ich es durch meine Tat verdiene, jeden Tag bis auf die eine Stunde Hofgang in meiner Zelle zu sitzen und darüber nachzugrübeln, wie ich so etwas tun konnte.«

»Lassen Sie uns zu dem Punkt kommen, weswegen ich hier bin«, wechselte Max das Thema. »Herr Weinand sagte, Sie vermuten, dass der Absender der Mail, die ich gelesen habe, derjenige ist, der in Düsseldorf den Sohn von Richter Holzheimer entführt hat.«

»Ja. Und ich mache mir auch *deswegen* schlimme Vorwürfe.«

»Denken Sie nicht, der Kerl hätte das so oder so getan?«

Klinke zuckte mit den Schultern. »Keine Ahnung. Aber er hat mir in der Mail geschrieben, er hätte *das* richtig gemacht, was ich versaut habe. Klingt das für Sie nicht danach, dass er mir zeigen möchte, wie es geht?«

»Er hat aber auch viel dahergeschwafelt über Schuld, degenerierte Gesellschaft und korrupte Politiker. Ich bin der Meinung, der Kerl hat einen gehörigen Schaden und hätte die Tat so oder so begangen.«

»Aber wenn ich Sie engagiere und Sie den Jungen retten und den Täter schnappen, kann ich damit vielleicht ein bisschen von dem wiedergutmachen, was ich getan habe.« Klinke sah Max offen an. »Ich weiß, dass ich mich damit nicht freikaufen kann, und ja, wenn man es genau betrachtet, ist diese Idee reiner Egoismus. Ich möchte mir selbst beweisen, dass ich kein wirklich schlechter Mensch bin. Können Sie das verstehen?«

Max dachte einen Moment nach, dann sagte er: »Das ist unerheblich, ich muss es nicht verstehen. Aber ich kann es akzeptieren.«

»Heißt das, Sie nehmen den Auftrag an?«

»Sie haben noch gar nicht gefragt, wie hoch unser Honorar ist. Hat Herr Weinand Ihnen mitgeteilt, dass ich eine Detektei mit einem Partner zusammen gegründet habe?«

»Nein, aber die Höhe des Honorars ist mir egal. Kai kümmert sich darum, ich habe ihm eine Generalvollmacht für meine Konten gegeben. Mir geht es finanziell recht gut, Ihr Honorar wird also auf jeden Fall bezahlt.«

»Eine Generalvollmacht? Sie scheinen wirklich gute Freunde zu sein. Warum haben Sie eigentlich Herrn Weinand zu mir geschickt und nicht Ihren Anwalt?«

»Wie Sie schon sagten, sind wir sehr gute Freunde. Es gibt niemanden, dem ich mehr vertraue als Kai.«

»Also gut. Ich werde mit meinem Partner noch einmal alles durchsprechen. Falls wir den Auftrag übernehmen, sollten Sie trotzdem Ihren Anwalt einweihen. Allein schon, weil er in der JVA unkomplizierter Zugang zu Ihnen hat als Ihr Freund.«

»Das tue ich. Brauchen Sie eine Anzahlung?«

»Erst spreche ich mit Dr. Wagner, dann sehen wir weiter.«

Max verabschiedete sich, stand auf und wollte sich gerade abwenden, als Klinke sagte: »Herr Bischoff?«

Max hielt inne. »Ja?«

»Danke! Ich vertraue darauf, dass Sie diesen Kerl finden, bevor er …« Klinkes Blick senkte sich für zwei, drei Atemzüge, dann sagte er: »Wenn diesem Jungen in Düsseldorf wegen dem, was ich getan habe, etwas geschieht …« Erneut schlug Klinke die Augen nieder, dieses Mal sprach er jedoch weiter, ohne Max noch mal anzusehen.

»Als dieser Irre meinen Jungen ermordet hat, ist etwas in mir gestorben. Alles Gute, alles Schöne, das ich je gefühlt habe, ist seitdem tot. Gefühle wie Glück, Freude oder Liebe … tot. Wenn nun diesem Jungen etwas geschieht, wenn seine Eltern durch die Folgen meiner Tat diesen unerträglichen Schmerz erfahren müssen, dann wüsste ich nicht, wie ich mit dieser Schuld weiterleben sollte.«

Max nickte und verließ den kleinen Raum. Jedes weitere Wort wäre überflüssig gewesen.

Als er wieder im Auto saß, rief Max zuerst bei Marvin an, der gemeinsam mit Jana dabei war, die am Vortag gelieferten Computer fertig einzurichten und eine geordnete Dateistruktur auf dem Server anzulegen, wie er berichtete.

Nachdem Max ihm von seinem Gespräch mit Klinke erzählt hatte, herrschte einen Moment Stille.

»Marvin?«, fragte Max schließlich, weil er schon befürchtete, die Verbindung sei unterbrochen.

»Ja?«

»Du bist so still.«

»Entschuldige, du weißt ja, die meisten Kommentare überlasse ich meinen Augenbrauen, aber die kannst du natürlich nicht sehen. Also in Worten: Ich bin mir des denkwürdigen Momentes bewusst. *WaBi Investigations* hat den ersten Auftrag bekommen. Wow!«

»Es sieht so aus.«

»Ich fühle mich geehrt, ab jetzt an der Seite eines begnadeten Fallanalytikers arbeiten zu dürfen, lieber Max.«

Das hörte sich für Marvins Verhältnisse sehr emotional an.

»Wobei du natürlich im Gegenzug von dir behaupten kannst, mit einem von Deutschlands besten Wissenschaftlern im Kosmos der Psychologie und der Schriftanalyse zusammenarbeiten zu dürfen.«

Das klang schon wieder deutlich mehr nach Marvin Wagner. »Und mit absoluter Sicherheit mit dem sonderbarsten«, fügte Max lachend hinzu.

»Wie sagte schon Elbert Green Hubbard: Ein Freund ist ein Mensch, der dich mag, obwohl er dich kennt.«

»Wer, zum Teufel, ist Elbert Green Hubbard?«

»Hubbard war ein amerikanischer Schriftsteller, Essayist, Philosoph und Verleger. Er kam 1915 mit seiner Ehefrau beim Untergang des britischen Ozeandampfers *Lusitania* vor der irischen Küste ums Leben.«

Max schüttelte ungläubig den Kopf, obwohl Marvin es nicht sehen konnte. »Ich lege jetzt mal auf und konzentriere mich auf die Straße. Bis gleich.«

Keine zehn Minuten später klingelte sein Smartphone. Es war Böhmer.

»Und?«, fragte er in einem Ton, der Max aufhorchen ließ. »Bist du schon auf dem Rückweg?«

»Ja.«

»Wie ist es gelaufen? Nimmst du den Auftrag an?«

»Ich habe gerade mit Marvin gesprochen, und ja, wir werden ihn annehmen. Was ist los? Ich höre da etwas in deiner Stimme, das mir ganz und gar nicht gefällt.«

»Du hast jetzt keinen Fall mehr von Kindesentführung. Du hast jetzt einen Fall von Mord an einem neunjährigen Jungen. Er ist heute Morgen in einem Waldstück gefunden worden. Jemand hat ihm schon vor Tagen die Kehle durchgeschnitten. Wahrscheinlich sogar unmittelbar nach der Entführung.«

»Scheiße!«, entfuhr es Max, während sich ihm bei dem

Gedanken daran, was dem Kind geschehen war, der Magen zusammenzog. »Ist es okay, wenn ich aufs Präsidium komme?«

»Wann kannst du hier sein?«

Max dachte kurz nach. »Ich schätze, in etwa eineinhalb Stunden.«

»Ich fahre jetzt zu Richter Holzheimer und danach noch in die Rechtsmedizin.«

»Wartest du dort auf mich?«

»Wenn du dir das antun willst …«

»Wir treffen uns auf dem Parkplatz. Ich melde mich, bevor ich da bin.«

»Einverstanden.«

Max beendete das Gespräch und rief gleich darauf erneut Marvin an, um ihn über den Tod des entführten Jungen zu informieren.

4

Böhmer wartete bereits auf dem Parkplatz der Uniklinik auf Max. Als Max auf ihn zuging, stellte er fest, dass man seinem Ex-Kollegen die achtundfünfzig Jahre gerade deutlich ansah und etwas mehr Sport seiner untersetzten Statur sicherlich gutgetan hätte. Die Verantwortung als neuer Leiter des KK11 schien auf ihm zu lasten.

Als sie gemeinsam das Büro der Rechtsmedizin betraten, stand eine schlanke Frau um die vierzig im grünen Kittel am Fenster und blickte wie gedankenverloren nach draußen. Sie wandte sich ihnen zu und hob eine Braue, nachdem sie Böhmer mit einem Kopfnicken begrüßt und den Blick auf Max gerichtet hatte. Die Farbe ihrer Augen war bemerkenswert. Max ordnete sie irgendwo zwischen einem hellen Grau und Wasserblau ein. Die zu einem Dutt zusammengesteckten, hellblonden Haare und ihr schmales, ebenmäßiges Gesicht rundeten das Bild ihrer attraktiven und interessanten Erscheinung ab.

»Wir sind uns noch nicht begegnet«, stellte die Frau nüchtern fest und kam mit ausgestreckter Hand auf Max zu. »Sabine Paulus. Ich komme aus Münster und bin seit kurzem die leitende Rechtsmedizinerin hier. Ich nehme an, Sie sind ein Kollege von Herrn Böhmer?«

»Ex-Kollege«, antwortete Böhmer für Max. »Das ist Max Bischoff.«

Etwas, das Max am ehesten als ein Zeichen des Erkennens einschätzte, huschte über das Gesicht der Frau. Ob es positiv oder negativ zu deuten war, konnte er nicht einschätzen.

»*Der* Max Bischoff?«, sagte sie in einem Tonfall zwischen Bewunderung und Verachtung, während ihr Blick kurz zu Böhmer und dann wieder zurück zu Max wanderte. »Ich habe schon einiges von Ihnen gehört.«

Max zuckte mit den Schultern. »Ich hoffe, nur Gutes.« Es klang gleichgültig, und das war auch beabsichtigt. Ihm stand angesichts des Grundes, der ihn in die Rechtsmedizin geführt hatte, nicht der Sinn nach Floskeln. Bevor die Medizinerin etwas entgegnen konnte, fügte er deshalb hinzu: »Können wir dann jetzt zu dem Jungen?«

Paulus wechselte einen schnellen Blick mit Böhmer, dann nickte sie. »Sicher.« Sie hatte offenbar verstanden. »Ich gehe davon aus, Ihr ehemaliger Kollege hat Sie vorgewarnt?«

»Nein, das habe ich noch nicht«, erklärte Böhmer und wandte sich an Max. »Ich erwähnte ja schon, dass der Täter dem Jungen die Kehle durchgeschnitten hat. Was ich noch nicht gesagt habe: Er hat das sehr … gründlich getan. Mehrfach und sehr tief.«

Max nickte ernst. »Okay. Danke für den Hinweis.«

Der Sezierraum war groß genug, dass drei der rollbaren Edelstahltische mit genügend Abstand nebeneinanderstehen konnten, wie Max von früheren Besuchen wusste. An diesem Nachmittag gab es nur einen Tisch in der Mitte. Ein grünes Tuch bedeckte zwar den darauf liegenden Körper, durch die sich abzeichnenden Konturen konnte allerdings nicht verborgen werden, dass es sich um ein Kind handeln musste.

Die Rechtsmedizinerin wartete neben dem Tisch, bis Böhmer und Max näher getreten waren, dann schlug sie das Tuch kommentarlos mit einer ruhigen, fließenden Bewegung zurück. Max hatte in seiner Laufbahn schon einige Leichen gesehen, und leider waren auch Kinder darunter gewesen. Er hatte also geglaubt zu wissen, was ihn erwartete. Als er nun jedoch sah, was der Täter dem Jungen angetan hatte, braute sich in ihm eine Mischung aus tiefer Trauer und Wut zusammen.

Das eingefallene Gesicht des Kindes war grau verfärbt und wies die typischen dunklen Flecken auf. Die blonden Haare wirkten stumpf und strähnig, am Hals klaffte eine schreckliche Wunde, die von einem Ohr bis zum anderen reichte.

»Der Täter hat ihm fast den Kopf abgetrennt«, erklärte Sabine Paulus in sachlichem Ton. »Er hat eine lange, glatte Klinge benutzt. Ich gehe davon aus, der erste Schnitt war schon tödlich. Trotzdem hat er das Messer mindestens noch vier-, fünfmal mit großem Kraftaufwand durch den Hals gezogen.«

»Übertötung«, murmelte Max leise.

»Bitte?«, fragte die Ärztin mit gerunzelter Stirn nach.

»Eine Übertötung«, erklärte Böhmer an Max' Stelle. »Das bedeutet, dass …«

»… der Täter gegenüber dem Opfer deutlich mehr Gewalt angewendet hat, als zur eigentlichen Tötung nötig gewesen wäre«, beendete Sabine Paulus den Satz. »Ich bin Rechtsmedizinerin, mir ist die Bedeutung des Begriffs bekannt. Ich hatte Herrn Bischoff lediglich akustisch nicht verstanden.«

»Irgendwelche weiteren Verletzungen?«, fragte Max, während sein Blick noch immer auf die furchtbare Wunde gerichtet war.

»Nein.«

»Wie lautete sein Name?«

»Der Name des Jungen war Finn«, erklärte Paulus. »Finn Holzheimer.«

»Gibt es Hinweise auf sexuelle Handlungen?«, wollte Böhmer wissen.

Paulus schüttelte den Kopf. »Nichts. Bis auf die Wunde am Hals ist er vollkommen unversehrt.«

»Ungewöhnlich.« Max trat noch einen Schritt näher an den Tisch heran, beugte sich nach vorn und begutachtete die tödliche Verletzung aus der Nähe, bevor er sich wieder aufrichtete und Böhmer ansah.

»Der Täter hatte offenbar eine Riesenwut in sich«, sagte Böhmer, woraufhin Max den Kopf hin und her wiegte. »Da bin ich nicht so sicher.«

»Sondern?«

»Ich weiß es nicht«, gab Max zu. »Aber da es sonst keine Verletzungen gibt, würde es mich wundern, wenn die Tat aus Wut geschah.«

Max ließ den Blick über den zugedeckten Teil des toten Körpers gleiten. Die beiden Schenkel des grob vernähten Y-Schnitts, mit dem für gewöhnlich der Brustkorb bei einer Obduktion geöffnet wurde, ragten ein Stück weit aus dem Tuch hervor. »Kann ich nachher auf dem Präsidium die Fotos sehen, die am Fundort gemacht wurden?«

»Klar«, sagte Böhmer und wandte sich an die Rechtsmedizinerin. »Gibt es sonst noch etwas, das Ihnen aufgefallen ist?«

»Nein, nichts. Keine Hämatome, keine weiteren Wunden. Nicht mal einen Kratzer.«

Nachdem sie das Tuch wieder über den Kopf des toten Jungen gezogen hatte, folgte Dr. Paulus Böhmer und Max nach draußen, wo sie im Flur stehen blieben.

»Vielen Dank«, sagte Max und reichte der Ärztin die Hand.

»Wofür? Ich mache meinen Job.«

Max nickte und wandte sich ab, hielt aber in der Bewegung inne, als die Medizinerin sagte: »Es war übrigens nicht viel Gutes.«

»Was?«, fragte Max irritiert.

»Sie haben vorhin gesagt, Sie hoffen, dass ich nur Gutes über Sie gehört habe. Das habe ich nicht.«

Max sah Dr. Paulus an. »Das ist immer eine Frage der Quelle und wie man mit solchem Gerede umgeht.«

Ein Lächeln huschte über ihr Gesicht, das Max nicht einordnen konnte.

»Nun ja, ich kenne Ihren Namen aus Erzählungen einer gemeinsamen Bekannten, die mir vor einigen Monaten den Tipp gegeben hat, dass diese Stelle in der Rechtsmedizin vakant wird.«

»Eine gemeinsame Bekannte?« Max überlegte, wer ihn und eine Ärztin aus Münster kennen könnte. Im gleichen Moment, in dem ihm dämmerte, welche Stadt ganz in der Nähe von Münster lag und wer vor einiger Zeit von dort nach Düsseldorf gekommen war, sagte Sabine Paulus: »Ja, Eslem Keskin. Wir kennen uns noch aus ihrer Zeit in Bielefeld.«

Max hörte selbst den überraschten Laut, den er ausstieß, bevor er sagte: »Ach ...«

Erneut zeigte sich ein Lachen auf Dr. Paulus' Gesicht, doch dieses Mal erschien es offener und herzlicher. »Keine Angst, ich mache selbst meine Erfahrungen mit Menschen, bevor ich mir eine Meinung bilde.«

»Gut«, sagte Max und verzichtete auf jeden weiteren Kommentar. Er würde nicht zulassen, dass Eslem Keskin auch nach ihrem Weggang aus Düsseldorf noch in seinem Kopf herumspukte und ihn bei der Arbeit behinderte. Seine volle Konzentration galt dem Wahnsinnigen, der einem Kind fast den Kopf abgetrennt hatte.

Er nickte Böhmer zu, und kurz darauf verließen sie gemeinsam das Uniklinikum, in dem die Rechtsmedizin untergebracht war.

»Das mit der Keskin war mir auch neu«, erklärte Böhmer, als sie auf ihre Fahrzeuge zugingen, die nebeneinander auf dem Parkplatz standen. »Aber Dr. Paulus scheint sich ja von dem, was Keskin ihr über dich erzählt hat, nicht beeinflussen zu lassen.«

Max winkte ab. Seine Gedanken kreisten um den unschuldigen Jungen, der dort drinnen auf einem verchromten Tisch lag. Bestialisch ermordet. Die Wut über diese wahnsinnige Tat brandete wieder in ihm auf. »Wir sehen uns gleich im Präsidium.«

Max stieg in sein Auto, und noch während er vom Parkplatz rollte, wählte er die Handynummer von Marvin, der das Gespräch nach nur zweimaligem Klingeln annahm.

»Mein hochgeschätzter Kollege! Warum rufst du mich auf meinem Mobiltelefon an und nicht auf der Büronummer? Dann hätte ich mich professionell melden können mit: *WaBi Investigations, Dr. Marvin Wagner am Apparat, was kann ich für Sie tun?*«

»Macht der Gewohnheit«, antwortete Max.

»Das verstehe ich. Vielleicht legen wir einfach auf, und du rufst noch mal unter unserer neuen Nummer an? Dann kannst du gleich mal hören, wie das klingt.«

»Davon abgesehen, dass ich unsere Nummer noch nicht kenne, bin ich gerade mit meinen Gedanken eher woanders.«

»Verstehe.« Marvins Tonfall wurde schlagartig sachlich. »Wie schlimm war es?«

»Schlimm.«

»Du sagtest vorhin, der Kerl hat dem Jungen die Kehle durchgeschnitten.«

»Ja.«

»Hat er noch weitere Verletzungen?«

»Nein.«

»Sonst etwas, das uns weiterhilft?«

»Nein.«

Marvin schnaufte hörbar. »Max, wenn du berichtest, habe ich jedes Mal das Gefühl, dabei gewesen zu sein.«

»Entschuldige, aber … Ach, es macht mich einfach sauwütend, dass es immer wieder diese Irren gibt, die Kindern so was antun. Du hättest diesen armen Jungen sehen müssen. Der Dreckskerl hat ihm nicht einfach nur die Kehle aufgeschnitten. Er hat ihn fast geköpft.«

»Das ist schrecklich. Aber genau wegen dieser unmenschlichen Verbrecher war es der richtige Schritt, dass du den Hörsaal gegen die Straße eingetauscht hast, Max. Es ist sowohl deine Bestimmung als auch deine Begabung, diese Irren zu jagen und zur Strecke zu bringen, damit sie so etwas keinem anderen Kind mehr antun können.«

»Das Problem ist, dass für jeden, den wir in den Knast bringen, irgendwo zwei neue auftauchen, die eine noch krankere Phantasie haben.«

»Ich weiß, aber abgesehen von deinen Ermittler-Fähigkeiten haben wir noch einen ganz großen Vorteil.«

»Und der wäre?«, fragte Max gespannt.

Marvin ließ ein paar Sekunden verstreichen, bevor er sagte: »Wir haben mich!«

5

Er ist mit dem Zug nach Derendorf im ersten Stadtbezirk ge-
fahren und dann vom Bahnhof aus zehn Minuten gelaufen. Er
ist ein wenig zu früh dran, deshalb geht er an dem ein Stück
von der Straße zurückgesetzten Einfamilienhaus vorbei, ohne
es zu offensichtlich zu beachten.

Nachdem er einmal gemütlich um den Block spaziert ist, be-
tritt er den schmalen Weg, der zwischen Büschen zur Haustür
führt, rückt die braune Umhängetasche zurecht, deren Leder-
riemen er quer über der Brust trägt, dann legt er den Finger
auf die Klingel.

Es dauert nur ein paar Sekunden, bis die Tür geöffnet wird.
Er lächelt die füllige Frau Anfang fünfzig freundlich an.
»Guten Tag, Frau Markgraf, mein Name ist Johannes Vogt
von der Firma VeloceFiber. Wir hatten telefoniert.«

Die Frau nickt, erwidert sein Lächeln aber nicht. »Ja, kom-
men Sie herein. Allerdings haben wir nicht viel Zeit. Wir
müssen noch weg.«

Er winkt ab. »Kein Problem, ich brauche nur ein paar Mi-
nuten, um Ihnen unser Produkt zu erklären.«

Das Wohnzimmer, in das Brigitte Markgraf ihn führt, ist
geräumig und mit dunklen Holzmöbeln eingerichtet. Eine
wuchtige braune Ledergarnitur thront vor einer beige gestri-

chenen Wand unter einem großen Landschaftsbild. Es zeigt eine Blumenwiese, im Hintergrund ist eine Windmühle zu erkennen. Auf einem der beiden Sessel sitzt ein schlanker, fast dürrer Mann Mitte sechzig mit kurzen grauen Haaren und blickt ihm entgegen.

»Guten Tag«, sagt er und lächelt auch Gerhard Markgraf freundlich an. Das Ergebnis gleicht dem von zuvor.

Markgraf wünscht ihm ohne erkennbare Regung einen guten Tag und deutet auf den anderen Sessel. »Setzen Sie sich. Sie sagten am Telefon, Ihre Firma verlegt in unserer Straße Glasfaserkabel und wir bekommen den Anschluss kostenlos und müssen außerdem ein Jahr lang keine Nutzungsgebühr zahlen?«

»Genauso ist es«, sagt er, setzt sich auf die Couch und schaut der Frau dabei zu, wie sie sich ächzend neben ihm niederlässt.

»Und wo ist der Haken?«, möchte Markgraf wissen.

»Es gibt keinen. Wir sehen es als Werbeaktion an und sind sicher, nach einem Jahr haben Sie sich so sehr an die phantastische Geschwindigkeit gewöhnt, dass Sie uns treu bleiben.«

»Also gut. Dann zeigen Sie mal den Vertrag«, fordert Brigitte Markgraf ihn auf.

»Natürlich«, sagt er. »Nur einen kleinen Moment.«

Er steht auf und geht hinter den Sessel, auf dem der Mann sitzt, während er aus der Innentasche seiner dunklen Jacke ein Messer zieht. Mit der freien Hand greift er ohne Zögern um den Kopf des Mannes herum, packt ihn am Kinn und reißt es nach oben. Fast gleichzeitig zieht er die Klinge in einer schnellen Bewegung quer über den Hals des Mannes. Er registriert das Geräusch, das sich anhört, als zerreiße ein Stück Stoff, und lässt wieder los.

Während Brigitte Markgraf aufspringt und einen spitzen Schrei ausstößt, fasst ihr Mann sich röchelnd an den Hals. Blut läuft zwischen seinen Fingern hindurch und tropft auf sein Hemd, die Hose und den Sessel. Er kümmert sich nicht weiter um den Mann, der langsam zur Seite kippt, sondern ist mit ein paar schnellen Schritten um den Tisch herum und hält Brigitte Markgraf sein Messer vors Gesicht.

»Sei still«, fordert er sie ruhig auf und lächelt. »Wenn du schreist, muss ich dir die Zunge abschneiden, Richterin Markgraf.«

6

Nachdem Max sich in Böhmers Büro auf den Besucherstuhl vor dem Schreibtisch gesetzt hatte, blieb ein dunkelhaariger, schlanker Beamter Mitte dreißig im Flur vor der geöffneten Tür stehen.

»Herr Bischoff!«, sagte er, machte zwei Schritte in den kleinen Raum und steckte die Hände in die Taschen seiner Jeans. »Sie im Büro vom Chef ... Das kann ja nur bedeuten, dass Sie auch an dem Fall des ermordeten Jungen dran sind, oder?«

Max tauschte einen schnellen Blick mit Böhmer, in dessen Gesicht allerdings keine Regung erkennbar war, und wandte sich dann dem Mann zu. Er war kein strenger Verfechter gesellschaftlicher Konventionen, aber sich mit Namen vorzustellen, hielt er doch für eine Selbstverständlichkeit. »Sie wissen also, wer ich bin. Damit sind Sie mir gegenüber klar im Vorteil.«

Der Mann schien einen Moment zu brauchen, bis er verstand. »Mein Name ist Martin Werner. Kriminaloberkommissar.«

Max war sicher, den Namen schon einmal gehört zu haben, konnte aber nicht einordnen, bei welcher Gelegenheit. Aber das war auch nicht wichtig.

»Richtig«, bestätigte Böhmer. »Max beschäftigt sich ebenfalls mit dem Fall. Wir werden uns gegenseitig unterstützen.« Und an Max gewandt: »Martin kam letztes Jahr zu uns. Kriminalrätin Keskin hat ihn vom Rauschgiftdezernat rübergeholt.«

»Die ja nicht mehr bei uns ist«, bemerkte Werner und verzog den Mund zu einem misslungenen Grinsen. »Aber das wissen Sie ja, Herr Bischoff.«

Max wusste in diesem Moment sogar noch mehr, weil ihm wieder einfiel, woher ihm Werners Namen bekannt war. Marvin hatte ihm von dem Oberkommissar erzählt, dem er einige Monate zuvor während der Geschichte mit Dominique Klauber begegnet war, und hatte ihn als Keskins Schoßhündchen bezeichnet.

»Lass dich nicht aufhalten«, sagte Böhmer jetzt zu Werner und deutete zum Ausgang. »Und schließ bitte die Tür hinter dir.«

Ohne weiteren Kommentar wandte Werner sich ab und verließ das Büro. Nachdem die Tür ins Schloss gefallen war, fragte Max: »Ist das der Oberkommissar Werner, von dem Marvin mir erzählt hat? Den Keskin in ihren letzten Monaten permanent im Schlepptau hatte?«

»Ja, das ist er«, entgegnete Böhmer augenrollend und strich sich über den sorgsam gestutzten Bart. »Ich habe ihn quasi von ihr geerbt.«

»Na, herzlichen Glückwunsch. Und? Ist er dir auch so treu ergeben, oder erzählt er den ganzen Tag von Eslem Keskin?«

Böhmer winkte ab. »Ach, so schlimm ist er gar nicht.

Ja, er hat eine Art, die einen manchmal auf die Palme bringt, aber ich denke, er versucht einfach, ein guter Polizist zu sein.«

Max zuckte mit den Schultern. »Wie auch immer, du musst dich ja mit ihm herumschlagen. Ach, bevor ich's vergesse ...« Er zog die zusammengefaltete Kopie der Mail aus der Jackentasche, die er von Kai Weinand bekommen hatte, und legte sie auf Böhmers Schreibtisch. »Das ist die Mail, die Rainer Klinke erhalten hat.«

Böhmer nahm die Blätter, faltete sie auseinander und las mit zusammengekniffenen Augen. Als er am Ende angekommen war, wiederholte er laut: »Ich werde meinen Teil dazu beitragen, dass wir wieder nach den richtigen Werten leben. Dass diejenigen bestraft werden, die Verbrecher nicht bestrafen. Sehen Sie, worauf das hinausläuft, Herr Klinke? Hier schließt sich der Kreis. Ich habe gerade das getan, was Sie so dilettantisch versucht und nicht zustande gebracht haben. Ich habe nicht versagt, weil ich nicht von Hass getrieben bin, sondern auf einen klaren Befehl hin handele. Und das ist erst der Anfang.«

Den Blick noch immer auf das Papier gerichtet, fuhr er fort: »Das passt zu der Entführung von Richter Holzheimers Sohn. Und seiner Ermordung.« Er sah zu Max auf.

Max nickte. »Das tut es. Und wenn das alles keine Spinnerei ist und die Mail tatsächlich von Finns Mörder stammt, dann ist es der letzte Satz, der mir die größten Sorgen macht.«

»Und das ist erst der Anfang«, wiederholte Böhmer noch einmal leise.

Max atmete tief durch und straffte sich. »Aber eins nach dem anderen. Wie war dein Gespräch mit Richter Holzheimer?«

»Nicht sehr ergiebig. Der Mann ist am Ende. Nützliche Hinweise hatte er keine. Außer dass vor ein paar Wochen ein paar Boulevardblätter die Sache mit dem Kerl aufgegriffen hatten, der Kinder sexuell belästigt hat und den Richter Holzheimer mit einer Bewährungsstrafe davonkommen ließ, gab es weder Drohungen noch Beleidigungen deswegen, und es ist ihm auch sonst nichts aufgefallen.«

»Kann ich jetzt die Fotos vom Fundort des Jungen sehen?«

Böhmer nickte und tippte mit dem Zeigefinger mehrmals auf der Computermaus herum, während er den Blick auf den Monitor vor sich gerichtet hatte. »Okay, hier sind sie«, sagte er dann, woraufhin Max aufstand, um den Schreibtisch herumging und neben Böhmer die Hände auf der Tischplatte abstützte.

Böhmer schob ihm die Maus zu. Max betrachtete das Foto auf dem Monitor. Der Junge ... *Finn*, sagte sich Max. Er wollte nicht einfach an einen *Jungen* denken, sondern an *Finn Holzheimer*, das war er dem toten Kind schuldig.

Finn lag auf der rechten Seite auf einer Mischung aus Laub, Moos und kleinen Zweigen. Der linke Arm war nach vorn abgewinkelt, der andere wurde größtenteils vom Körper verdeckt. Die unnatürliche Stellung des Kopfes passte nicht zum Rest des Körpers. Er war deutlich weiter zurückgebogen, als es normalerweise möglich war, da zwei Drittel des Halses durchtrennt waren. Die schreckliche Wunde klaffte handbreit auseinander, und es wirkte, als würde der Kopf abreißen, sobald man den Körper anhob. Finns linkes Auge war offen. Blicklos. Stumpf.

Max bewegte den Mauszeiger auf den Pfeil auf der rechten Seite des Fotos und klickte darauf. Das nächste Foto, die gleiche Grausamkeit. Ein anderer Winkel.

»Ist das auch der Tatort?«, fragte Max beim fünften Foto, auf dem die Umgebung zu sehen war: ein typisches Waldstück mit Unterholz und dem halb verfaulten, bemoosten Stamm eines umgestürzten Baumes.

»Ja. Die Spuren sind eindeutig.«

Max richtete sich auf und ging wieder zurück zu seinem Stuhl. »Kannst du mir die Fotos zukommen lassen? Ich würde sie auch gern Marvin zeigen.«

Böhmer zögerte kurz, dann nickte er. »Ich schicke sie dir per verschlüsselter Mail.«

»Okay. Wer ist dieser Kerl, den Finns Vater auf Bewährung gehen ließ?«

Böhmer wiegte den Kopf hin und her. »Das ist schwierig, Max. Du weißt, dass ich dir alle Informationen gebe, die ich dir geben darf, aber diesen Namen kann ich dir nicht sagen. Datenschutz. Das könnte mich in Schwierigkeiten bringen.«

»Verstehe«, erwiderte Max enttäuscht. Böhmer beschäftigte sich wieder laut klickend mit der Computermaus. »Da fällt mir ein, ich muss mal aufs Klo. Bin gleich wieder da. Sagen wir in etwa zwei Minuten.«

Er erhob sich, verließ ohne weiteren Kommentar das Büro und schloss die Tür hinter sich.

Max stand auf und ging zu Böhmers Platz hinter den Schreibtisch. Sein Ex-Partner hatte eines der digitalen Dokumente zu dem Fall geöffnet, und als Max mit der Maus vor- und zurückblätterte und den Inhalt überblickte, konnte er sich ein Grinsen über Böhmer nicht verkneifen.

Er griff nach einem der Stifte, die in einem Metallbecher steckten, und nahm sich einen Notizzettel aus einer Plastikbox daneben. Dann schrieb er nicht nur den Namen und die Adresse des Mannes auf, den Holzheimer kurz vor der Entführung seines Sohnes mit einem unglaublich milden Urteil gehen ließ, sondern auch die des Richters.

Max hatte sich gerade wieder auf seinen Platz gesetzt, als Böhmer das Büro betrat, sich hinter seinem Schreibtisch niederließ, einen Blick auf den Bildschirm warf und die Hände auf der Tischplatte verschränkte.

»Kann ich dir sonst noch irgendwie helfen?«

»Habt ihr schon mit Rainer Klinke und seinem Freund, dem Friseur, gesprochen?«

Böhmer schüttelte den Kopf. »Nein, wir wissen ja erst seit ein paar Stunden, dass der Junge tot ist. Zugegebenermaßen habe ich nicht zwingend eine Verbindung zwischen Klinke und diesem Fall hier gesehen, als du mir gestern von ihm erzählt hast. Ich glaube auch immer noch nicht, dass der Mord an Dr. Holzheimers Sohn etwas mit Klinkes stümperhaftem Entführungsversuch in

Trier zu tun hat, aber wir müssen auf jeden Fall mit ihm darüber sprechen. Ich habe mir überlegt, dass ich Jana zu ihm nach Trier schicke. Vielleicht hast du ja Zeit und möchtest sie zufällig dorthin begleiten?«

»Klar. Was ist mit Marvin?«

»Das wird schwierig. Du weißt, dass Besuche bei Untersuchungshäftlingen immer ein heikles Thema sind, aber ich versuch's. Ich muss ein paar Telefonate führen und melde mich bei dir.«

Max nickte und erhob sich. »Gut. Ach, ist es okay, wenn ich mich mit Richter Holzheimer unterhalte?«, fragte Max bewusst beiläufig.

»Wenn er mit dir reden möchte, ja. Ich gehe davon aus, die Adresse hast du.«

»Ja, ich habe sie zufällig gefunden. Ich mache mich dann mal auf den Weg ins Büro.«

Als er kurz innehielt, sagte Böhmer: »Was ist?«

»Mir fällt nur gerade auf, wie seltsam sich der Gedanke für mich noch anfühlt, Mitinhaber einer Detektei zu sein.«

Böhmer stieß ein bellendes Lachen aus. »Für mich auch, glaub mir. Erst Bulle, dann Dozent an der Uni und jetzt Detektiv. Ich bin mir noch nicht im Klaren, ob ich das als Auf- oder als Abstieg bewerten soll.«

Max ließ den Blick durch Böhmers spartanisch eingerichtetes Büro schweifen. »Wenn ich mich hier so umschaue, weiß ich, wie *ich* es werte.« Er grinste. »Ich warte auf deinen Anruf.«

Als Max zwanzig Minuten später das neue Büro in der Sternwartstraße in Düsseldorfs Stadtteil Bilk betrat, saß Marvin hinter seinem Schreibtisch und blickte vom Monitor auf.

»Max! Und? Wie war's bei Kriminalhauptkommissar Böhmer?«

Max ging zu seinem neuen Schreibtisch, der bis auf einen Flachbildschirm und eine Computertastatur vollkommen leer war, und ließ sich auf den Lederstuhl fallen.

»Wir stehen noch völlig am Anfang, aber wir werden eng mit der Polizei zusammenarbeiten und uns permanent mit ihnen austauschen. Böhmer versucht bei der Staatsanwaltschaft, einen Termin für Jana und uns in der JVA Trier zu bekommen, damit wir noch mal mit Klinke reden können. Vielleicht gibt es ja doch etwas, das er und Kai Weinand bisher noch nicht erwähnt haben.«

»Was ist mit dem Richter, dem Vater des Jungen?«

»Zu dem sollten wir uns auf den Weg machen, sobald ich von Böhmer höre, wann wir einen Termin in Trier haben.«

»Hast du eine Vorstellung, wie der Mann reagieren wird, wenn zwei Privatermittler bei ihm auftauchen, kurz nachdem er erfahren hat, dass sein Kind ermordet wurde?«

»Nein, aber ich hoffe darauf, dass er nichts dagegen hat, wenn es neben der Polizei noch weitere Ermittler gibt, die versuchen werden, den Kerl zu finden, der seinem Sohn das angetan hat. Das erhöht die Chance auf Erfolg.«

»Wollen wir hoffen, dass er es genauso sieht.«

»Noch interessanter wird das Gespräch mit dem Kerl, den Richter Holzheimer vor kurzem mit einer lächerlichen Strafe davonkommen ließ. Falls Klinke recht hat und das wirklich der Auslöser war …«

»Glaubst du denn, dass der Mord an dem Jungen tatsächlich etwas mit dem Entführungsfall in Trier zu tun hat?«

»Ich weiß es noch nicht, aber wenn ich an diese Mail denke … Der Inhalt klang jedenfalls irre genug, dass er von jemandem geschrieben worden sein könnte, der auch in der Lage ist, eine solche Tat zu begehen.«

Marvins Blick wurde weich. Als er Max schweigend ansah, sagte der: »Was?«

»Ich denke gerade daran, was du vor nicht allzu langer Zeit mit Dominique Klauber erlebt hast, Max. Und jetzt ein ermordetes Kind. Kommst du klar?«

»Ja.« Max blickte auf den schwarzen Computermonitor. »Die Geschichte mit Dominique ist vorbei, und alles andere auch. Ich bin einfach nur … gereizt.«

»Ja, ich weiß. Und es macht dich verrückt, dass du hier sitzt, anstatt da draußen irgendwas zu unternehmen, um diesen Dreckskerl zu fassen. Ich kenne dich ja mittlerweile ein wenig.«

»Da ist was dran. Aber wie bereits erwähnt, wir legen ja gerade erst los. Ich bin schon sehr auf die Unterhaltung mit Richter Holzheimer gespannt. Vielleicht …«

Max' Telefon klingelte. Es war Böhmer, wie er mit einem Blick auf das Display feststellte. »Vielleicht geht's gleich schon los«, bemerkte er und nahm das Gespräch an.

»Ich habe gerade mit der Leiterin der JVA Trier telefoniert.« Böhmer kam direkt zum Punkt.

»Und? Klappt es mit einem Termin in der JVA mit Marvin?«

»Nein.«

»Mist!«, stieß Max enttäuscht aus. »Und wenn ich allein mit Jana komme?«

»Auch nicht. Klinke ist tot.«

7

»Was?«, rief Max so entsetzt aus, dass Marvin ihn erschrocken ansah. »Scheiße! Ich habe erst vor ein paar Stunden mit ihm gesprochen. Was ist geschehen? Und wann?«

»Suizid. Man hat ihn heute Nachmittag gefunden. Er hat sich mit seinem T-Shirt in seiner Zelle erhängt.«

Max dachte an sein Gespräch mit Klinke.

»Kann es sein, dass er vom Tod des Jungen erfahren hat?«

»Keine Ahnung.«

»Er hat sich wegen der Entführung des Holzheimer-Jungen schuldig gefühlt und sagte, er wisse nicht, wie er mit der Schuld weiterleben solle, wenn der Entführer dem Kind etwas antut.«

»Offenbar gar nicht«, kommentierte Böhmer zynisch. »Aber wenn er wirklich vom Tod des Jungen erfahren hat, frage ich mich, woher. Im Fernsehen kam es noch nicht, und einen Internetzugang hat er nicht.«

»Vielleicht von seinem Anwalt?«, mutmaßte Max.

»Ja, vielleicht. Ich werde mal die Kollegen in Trier deswegen kontaktieren.«

Als Max daraufhin eine Weile schwieg, fragte er: »Bist du noch dran?«

»Ja. Ich dachte nur gerade an Klinke. Was er getan hat, ist zwar durch nichts zu entschuldigen, aber er tut mir trotzdem leid. Er war wohl ein recht erfolgreicher Geschäftsmann mit Frau und Kind. Dann wird sein Sohn ermordet, und seine ganze Welt bricht in sich zusammen. Seine Frau landet in der Psychiatrie, und schließlich nimmt er sich selbst das Leben. Es ist eine Tragödie.«

»An der er aber zumindest zum Teil selbst Schuld hat. Ein Kind zu entführen, egal, aus welchem Grund, ist …«

»Verabscheuungswürdig, absolut. Aber auch eines von vielen Verbrechen, die offenbar nicht alle Richter als Grund ansehen, jemanden hart zu bestrafen und so vielleicht zu verhindern, dass der Täter das Gleiche wieder tut«, unterbrach Max ihn.

»Verteidigst du etwa, was Klinke getan hat?«

»Nein, Horst. Wie ich schon sagte – es gibt keine Rechtfertigung dafür, ein Kind zu entführen. Aber ich verstehe trotzdem die Fassungslosigkeit und die Wut von Opfern oder deren Angehörigen, wenn jemand, der Kinder missbraucht oder mit seinen Verbrechen sogar ganze Familien zerstört hat, mit einer lächerlichen Strafe davonkommt, während die Opfer den Rest ihres Lebens mit den Folgen der Taten leben müssen und nicht selten daran zerbrechen.« Und nach einer Pause fügte er leiser hinzu: »Oder sich das Leben nehmen wie Rainer Klinke.«

»Fast genau das Gleiche hast du mir als einen der Gründe für dein Ausscheiden bei uns genannt, als du damals gegangen bist.«

»Ja, und es hat sich seitdem nichts geändert, Horst. Unsere Judikative ist so sehr darauf fokussiert, Gründe zu finden, um die Strafe für Täter abzumildern, dass es in manchen Fällen schon regelrecht zynisch ist, was in Gerichtssälen abläuft. Du weißt doch selbst, wie oft wir wochen- oder sogar monatelang akribisch ermittelt haben, bis wir einen Sexual- oder Gewalttäter endlich fassen konnten. Und dann kommt ein Richter daher und lässt ihn mit einer Bewährungsstrafe wieder laufen, weil er noch eine Chance auf ein anständiges Leben haben soll.«

»Was ja grundsätzlich nicht falsch ist.«

»Natürlich muss man versuchen, Täter zu resozialisieren. Das Problem ist nur, dass man das nicht schafft, indem man sie fast ungestraft davonkommen lässt. Das führt eher dazu, dass viele von denen sich ins Fäustchen lachen und gleich wieder straffällig werden. Weil sie wissen, dass es keine wirklich ernsthaften Konsequenzen für sie hat.«

Max bemerkte, dass Marvin ihn fasziniert ansah. Er ignorierte es.

»Ich finde, du übertreibst ein bisschen, mein Lieber«, warf Böhmer ein, woraufhin Max mit der Zunge schnalzte.

»Darf ich dich daran erinnern, warum Klinke das Mädchen entführen wollte? Der Kerl, der seinen Sohn ermordete, hat drei Jahre zuvor schon mal einen kleinen Jungen vergewaltigt. Weil er damals erst zwanzig war, bekam er lediglich eine geringfügige Strafe. Kaum war er wieder frei, hat er Klinkes Sohn misshandelt und umgebracht.

Und bevor du wieder damit anfängst: Nein, ich billige nicht, was Klinke getan hat. Aber ich kann verstehen, was ihn so sehr verzweifeln ließ.«

Als Böhmer schwieg, fügte Max hinzu:»Wir konzentrieren uns so sehr auf die Täter, Horst, dass wir die unschuldigen Opfer völlig vergessen.«

Nach einer erneuten Pause wechselte Böhmer das Thema.»Was hast du als Nächstes vor?«

»Ich werde zuerst Dr. Holzheimer besuchen und anschließend jemanden, von dem ich offiziell weder den Namen noch die Adresse kenne.«

»Ich kann mir denken, dass …« Im Hintergrund waren Geräusche zu hören, dann sagte eine Frau:»Hast du einen Moment für mich?«

»Ja, klar«, erwiderte Böhmer.»Max, eine Kollegin braucht mich, ich muss auflegen. Wir hören uns später. Sei vorsichtig.«

»Bin ich«, sagte Max und beendete das Gespräch.

Nachdem er das Telefon abgelegt hatte, sah er zu Marvin hinüber, der die Brauen hochzog.

»Jemand, von dem du *offiziell* weder den Namen noch die Adresse kennst?«

Max nickte.»Ja, der Mistkerl, der Kinder sexuell belästigt hat und den Richter Holzheimer vor ein paar Wochen auf Bewährung laufen ließ. Ich habe seinen Namen aus Böhmers Computer. Er heißt Axel Brühler, und ich werde ihm auf den Zahn fühlen.«

Marvins rechte Braue wanderte nach oben.»Du bist ziemlich sauer, oder?«

»Nein, ich bin nicht sauer, ich bin wütend.«

»Eine durchaus menschliche Redaktion, mein Freund. Ich habe ja nur gehört, was du gesagt hast, kann mir aber den Rest zusammenreimen. Ich verstehe deine Gedanken. Man könnte daraus eine zugegebenermaßen sehr abstrakte, aber fast philosophische Frage ableiten: Wenn alle Menschen vor Gericht gleich sind, warum gibt es dann so viele verschiedene Strafen für das gleiche Verbrechen?«

»Gute Frage«, stimmte Max zu.

»Ja, aber trotzdem ein Dilemma. Und wenn es dir bis heute Abend nicht besser geht, mach's wie ich. Ich lege mich nie wütend ins Bett. Ich bleibe wach und plane meine Rache.«

Max stieß ein kurzes Lachen aus. »Ich werd's mir merken. Wo ist eigentlich Jana?«

»Sie wollte noch einiges einkaufen und erledigen. Sie sagte, sie werde sich gegen Abend bei dir melden.«

»Okay. Dann schlage ich vor, wir fahren jetzt zu Dr. Holzheimer. Vielleicht hat er ja irgendeinen Hinweis, der uns weiterbringt.«

Marvin erhob sich schwungvoll und nickte. »Nun denn! Beginnen wir mit der Arbeit.«

Die Familie Holzheimer bewohnte ein schmuckes Haus in Wersten, einem Stadtteil in Düsseldorfs Süden. Als der Richter die Tür öffnete, schien er zu Max' Verwunderung zu wissen, wer vor seinem Haus stand.

»Herr Bischoff und … Herr Wagner, nehme ich an«,

sagte er ernst, während sein Blick starr auf Marvin gerichtet war.

»Ja«, sagte Max. »Offensichtlich hat Hauptkommissar Böhmer uns schon angekündigt.«

»Ja«, bestätigte Dr. Holzheimer kurz, dann wandte er sich wieder an Marvin. »Sie fungieren als psychologischer Gutachter vor Gericht?«

Marvin nickte. »Unter anderem.«

Max war dankbar, dass Marvin in dieser speziellen Situation darauf verzichtete, die Stationen seiner zugegebenermaßen beeindruckenden Ausbildung aufzuzählen oder die eine oder andere spitze Bemerkung über die Art fallen zu lassen, wie Holzheimer ihn musterte.

Schließlich riss der Richter seinen Blick von Marvin los und wandte sich an Max. »Ich vermute, Sie wollen mir Fragen stellen. Hoffentlich nicht die gleichen wie Hauptkommissar Böhmer. Kommen Sie rein.«

Sie gingen durch eine geräumige Diele und betraten einen Raum, der als Esszimmer diente. Die Wände waren bis auf Hüfthöhe mit hellem Holz vertäfelt, darüber war weißer Reibeputz aufgetragen. Ein massiver Holztisch mit sechs lederbezogenen Stühlen dominierte den Raum, an dessen rechter Wand ein Sideboard stand. In der Ecke schräg gegenüber thronte eine mannshohe Uhr mit weißem Ziffernblatt und einem goldenen Pendel, das mit einem mechanisch klingenden *Tack, Tack, Tack,* stoisch im Sekundentakt von einer Seite zur anderen schwang.

»Setzen Sie sich«, forderte der Richter sie auf. »Meine

Frau kann leider nicht dabei sein. Sie … es geht ihr nicht gut.«

»Verständlich«, sagte Max sanft und ließ sich auf einem der Stühle nieder.

Als alle saßen, faltete Dr. Holzheimer die Hände auf dem Tisch und betrachtete Marvin erneut eingehend, bevor er sich an Max wandte. »Ich bin normalerweise kein Freund davon, Ermittlungen bei Kapitalverbrechen in private Hände zu geben, aber ich habe natürlich schon von Ihnen gehört. Ein Topermittler, der aus privaten Gründen die Polizei verlassen hat. Zudem hat Herr Böhmer in den höchsten Tönen von Ihrem analytischen Verstand geschwärmt. Ich hoffe, er hat nicht übertrieben. Also, was wollen Sie wissen?«

Marvin zog einen Notizblock und einen Stift aus der Tasche seiner Lederjacke, schlug den Block auf und legte den Stift darauf.

»Es kann sein, dass die Polizei die ein oder andere Frage bereits gestellt hat, aber dennoch … Also: Fand der Prozess gegen Axel Brühler öffentlich statt?«, begann Max.

Holzheimer runzelte die Stirn. »Diese Frage hat Herr Böhmer schon mal nicht gestellt. Ja, der Prozess war öffentlich.«

»Ist Ihnen währenddessen im Gerichtssaal jemand aufgefallen, der sich untypisch verhalten hat oder sonst irgendwie anders war?«

Der Richter dachte kurz nach, dann schüttelte er den Kopf. »Nein.«

»Hat Ihr Sohn in letzter Zeit vielleicht einmal erwähnt,

dass ihm irgendetwas seltsam vorgekommen ist?«, fragte Marvin. »Ein Fremder, der sich merkwürdig verhielt, irgendwelche Bemerkungen von Mitschülern, Lehrern oder sonst wem?«

»Nein. Warum wollen Sie das wissen?«

Max wechselte mit Marvin einen schnellen Blick, bevor er sich entschloss, dem Richter gegenüber offen zu sein. »Sie wissen sicher, dass einige Ihrer Urteile in der Öffentlichkeit kontrovers diskutiert werden. Gerade das verhältnismäßig milde Urteil im Fall Brühler ist bei vielen auf Unverständnis gestoßen. Wir müssen in Betracht ziehen, dass der Täter jemand aus diesem Kreis ist.«

»Sie wollen mir ernsthaft sagen, dass jemand meinen Sohn ermordet hat, weil er eines meiner Urteile für zu milde hielt?«

Max schüttelte den Kopf. »Ich sprach davon, es in Betracht zu ziehen.«

»Das ist doch absurd«, wehrte Holzheimer ab.

»Gut, dann frage ich Sie direkt: Warum war Ihr Urteil gegenüber einem Mann, der Kinder sexuell belästigt hat, so milde?«

»Sie mögen ein guter Ermittler gewesen sein, aber Sie sind kein Jurist«, entgegnete Holzheimer merklich verärgert. »Woher haben Sie die Qualifikation, meine Urteile analysieren zu können?«

»Das liegt mir fern, Herr Dr. Holzheimer, aber ich habe Menschenverstand. Im Übrigen hoffe ich, noch immer ein guter Ermittler zu sein. Und zwar einer, der hier ist, weil er den Mörder Ihres Sohnes finden will.«

Holzheimer dachte einen Moment nach, dann nickte er und sagte deutlich ruhiger:»Also gut. Meiner Meinung nach ist es sogar für Juristen ohne Kenntnis der konkreten Umstände eines Falls beziehungsweise des Akteninhalts grundsätzlich nicht möglich, verlässlich zu bewerten, ob ein Urteil tatsächlich zu *gering* ausgefallen ist. Im Übrigen ist es immer vom persönlichen Empfinden abhängig, ob man eine Strafe als angemessen ansieht, ganz egal, ob man sich seine Meinung als Richter oder als Bürger ohne juristische Kenntnisse bildet. Und bei der Bemessung der Strafe ist jeder Fall spezifisch und nicht standardisiert zu betrachten, abhängig vom Eindruck des Richters von der Tat und dem Angeklagten.«

Wäre die Situation eine andere gewesen und Dr. Holzheimer hätte nicht gerade seinen Sohn durch eine furchtbare Tat verloren, hätte Max ihm vielleicht widersprochen. So aber nickte er nur und sagte:»Verstehe.«

Fünfzehn Minuten später hatten sie alle wichtigen Fragen durch, und wie Böhmer zuvor musste auch Max feststellen, dass die Antworten des Richters ihn kaum weiterbrachten.

Als Holzheimer sie zur Tür geleitete, blieb er in der Diele stehen und wandte sich an Max.»Was sagt Ihnen denn nun Ihr analytischer Verstand? Ist mein Sohn entführt und ermordet worden, weil jemand mit meinen richterlichen Urteilen unzufrieden ist? Weil er sie für zu milde hält?«

»Menschen tun Dinge aus den verrücktesten Gründen, Dr. Holzheimer. Wie gesagt sprach ich eben nur davon, dass wir das in Betracht ziehen müssen. Für alles andere ist es noch zu früh.«

Holzheimer senkte den Blick. »Wenn jemand glaubt, er kann durch die Ermordung meines Kindes beeinflussen, wie ich meinen Beruf ausübe, hat er sich getäuscht. Wenn wir beginnen, uns vor Terror und Gewalt zu beugen, ist unser Rechtsstaat verloren.«

Max nickte. »Ja, das stimmt.«

Sie waren etwa zwanzig Minuten unterwegs nach Mönchengladbach, wo Axel Brühler wohnte, als Böhmer bei Max anrief.

»Hallo, Horst«, meldete Max sich. »Ich sitze mit Marvin im Auto und habe die Freisprechanlage an.«

»Guten Tag, Herr Böhmer«, sagte Marvin, woraufhin er von Böhmer ein gegrummeltes »Tag« zur Antwort bekam.

»Es scheint noch jemand Interesse daran zu haben, Informationen von Dr. Holzheimer zu bekommen«, fuhr Böhmer dann direkt fort.

»Was meinst du damit?«, wollte Max wissen.

»Der Richter hat mich gerade angerufen und sich darüber beschwert, dass ein Beamter des KK11 ihn telefonisch mit Fragen belästigen wollte, die er mir bereits beantwortet hat.«

»Hm …«, brummte Max, der ahnte, worauf das hinauslief.

»Es hat niemand von uns bei ihm angerufen.«

»Seltsam«, sagte Max. »Wer könnte ein Interesse daran haben, dem Vater eines ermordeten Kindes Fragen zu stellen? Und wer würde sich zu diesem Zweck für einen Polizisten ausgeben?«

»Ich kann mir keinen Reim darauf machen. Jedenfalls spielt da offensichtlich noch jemand mit, von dem wir nichts wissen.«

»Okay, danke für die Info.«

»Alles klar«, sagte Böhmer und legte auf.

»Das ist tatsächlich höchst seltsam«, stellte Marvin fest. »Vielleicht ein weiterer Privatermittler? Das wäre ja fast wie bei einer Castingshow für Detektive.«

Max schüttelte den Kopf. »Nein, ich glaube nicht, dass der Anrufer ein Privatermittler war.«

»Aber wer sonst? Der Täter? Das ist doch eher unwahrscheinlich. Welche Information könnte der Richter ihm geben?«

»Wie gesagt, ich weiß es nicht. Noch nicht. Aber ich werde darüber nachdenken. Konzentrieren wir uns jetzt erst mal auf das Gespräch mit Herrn Brühler. Falls er überhaupt mit uns redet.«

Max bemerkte aus den Augenwinkeln, dass Marvin mit den Schultern zuckte. »Und falls nicht, fällt uns sicher etwas ein, wie wir ihn dazu überreden können.«

8

Die Richterin starrt auf ihren toten Mann, der in seinem blut-durchtränkten Hemd seitlich auf dem Sessel liegt, und beginnt zu zittern.

»Was ...«, krächzt sie mit dünner, rauer Stimme, während ihr Tränen über die Wangen laufen. »Warum ... warum haben Sie das ...« Er sieht, dass ihre Augen sich weiten und der Mund sich langsam öffnet.

»Schrei besser nicht«, sagt er ruhig.

Es wirkt. Sie presst die Lippen zusammen und steht noch ein paar Sekunden am ganzen Körper zitternd vor ihm, dann geben ihre Beine nach, und sie sinkt wieder auf die Couch. Er horcht in sich hinein und stellt fest, dass er weder Aufregung noch Genugtuung empfindet angesichts der Tatsache, dass alles so reibungslos verläuft. Lediglich der Gedanke daran, dass er den Auftrag genau so erfüllen wird, wie er es ihm aufgetragen hat, lässt ein Gefühl der Zufriedenheit in ihm entstehen.

»Ich will deine Frage beantworten. Ich habe das getan, damit dein Mann uns nicht stört.«

Die Richterin schaut ihn mit maskenhaftem Gesicht an, als hätte er in einer fremden Sprache zu ihr gesprochen.

»Ich kann während der Vollstreckung des Urteils keine Störung brauchen.«

»Welches … Urteil?«, *fragt sie, und ihre Stimme ist so leise, dass er sie fast nicht verstehen kann, obwohl er unmittelbar vor ihr steht.*

Er lacht auf. »Das fragst du? Als Richterin? Aber natürlich, das passt ins Bild. Gut, ich will dir helfen. Was passiert mit jemandem, der sich schuldig gemacht hat an der Gemeinschaft? Er kommt vor Gericht und wird im besten, aber leider zu seltenen Fall dafür bestraft. Du hast dich der Anstiftung zum Mord schuldig gemacht und wirst nun definitiv dafür bestraft.«

»Was?«, *flüstert sie.*

»Philipp Knappe. Erinnerst du dich an ihn?«

Als sie nicht antwortet, fährt er fort: »Es ist ein Jahr und drei Monate her. Er stand vor Gericht, weil er Kinderpornographie verbreitet hat. Die Polizei hat auf seinem Computer Tausende der übelsten Kinderpornos gefunden. Schreckliche, abartige Dinge. Erinnerst du dich jetzt?«

Die Richterin antwortet nicht, aber er sieht ihr an, dass sie weiß, wovon er redet. Und dass sie sich ihrer Schuld bewusst ist. Sie ist schuldig, und sie sieht schuldig aus.

»Du hast viele mildernde Umstände für ihn gefunden. Weil er ein schlechtes Elternhaus und eine schlimme Kindheit hatte. Und dann hast du ihn zu acht Monaten auf Bewährung verurteilt, und ein Verbrecher konnte den Gerichtssaal als freier Mann verlassen.«

»Er hat Reue gezeigt und versprochen, eine Therapie zu machen«, *flüstert sie.*

»Kinderpornographie ist die Abbildung von extremem Leid, das den Schwächsten unserer Gesellschaft zugefügt wird. Kin-

dern. Wer diese Bilder und Filme sammelt und anschaut, spielt schon in seiner Phantasie mit dem Gedanken, wie es wäre, wenn er selbst bei so was mitmachen würde.«

Er spürt, wie er mit jedem Wort wütender wird. »Zwei Monate später hat dieser Knappe sich ein kleines Mädchen geschnappt und sein eigenes Video mit ihr gedreht. Weißt du, was er alles mit dem Kind gemacht hat?«

»Nein.«

Er lächelt. »Natürlich nicht. Woher auch? Das war ja nicht mehr deine Sorge. Philipp Knappe war eine tickende Zeitbombe, und du hast ihn auf die Gesellschaft losgelassen, statt ihn wegzusperren und die anständigen Menschen vor ihm zu schützen. Damit hast du ihn zum Mord angestiftet und bist dafür verurteilt worden. Gerecht verurteilt.«

Sie bewegt wie in Zeitlupe den Kopf hin und her. Es sieht aberwitzig aus. »Bitte nicht. Bitte, tun Sie mir nichts. Sie haben recht, ich habe einen großen Fehler begangen, und es tut mir aufrichtig leid.«

Er hebt den ausgestreckten Zeigefinger und schüttelt lächelnd den Kopf. »Nein, nein, ich weiß genau, was du vorhast. Du willst mich ebenso täuschen, wie du dich von Philipp hast täuschen lassen. Aber bei mir funktioniert das nicht. Du bist schuldig und wirst deine gerechte Strafe bekommen.«

»Wer hat mich schuldig gesprochen?«, fragt Brigitte Markgraf. Sie scheint sich ein wenig beruhigt zu haben, stellt er fest. »Sie? Wenn Sie schon von Gerechtigkeit reden, dann können Sie mich nicht verurteilen. Das ist nicht gerecht, weil Sie kein Richter sind.«

»Ich habe dich nicht verurteilt. Das war jemand anderes.«

»Wer?«

»Er! *Er hat dich verurteilt und mich geschickt, dir deine Strafe mitzuteilen und zu vollstrecken.*«

»Er? *Wer ist er? Jemand, den ich nicht kenne, urteilt über mich ohne Verhandlung? Das soll gerecht sein?*«

»*Ich werde dir seinen Namen rechtzeitig sagen. Und ja, er ist gerecht. Deine Strafe ist gerecht. Dir wird das widerfahren, was Philipp Knappe mit dem kleinen Mädchen gemacht hat.*«

Er bückt sich und greift nach seiner Tasche, die schräg hinter ihm steht. Er öffnet sie, nimmt ein paar Gummihandschuhe heraus, die er sich überstreift, dann zwei schwarze Stricke. Er legt sie neben sich auf den Tisch. Anschließend befördert er einen Vibrator ans Tageslicht. Er hat die Form eines unnatürlich riesigen Penis. Die obere Hälfte ist mit Nägeln bestückt, die ein, zwei Zentimeter herausragen und ihn aussehen lassen wie einen bizarren Kaktus. Als Richterin Markgraf ihn sieht, öffnet sich ihr Mund zu einem Schrei. Er ist mit einem schnellen Satz bei ihr und schlägt ihr die geballte Faust ins Gesicht. Sie kippt nach hinten, er beugt sich über sie und hält ihr das Messer an die Kehle.

»*Ich sagte, wenn du schreist, schneide ich dir die Zunge raus. Möchtest du das?*«

Sie schüttelt, die Augen weit aufgerissen, den Kopf. Blut läuft ihr aus der Nase.

»Gut.« *Er hebt den Penisvibrator vom Boden auf und legt ihn auf den Tisch. Als die Richterin ihn entsetzt anstarrt, sagt er kalt:* »Zieh dich aus. Alles.«

9

Sie brauchten sich keine Gedanken darüber zu machen, ob Axel Brühler mit ihnen reden würde oder nicht, denn als sie eine halbe Stunde später vor dem plattenbauartigen Gebäude standen und Brühlers Klingelknopf unter den etwa sechzig anderen gefunden hatten, kam auch nach dem vierten Versuch keine Reaktion.

»Nun stehen wir hier wie zwei Pakete, die nicht zugestellt werden können«, kommentierte Marvin.

Max nickte. »Ja, aber ich wollte bewusst nicht vorher anrufen, damit er sich nicht vorbereiten kann.«

Die Haustür neben ihnen öffnete sich, und eine Frau mit hellblond gefärbten Haaren und handbreitem dunklen Ansatz verließ das Gebäude und steckte sich eine Zigarette in den Mundwinkel. Ihr Alter war schwer zu schätzen. Ihre Gesichtshaut war grobporig und wie von einem grauen Schleier überzogen. Vielleicht war sie Mitte vierzig, vielleicht aber auch erst in den Dreißigern. Als sie die beiden kritisch musterte, fiel Max auf, dass sie sich offenbar nicht wie die meisten anderen Menschen für Marvins Erscheinungsbild interessierte.

»Entschuldigen Sie, kennen Sie einen Axel Brühler?«, fragte er. »Er wohnt in diesem Haus.«

Die Frau drehte sich um und blickte an der grauen Fassade entlang nach oben, wie um sich zu vergewissern, welches Haus er meinte, bevor sie Max ansah, als sei er ein Außerirdischer. »Siehste, wie viele Leute hier wohnen? Meinste vielleicht, ich kenn jeden Arsch, der hier rumhängt?« Die Zigarette wippte bei jedem Wort auf und ab.

»Danke für die wirklich erhellende Auskunft«, sagte Marvin in einem Ton, als wäre sie ihm eine große Hilfe gewesen. »Und nein, das denken wir tatsächlich nicht. Und auch sonst nichts. Ich wünsche einen schönen Tag, gehaben Sie sich wohl.«

Die Frau zog die Stirn kraus. »Wat labberst du denn für 'n Mist? Bist du aus der Klapse abgehauen?«

Kopfschüttelnd wandte sie sich ab, die Zigarette noch immer im Mundwinkel.

»Fahren wir zurück«, beschloss Max. »Ich versuch's dann vielleicht doch besser mit einem Anruf.«

Als sie eine knappe Stunde später bei ihrem Büro ankamen, stand ein Wagen, in dem offensichtlich jemand auf der Fahrerseite saß, direkt vor dem Eingang am Straßenrand.

Max hielt direkt dahinter an und stellte den Motor ab. »Will da etwa schon wieder jemand vor der offiziellen Eröffnung zu uns?«

Als sie ausgestiegen waren, öffnete sich gleich darauf die Tür des Wagens vor ihnen, und Kai Weinand, der Friseur aus Trier, tauchte auf.

»Hallo!« Max nickte Weinand zu. »Sie haben wieder den Weg von Trier hierher gemacht? Aus welchem Grund?«

»Ich möchte Ihnen helfen.«

Max sah fragend zu Marvin hinüber, doch der machte keinerlei Anstalten, sich zu äußern. Also wandte er sich wieder an Weinand. »Sie wollen helfen? Wobei?«

»Den Mörder des Jungen zu finden. Ich habe im Internet gelesen, dass er ermordet wurde, kurz bevor ich hörte, was mit Rainer geschehen ist.«

»Danke, aber ich halte das für keine gute Idee. Außerdem haben Sie doch ein Geschäft, das Sie führen müssen.«

»Das übernimmt in der Zeit eine Kollegin für mich, mit der ich schon seit sechsundzwanzig Jahren zusammenarbeite.« Es klang so, als gäbe es nichts mehr zu diskutieren.

Max schüttelte den Kopf. »Trotzdem. Ihnen fehlt jegliche Erfahrung in diesem Bereich. Abgesehen von allem anderen ist es auch zu gefährlich.«

Max sah, wie Weinand den Unterkiefer nach vorn schob. »Dieses Schwein hat nicht nur einen kleinen Jungen, sondern auch meinen Freund auf dem Gewissen. Ich werde nach ihm suchen, ob mit Ihnen oder ohne Sie. Ich habe keine Angst, ich bin fit und verfüge über Kampfsporterfahrung.«

Weinands Unbeirrbarkeit erinnerte Max an sich selbst. Er wusste, wie es sich anfühlte, wenn man etwas so unbedingt tun wollte, dass man sich von nichts und niemandem davon abbringen lassen würde.

»Außerdem werden Sie sicher über meine Hilfe froh sein, weil ich etwas Interessantes gefunden habe.«

»Nun kommen Sie erst mal mit rein«, sagte Max und ging zur Tür. Als er aufgeschlossen hatte und sich umdrehte, beugte Weinand sich gerade in sein Auto und hatte ein Notebook in der Hand, als er wieder zum Vorschein kam. »Ich muss Ihnen was zeigen«, erklärte er, als er Max' fragenden Blick bemerkte.

Im Büro deutete Max auf die Tür, die zum Besprechungsraum führte, und sagte: »Gehen wir da rein.«

Der Raum roch noch nach frischer Farbe, und ihm wurde bewusst, dass sie dieses Zimmer zum ersten Mal seiner Bestimmung gemäß für eine Besprechung mit einem Auftraggeber nutzten. Ein zufriedenes Schnauben von Marvin neben ihm ließen Max vermuten, dass sein Partner gerade ähnliche Gedanken hatte.

»Also gut«, sagte Max und wandte sich an Weinand, der ihnen gegenübersaß und das Notebook vor sich auf dem Tisch abgelegt hatte. »Sie sagten, Sie haben etwas Interessantes gefunden?«

»Ich sagte auch, ich wollte Sie unterstützen. Wie sieht es denn damit aus?«

»Nun, wenn Sie uns erzählen, *was* Sie gefunden haben, dann unterstützen Sie uns doch«, bemerkte Marvin, woraufhin Weinand den Kopf schüttelte. »Ich möchte mit Ihnen zusammen diesen Kerl finden, der für Rainers Tod verantwortlich ist.«

»Zeigen Sie uns, was Sie gefunden haben, dann sehen wir weiter, okay?«

»Ich brauche eine Internetverbindung. Kann ich bitte ihr WLAN-Passwort haben?«

Max musste lächeln. »Tut mir leid, wir haben zwar schon WLAN hier, aber es gibt noch keinen Gastzugang. Sie werden Ihr Handy als Hotspot benutzen müssen.«

Weinand zog sein Handy hervor und hantierte daran herum, bevor er das Notebook aufklappte und seine Finger über die Tastatur huschen ließ. Schließlich sah er wieder zu Max und Marvin auf. »Okay, es hat funktioniert. Das ist Rainers Notebook. Ich habe gesehen, dass der TOR-Browser darauf installiert ist, und das hat mich gewundert. Wissen Sie, was der TOR-Browser ist?«

Bevor Max antworten konnte, sagte Marvin: »Ein Browser, der ein Höchstmaß an Privatsphäre im Internet bietet. Weil er eine verschlüsselte und anonyme Verbindung aufbaut, die auch von der Polizei nicht nachverfolgbar ist, wird er gern benutzt, um auf den nicht indizierten Teil des Internets zuzugreifen – das sogenannte Darknet. Das macht ihn zum beliebtesten Browser der Unterwelt.«

Weinand nickte mehrmals. »Ganz genau. Das fand ich seltsam. Ich habe ihn geöffnet und ein bisschen rumgeklickt. Dabei habe ich ein verstecktes Lesezeichen gefunden, das diese Seite öffnet.« Er drehte den Computer so, dass Max und Marvin das Display sehen konnten.

Die Website war neutral, fast steril mit ihrem hellgrauen Hintergrund und der schwarzen, schnörkellosen Schrift. Man hätte sie auch für den Auftritt einer Behörde halten können, wäre da nicht die ausschließlich in

Grautönen gehaltene Graphik gewesen, die sich im oberen Bereich über die ganze Breite zog und eine eigenwillige Form von Justitia zeigte. Die römische Göttin der Gerechtigkeit war vor einem wabernden, dunklen Hintergrund zu sehen. Wie auf den meisten Abbildungen trug sie eine lange Robe, die an die traditionelle Kleidung von Richtern erinnerte. In der einen Hand hielt sie ein Schwert als Zeichen für die Durchsetzung der Gerechtigkeit, wie Max sich erinnerte, in der anderen eine Waage, Sinnbild dafür, dass Gerechtigkeit auf Gleichgewicht und Fairness basiert. Allerdings hatte Max noch nie eine Abbildung der Justitia gesehen, bei der das Schwert blutverschmiert war und sich die Waagschalen nicht im Gleichgewicht befanden, sondern die linke extrem nach unten hing.

Auch die Augenbinde, die symbolisierte, dass Justitia unparteiisch und objektiv ist und nicht nach dem Aussehen oder den Umständen, sondern nur nach den Fakten urteilt, war verrutscht und hing, statt die Augen zu bedecken, schlaff über Nase und Mund.

Darunter stand in großen roten Lettern: INFAMIA.

»Ich habe nachgesehen, was *infamia* heißt«, setzte Weinand an, doch Marvin unterbrach ihn. »Man kann es mit *Schande* übersetzen. Es beschreibt einen schlechten Ruf oder öffentliche Schande, zum Beispiel aufgrund von unehrenhaften Taten oder Verhaltensweisen.«

»Viel interessanter finde ich den Inhalt der Seite«, bemerkte Max, der zwischenzeitlich den Text unter der Graphik überflogen hatte und nun laut vorlas:

»Ein Jahr auf Bewährung für Vergewaltigung, fünf Jahre mit der Aussicht, nach drei Jahren wieder auf freiem Fuß zu sein, für einen eiskalten Mord, den der Richter zugunsten des Mörders als Totschlag einstuft. Mildernde Umstände für übelste Gewaltorgien, weil der Täter betrunken oder im Drogenrausch war. Wir leben in einem Land, in dem Staatsanwälte faule Deals mit Verbrechern eingehen und Schläger und Vergewaltiger laufen lassen. Ein Land, in dem Richter zum Wohl von Verbrechern in Kauf nehmen, dass sie erneut morden. Fast jeder von uns spürt, wie ungerecht das ist. Richter küssen Täter auf die Stirn und spucken Opfern ins Gesicht.

Wir möchten aufschreien angesichts der Gleichgültigkeit und Kälte, die Richter gegenüber misshandelten, gequälten und ermordeten Menschen zeigen, und des Verständnisses und der Nachsicht für die Täter. Und was haben wir bisher dagegen getan? Nichts.

Doch damit ist jetzt Schluss.

INFAMIA ist das Forum für Gerechtigkeit. Hier werden Skandalurteile von Richtern ungeschönt aufgezeigt. Hier werden die Namen und die Adressen derjenigen öffentlich gemacht, die unendliches Leid über Opfer und deren Familien bringen. Opfer, die es nicht gegeben hätte, wenn dieses überhebliche, unfähige und verblendete Pack seinem Schwur gerecht geworden wäre und im Sinne und zum Wohl des Volkes geurteilt hätte und nicht zum Wohl der Täter.

Kennst du einen Fall von richterlichem Versagen, das dazu geführt hat, dass unschuldige Menschen leiden mussten? Erzähl davon, teile uns allen den Namen der Richterin oder des

Richters und die Adresse mit. Stell diese Verbrecher in schwarzer Robe HIER an den Pranger, damit jeder weiß, wer sie sind und wo sie leben. Für die Opfer. Für Gerechtigkeit.«

10

Max sah auf und ließ den Blick von Weinand zu Marvin wandern.

»Starker Tobak«, kommentierte Marvin.

»Allerdings«, bestätigte Max und klickte auf das Wort HIER, woraufhin sich ein neues Fenster mit einem Eingabeformular öffnete. Die Überschrift lautete: *Schuldig an der Gesellschaft!* Darunter, etwas kleiner, stand: *Wen stellst du an den Pranger?* Es folgten Eingabefelder für einen Titel, den Namen und die Adresse sowie ein großes Textfeld mit der Beschriftung: *Schildere hier den Fall.*

Während Kai Weinand aufstand und um den Tisch herumkam, damit er das Display sehen konnte, schloss Max das Fenster und scrollte auf der Hauptseite nach unten.

Dort begann eine Liste mit Überschriften wie:

Richter Scheid aus Koblenz: Bewährungsstrafe für Vergewaltiger, oder:

Richterin Kümmert aus Pforzheim: acht Monate für versuchten Raubmord.

»Gehen Sie noch weiter nach unten«, forderte der Friseur Max auf, was er auch tat. Die Einträge ähnelten sich, immer ging es dabei um ein geringes Strafmaß für Verbrechen. Max wunderte sich, wie viele es schon gab.

Sekunden später entdeckte Max eine Überschrift, die ihn stocken ließ, weil sie sich farblich von den anderen unterschied. Die Wörter waren nicht in Schwarz, sondern in Rot dargestellt. Zudem war hinter dem letzten Wort ein Galgen-Emoji eingefügt. Der Titel lautete: *Richter Holzheimer aus Düsseldorf: Bewährungsstrafe für einen Sexualstraftäter.*

Max klickte auf den Link, woraufhin sich ein neues Fenster mit einem längeren Text öffnete, in dem der Prozess samt Anklage und Urteil genau beschrieben war. Und auch Holzheimers Privatadresse auftauchte.

»Holzheimer! Rot bedeutet wohl, dass jemand sich aus einer vollkommen irren Sicht um Gerechtigkeit gekümmert hat«, mutmaßte Marvin.

Max lehnte sich zurück, ließ den Blick aber auf das Display gerichtet. »Dann ist diese Website nichts anderes als eine hinter dem ganzen Geschwafel von Gerechtigkeit versteckte Aufforderung zur Gewalt gegen die Leute, die dort angeprangert werden.«

»Bemerkenswert ist dabei, dass diejenigen, die Namen und Adressen von Richtern veröffentlichen, selbst offenbar anonym bleiben.«

»Ich habe doch gesagt, ich kann Ihnen helfen«, sagte Weinand und ging wieder zu seinem Platz zurück.

»Hat Herr Klinke auch den Namen der Richterin dort veröffentlicht, die den Mörder seines Sohnes seiner Meinung nach zu milde bestraft hat?«, erkundigte sich Max bei Weinand.

Weinand nickte. »Ja.«

Max griff nach seinem Telefon und tippte auf die Nummer von Böhmer.

»Ich habe hier was, das euch auch interessieren dürfte«, erklärte er seinem Ex-Partner und berichtete dann von dem Forum. »Vielleicht können eure IT-Spezialisten ja irgendwas über die Betreiber der Website oder die Nutzer herausfinden. Ich mache gleich ein Foto von der Adresse und schicke es dir.«

»Warum nennst du sie mir nicht einfach oder schickst mir eine Mail mit dem Link?«

»Das ist eine Darknet-Adresse, Horst. Die besteht aus einer ellenlangen, völlig zusammenhanglosen Aneinanderreihung von Buchstaben und Zahlen. Ich schicke dir gleich eine WhatsApp mit dem Foto.«

»Okay. Denkst du, der Täter ist dort auch unterwegs und hat aus dem Forum die Anregung für seine Tat erhalten?«

»Wäre naheliegend.«

»Ich kümmere mich darum, aber du weißt, dass die Chancen, im Darknet an irgendwelche Daten heranzukommen, gegen null gehen.«

»Das ist mir klar. Eigentlich müssten die Richterinnen und Richter, die dort aufgeführt sind, beschützt werden.«

Böhmer stieß ein kurzes Lachen aus. »Wovon träumst du eigentlich nachts? Du kennst unsere personelle Situation. Das wäre selbst dann unmöglich, wenn wir doppelt so viele Leute zur Verfügung hätten.«

»Das weiß ich, Horst. Deshalb der Konjunktiv. Aber warnen könnt ihr sie doch zumindest, oder?«

»Ich muss mir diese Seite anschauen und dann sehen, was ich tun kann. Gegebenenfalls können wir die ehrenwerten Herrschaften, die dort aufgeführt sind, auf die Website hinweisen.«

»Ich danke dir.«

Max legte auf, machte ein Foto der Webadresse und schickte es per WhatsApp zu Böhmer. Als er das Telefon wieder abgelegt hatte, sah er Weinand nachdenklich an. Während des Telefonats mit Böhmer war ihm ein Gedanke gekommen.

»Eine Frage, Herr Weinand: Kann es sein, dass Sie bei Richter Holzheimer angerufen und sich als Polizist ausgegeben haben?«

Weinand straffte sich. »Ja, das habe ich. Das war gleich nachdem ich von Rainers Tod erfahren habe. Ich musste irgendetwas unternehmen, sonst wäre ich verrückt geworden. Dann bin ich auf die Idee gekommen, mich mit Ihnen zusammenzutun.«

»Was denkst du?«, fragte Marvin mit Blick auf Max. »Morgen ist die Eröffnung, danach muss Jana wieder zum Dienst.«

»Hm …«, brummte Max nachdenklich, während seine Gedanken rasten.

»Sie haben schon registriert, dass ich noch hier sitze, nicht wahr?«, sagte Weinand.

Max überging die Bemerkung und nickte schließlich. »Also gut. Wenn Sie uns bei der Recherchearbeit unterstützen möchten, geht das in Ordnung. Aber geben Sie sich nie wieder als jemand aus, der Sie nicht sind. Vor allem rufen Sie nicht mehr einfach so bei Angehörigen von Opfern an.«

Weinand zuckte mit den Schultern. »Das ist okay.«

»Gut. Gibt es außer dieser Website sonst noch etwas, das uns weiterbringen könnte?«

»Ja, meine Hilfe.«

»Ist schon gut«, sagte Marvin grinsend, erhob sich und ging zur Tür. »Dann kommen Sie mal mit.«

»Wie lange wollen Sie eigentlich in Düsseldorf bleiben?«, fragte Max und stand ebenfalls auf.

»So lange, bis der Kerl gefasst ist.«

»Und wo werden Sie schlafen?«

»Bei Hans-Josef.«

»Was?«

Weinand zeigte ein schiefes Grinsen. »Hans-Josef Junk. Das ist mein Patenonkel, und er lebt hier in Düsseldorf. Ich werde in seinem Gästezimmer wohnen, solange ich hier bin. Alles, was ich brauche, habe ich im Auto.«

»Haben Sie nicht in Betracht gezogen, dass wir nein sagen könnten?«

»Es wäre doch unsinnig, freiwillige und kostenlose Hilfe abzulehnen, oder? Und falls doch, hätte ich allein weitergemacht. Rainer war mein Freund, ich bin es ihm schuldig, etwas gegen das Schwein zu unternehmen, das für seinen Tod verantwortlich ist.«

Zurück im Büroraum, legte Weinand Klinkes Notebook auf dem leeren Schreibtisch ab, der an der Wand stand. »Wenn es in Ordnung ist, schaue ich mir jetzt erst mal auf Rainers Computer jedes Detail dieser Website an. Dazu bin ich bisher nicht gekommen. Vielleicht entdecke ich ja noch etwas.«

Max warf einen Blick auf die Uhr und sagte: »Halb sieben … Okay, aber in einer halben Stunde machen wir Schluss. Wir treffen uns morgen früh wieder hier. Ab elf Uhr ist die offizielle Eröffnung, da kommen einige Leute her, und wir müssen noch so manches vorbereiten. Auch wenn mir das gerade überhaupt nicht in den Kram passt.«

»Sie haben ja jetzt zusätzliche Hilfe«, erklärte Weinand, setzte sich an den Schreibtisch und klappte das Notebook auf.

Auch Max startete seinen Computer. Als Erstes würde er sich den TOR-Browser herunterladen. Den würde er mit Sicherheit noch öfter benötigen.

Knappe zehn Minuten später sagte Weinand: »Das ist ja seltsam«, und fügte gleich darauf hinzu: »Scheiße! Das müssen Sie sich anschauen.«

Max stand gleichzeitig mit Marvin auf, und beide gingen zu Weinands Arbeitsplatz. »Was ist los?«

»Da, sehen Sie?« Weinand deutete auf dem Display auf eine Zeile in der Liste, und Max sah sofort, was er meinte.

»Vor einer Minute wurde der Eintrag rot, ein paar Sekunden später dann das.«

Richterin Markgraf aus Duisburg, stand da in roter Schrift. *Bewährungsstrafe für den Besitz und die Verbreitung von Kinderpornographie.* Dahinter war das am Galgen hängende Emoji zu sehen.

»Mist!«, stieß Max aus, bückte sich und klickte auf den

Link. Nachdem er den Text dahinter überflogen hatte, griff er nach seinem Handy und rief Böhmer an.

»Auf dieser Website ist gerade der Link zu einer Duisburger Richterin auf die gleiche Art markiert worden wie der von Dr. Holzheimer. Das kann bedeuten, dass ihr etwas zugestoßen ist.«

»Gottverdammt!«, hörte er Böhmer fluchen. »Hast du die Adresse?«

»Ja!«, sagte Max. »Sie ist unter dem Eintrag im Forum vermerkt.« Er las sie Böhmer vor und stellte verwundert fest, dass sie sich im Düsseldorfer Stadtteil Derendorf befand.

»Wieso Düsseldorf?«, fragte Böhmer prompt nach. »Sagtest du nicht gerade, sie sei Richterin in Duisburg?«

»Keine Ahnung, vielleicht wohnt sie nicht dort. Aber ist doch jetzt egal.«

»Okay, ich schicke sofort eine Streife hin und mache mich selbst auf den Weg.«

»Wir treffen uns dort«, erklärte Max und legte auf, ehe Böhmer antworten konnte.

»Ich muss los«, sagte er in Richtung Marvin. »Ich treffe mich mit Böhmer bei der Richterin zu Hause. Hältst du bitte hier die Stellung?«

»Sicher. Kommst du klar?« Marvin gab sich damit zufrieden, weil er wusste, dass es für Böhmer schon schwierig genug war, Max als Zivilisten bei solchen Aktionen dabeizuhaben.

»Wenn nicht, rufe ich an«, erklärte Max, dann war er bereits auf dem Weg nach draußen.

Als Max am Haus der Richterin in Derendorf ankam, standen zwei Streifenwagen mit eingeschaltetem Blaulicht sowie Böhmers Dienstwagen und ein weiteres Fahrzeug davor. Ein ungutes Gefühl machte sich in seinem Inneren breit.

Ein uniformierter Oberkommissar trat ihm mit erhobener Hand entgegen, als er auf das Haus zuging, und sagte: »Zurück! Hier können Sie nicht weiter.«

Das ungute Gefühl wurde stärker. »Mein Name ist Max Bischoff. Hauptkommissar Böhmer erwartet mich.«

Offenbar hatte Böhmer den Mann instruiert, denn er nickte. »Schutzkleidung liegt am Eingang bereit«, erklärte er und ließ Max durch.

Schutzkleidung … Das beantwortete wahrscheinlich die Frage, die Max quälte.

Als er kurz darauf im Schutzoverall und mit Handschuhen und Schuhüberziehern das Wohnzimmer betrat, rebellierte sein Magen.

11

Der Mann, der zur Seite gekippt auf einem der Ledersessel lag, hatte offensichtlich eine tödliche Verletzung am Hals, die für das viele Blut an ihm und um ihn herum verantwortlich sein musste. Doch das registrierte Max nur am Rande, dann heftete sich sein Blick auf den Wohnzimmertisch, auf dem eine füllige, nackte Frau lag, deren Alter er nicht schätzen konnte, aber er zweifelte keine Sekunde daran, dass es sich um die Richterin handeln musste.

Max machte zwei weitere Schritte in den Raum und blieb neben Böhmer stehen, der murmelte: »Gottverdammte Sauerei.«

Die Frau lag in einem Meer von Blut auf dem Rücken, zwischen den weit gespreizten Beinen ragte etwas Armdickes heraus, das ebenfalls voller Blut war. Max versuchte, den Gedanken zu verdrängen, um was es sich dabei handelte und was genau damit getan worden war.

Ihre seitlich schlaff herabhängenden Brüste waren überzogen mit tiefen Schnittwunden, der Mund stand offen und war blutgefüllt. Neben ihrem Kopf auf dem Tisch lag etwas, das eine abgeschnittene Zunge sein konnte.

»Mein Gott!«, entfuhr es Max. »Was für ein Monster tut so etwas?«

Bevor Böhmer etwas sagen konnte, waren hinter ihnen Schritte zu hören. Als Max sich umdrehte, stand Dr. Paulus mit einer schwarzen Tasche in der Hand vor ihm. »So sieht man sich wieder«, sagte sie und deutete mit dem Kopf an Max vorbei. »Darf ich?«

Max machte einen Schritt zur Seite, warf noch einen letzten Blick auf die tote Frau und wandte sich dann ab. Er verließ das Wohnzimmer und ging nach draußen. Vor der Haustür blieb er stehen und atmete tief durch.

»Da denkst du, du hast schon alles erlebt …«, brummte Böhmer, der hinter Max getreten war. »Dr. Paulus meint, die beiden sind noch keine zwei Stunden tot. Sie scheinen hier allein zu wohnen. Wer weiß, wann man sie entdeckt hätte, wenn du nicht dieses Forum gefunden hättest.«

»Ich habe es nicht gefunden. Aber das ist ja auch egal. Fest steht, dass alle Leute, die auf dieser verdammten Liste stehen, gefährdet sind. Ihr müsst etwas unternehmen, um sie zu schützen.«

»Ich kann nichts tun, außer sie zu warnen«, erklärte Böhmer. »Das weißt du.«

Max deutete ins Haus. »Und wenn sich so was wiederholt?«

Darauf sagte sein Ex-Partner nichts.

Max fuhr sich mit beiden Händen über das Gesicht. »Erst dieser Junge, dem er fast den Kopf abgetrennt hat, jetzt das da drinnen.«

»Ja, mir graut schon davor zu hören, was er mit der Frau alles angestellt hat.«

»Genau das meine ich, Horst. Warum bringt er sie

nicht einfach um? Warum richtet er sie so zu? Das ist doch mehr als einfach nur ein Irrer, der Richter dafür bestraft, dass sie zu milde Urteile gesprochen haben.«

»Ich weiß es noch nicht, Max, aber ich hoffe, das finden wir bald heraus.«

Minuten später trat Dr. Paulus zu ihnen. »Die Spurensicherung braucht ein paar Minuten ohne Störung, dann mache ich weiter. Ich schätze, das wird hier eine Weile dauern. Der hat eine ziemliche Schweinerei angerichtet.«

Ein silbernes Auto, das hinter dem von Böhmer anhielt, lenkte Max' Aufmerksamkeit ab. Als die Tür sich öffnete, verdrehte er die Augen. »Kriminaloberkommissar Martin Werner. Na, wunderbar.«

»Er gehört zum Team, Max«, sagte Böhmer. »Du wirst in Zukunft öfter mit ihm zu tun haben. Gib ihm eine Chance, Keskin ist weg.«

»Also gut. Aber nicht mehr heute. Dazu habe ich jetzt keinen Nerv. Wir hören uns.« Max nickte erst Böhmer und dann Dr. Paulus zu und wandte sich ab. In diesem Moment betrat Werner den schmalen Weg zum Haus. Als sie sich in der Mitte begegneten, grüßte er den Polizisten kurz und ging zügig weiter.

Von unterwegs rief er Marvin an, schilderte ihm die Situation und erklärte, dass er nicht mehr ins Büro kommen würde. Er fühlte sich müde und ausgelaugt, aber noch dringender hatte er das Bedürfnis nach Ruhe, um seinen Gedanken freien Lauf lassen und sie auf die Reise schicken zu können. In den Kopf eines Mörders.

Eine halbe Stunde später warf er den Schlüssel auf die Kommode, streifte die Schuhe ab und ging in die Küche, wo er sich ein Glas kalten Weißwein einschenkte. Das Glas in der Hand, wechselte er ins Wohnzimmer und setzte sich auf die Couch. Nachdem er einen wohltuenden Schluck getrunken hatte, lehnte er sich zurück und schloss die Augen. Es dauerte nicht lange, dann fühlte er sich bereit für seinen gedanklichen Ausflug. *Ich hasse es, wenn Verbrecher zu milde bestraft werden*, dachte er. *Es macht mich rasend vor Wut. Aber warum eigentlich? Ist es der unbändige Hass, der so groß ist, dass ich diese abgehobenen Richter, die mit einem Handstreich über das Leid von Menschen entscheiden, umbringen möchte?*

Habe ich es selbst erlebt? Ist einem Menschen, der mir nahestand, etwas Schlimmes angetan worden? Von jemandem, der im Knast hätte sitzen müssen, aber frei war, weil einer dieser Richter wieder einmal besonders gnädig war? Weil es ihm scheißegal war, was dieser Verbrecher anderen Menschen antut?

Aber warum bestrafe ich dann nicht nur diesen einen Richter? Weil ich gemerkt habe, dass es aufregend ist, die Macht über ein Menschenleben zu haben? Weil der Prozess des Tötens mich anregt? Oder will ich auch die anderen Opfer rächen? Halte ich mich für einen Beschützer der Schwachen? Einen Superhelden? Bin ich vielleicht …

Das *Ding-Dong* der Klingel riss ihn zurück in die Realität. »Wer, zum Teufel …«, murmelte er, stand auf und ging zur Sprechanlage.

»Ja bitte?«

»Ich bin's, Martin Werner. Sorry wegen der Störung, aber ich würde mich gern mit Ihnen unterhalten.«

»Worüber?«, fragte Max verwundert.

»Das möchte ich nicht durch eine Türsprechanlage erörtern.«

»Geht es um den Fall?«

»Nicht direkt.«

»Hat es dann nicht Zeit bis morgen? Ich bin gerade erst nach Hause gekommen und ziemlich müde.« Max hatte es kaum ausgesprochen, da ärgerte er sich schon über sich selbst. Was hatte Martin Werner ihm persönlich getan? Nichts. Marvin hatte eine unschöne Begegnung mit ihm gehabt, aber das war Marvin und nicht er gewesen. Dass Werner in den letzten Monaten vor Keskins Ausscheiden um sie herumscharwenzelt war, brauchte Max nicht zu interessieren. Sie war weg. Keskin hatte Max vorverurteilt und ihm keine Chance gegeben. Wollte er sich genauso dämlich verhalten? Zudem hatte er Böhmer zugesagt, sich mit Werner zu unterhalten.

»Okay, verstehe«, sagte Werner. »Dann eben ein anderes Mal.«

»Nein, schon gut, kommen Sie hoch.« Max drückte auf den Knopf für den Türöffner und hängte den Hörer der Sprechanlage wieder an seinen Platz. Eine halbe Minute später stand Martin Werner vor ihm.

»Gut, dass Sie es sich anders überlegt haben.«

»Das werden wir sehen.« Max trat einen Schritt zur Seite. »Bitte.«

Im Wohnzimmer sagte er: »Setzen Sie sich. Möchten Sie etwas trinken? Wein, Bier oder etwas anderes?«

»Nein danke, ich habe nicht vor, lange zu bleiben. Ich wollte nur kurz etwas mit Ihnen klären.«

»Okay.« Max setzte sich auf die Couch. »Dann schießen Sie mal los.«

»Ich komme gleich zur Sache. Sie mögen mich offensichtlich nicht. Wohl, weil ich eng mit Kriminalrätin Keskin zusammengearbeitet habe.«

Max nickte. »Ich gebe zu, das trübt meine Unvoreingenommenheit. Aber ich weiß, dass das nicht sehr fair ist, und habe mir gerade, als Sie geklingelt haben, vorgenommen, mich um Objektivität zu bemühen.«

Werner schien überrascht zu sein. »Diese Antwort habe ich jetzt nicht erwartet«, bestätigte er Max' Vermutung.

»Ich habe mich daran erinnert, wie unfair ich es von Eslem Keskin fand, dass sie über mich geurteilt hat, ohne mich zu kennen. Ich möchte nicht den gleichen Fehler machen.«

Werner nickte. »Da sind wir auch schon beim eigentlichen Thema.«

»Eslem Keskin?«

»Ja. Auch wenn ich Frau Keskin geschätzt habe, lasse ich mich nicht davon beeinflussen, wie sie zu Ihnen gestanden hat, falls Sie das denken.«

»Na, das ist doch schon mal ein Anfang.«

»Aber da Sie so ehrlich waren, will ich das auch sein. Dass Sie sie erpresst haben, damit sie ihre Stelle als Leiterin des KK11 aufgibt, nehme ich Ihnen übel.«

Max wiegte den Kopf hin und her. »Das ist jetzt eine extrem abstrakte Darstellung der Situation.«

»Stimmt es etwa nicht, dass Sie von ihr verlangt haben, dass sie aufhört, und ihr damit gedroht haben, andernfalls kompromittierende Informationen über sie an ihre Vorgesetzten weiterzuleiten?«

Max spürte ein Kribbeln im Bauch, riss sich aber zusammen.

»Nein, das stimmt so, wie Sie es sagen, nicht. Diese *kompromittierenden* Informationen, wie Sie es nennen, waren eklatante Verletzungen der Dienstvorschriften, die beinah dazu geführt hätten, dass nicht nur ich, sondern auch eine Kollegin von Ihnen fast das Leben verloren hätte. Und das wegen Keskins persönlicher Animositäten mir gegenüber. Ich weiß nicht, welche Vorstellung *Sie* von einem guten Polizisten haben, in meiner jedenfalls setzt man als Kriminalbeamter nicht das Leben anderer Menschen unter krimineller Verletzung der Dienstvorschriften aufs Spiel, Herr Werner.«

Werner schien einen Moment zu überlegen, dann zuckte er mit den Schultern. »So hat halt jeder seine Sichtweise der Dinge.«

»Auch das sehe ich anders«, entgegnete Max bestimmt. »Dass sich ein Polizeibeamter an geltende Gesetze hält und nicht wegen persönlicher Empfindlichkeiten das Leben anderer riskiert, ist für mich weder eine Ansichtssache noch eine Kann-Regel, sondern unabdingbar.«

Werner stand auf. »Wie auch immer.«

Auch Max erhob sich. »Was hat Sie eigentlich dazu

gebracht, zu mir zu kommen und das Thema anzusprechen?«

»Unsere Begegnung. Sie haben sich mir gegenüber nicht gerade freundlich verhalten, das hat mich in meiner Meinung bestätigt, und ich wollte, dass die Fronten zwischen uns geklärt sind. Wie der Chef schon sagte, werden wir in Zukunft wohl öfter aufeinandertreffen, ob mir das jetzt gefällt oder nicht.«

»Horst hat mit Ihnen darüber gesprochen?«

Werner nickte. »Er meinte, ich solle mich mal mit Ihnen unterhalten, dann würde ich merken, dass Sie anders sind, als ich Sie eingeschätzt habe.« Er ließ ein paar Sekunden verstreichen. »Ich sehe das nicht so.«

»Das ist Ihnen unbenommen.« Max deutete in Richtung Tür. »Bitte.«

Max begleitete ihn zum Ausgang, wo der Oberkommissar sich noch mal umdrehte. »Es bleibt mir nichts anderes übrig, als zu akzeptieren, dass der Chef Ihnen erlaubt, in unseren Fällen herumzufummeln, aber ich werde Sie im Auge haben, Bischoff.«

»*Herr* Bischoff oder Max«, fuhr Max dazwischen. »In Ihrem Fall Herr Bischoff.«

»Also gut, *Herr* Bischoff. Wenn Sie sich auch nur den kleinsten Schnitzer erlauben, werde ich das tun, womit Sie Frau Keskin erpresst haben. Ich werde es nach oben eskalieren und dafür sorgen, dass Sie sich zukünftig aus unseren Ermittlungen raushalten. Ich weiß, dass Sie mit dem Chef befreundet sind. Der wird dann aber auch nicht mehr die Hand über Sie halten können.«

Max achtete darauf, auf diese lächerliche Drohung hin keinerlei Regung zu zeigen, und sagte ruhig: »Wie ich sehe, haben Sie sich viel von Frau Keskin abgeschaut. Die hat auch mehr auf mich geachtet als auf ihre Aufgaben und Pflichten als Polizeibeamtin. Den Fehler sollten Sie nicht begehen. Das zieht verkürzte Karrieren nach sich, wie Sie ja wissen.« Er öffnete die Tür und deutete in den Flur. »Schönen Abend noch.«

Nachdem er die Tür hinter Werner geschlossen hatte, ging Max zurück ins Wohnzimmer und ließ sich auf die Couch fallen. Eine Weile drehten sich seine Gedanken noch um das Gespräch mit Werner, das nicht wirklich eine Überraschung für ihn gewesen war. Auch wenn er nicht gedacht hätte, dass Werner so weit gehen würde, ihm offen zu drohen.

Aber es gab jetzt wichtigere Dinge, über die er sich den Kopf zerbrechen musste.

Er überlegte, ob er einen weiteren Versuch starten sollte, sich in die Gedankenwelt des Täters hineinzufinden, ahnte aber, dass es ihm nun nicht mehr gelingen würde. Also stand er auf und setzte sich stattdessen an den Esstisch, auf dem sein Notebook lag. Er ließ es aber zugeklappt, weil seine Gedanken noch mal kurz zu Martin Werner zurückkehrten. Da war etwas im Blick des Oberkommissars gewesen, bevor er sich verabschiedet hatte, das Max nicht einordnen konnte. Ihn beschlich das Gefühl, dass Werner ihm nicht alles gesagt hatte, was er eigentlich hatte sagen wollen. Doch darüber konnte er sich später Gedanken machen.

Sein Blick fiel auf das Notebook, und er dachte an *Infamia*, diese Website, die gleich zwei niedere menschliche Eigenschaften bediente und vereinte: Denunziantentum und Voyeurismus.

Er klappte das Notebook auf und startete den TOR-Browser, der auf diesem Gerät schon länger installiert war. Anschließend tippte er die Adresse der Website von dem Handyfoto ab, das er vom Display von Klinkes Computer gemacht und Böhmer geschickt hatte.

12

Max hatte die *Infamia*-Website gerade geöffnet, als Jana anrief.

»Hallo, störe ich dich?«

»Nein, du störst mich nicht, Jana. Im Gegenteil. Es ist schön, deine Stimme zu hören.«

»Ich habe eben mit Horst telefoniert, er hat mir erzählt, was passiert ist. Das ist schrecklich.«

»Ja, das ist es«, bestätigte er matt.

»Das nimmt dich sehr mit, nicht wahr? Ich höre es an deiner Stimme.«

»Ja, schon.«

»Kann sein, dass ich morgen nur kurz zusammen mit dem Chef zu eurer Eröffnung kommen kann. Ich gehe einen Tag früher als geplant wieder zum Dienst.«

Es fühlte sich für Max immer noch seltsam an, wenn Jana in Bezug auf Böhmer als dem *Chef* sprach.

»Kein Thema, das verstehe ich. Ehrlich gesagt würde ich dieses ganze Theater morgen am liebsten abblasen, aber ich fürchte, da wird Marvin nicht mitspielen.«

»Damit wäre ja auch niemandem gedient. Gönn dir ruhig die kleine Ablenkung.«

Als Max darauf nicht reagierte, sagte Jana: »Ja, ich

weiß, dass das für dich unmöglich ist, weil du am liebsten vierundzwanzig Stunden hinter diesem Kerl herjagen würdest.«

»Das stimmt. Es macht mich verrückt, dass dieser Irre irgendwo da draußen rumläuft und jederzeit wieder jemanden umbringen kann, ohne dass wir auch nur den Hauch einer Ahnung haben, wer er ist.«

»Ich weiß. Hast du übrigens den Artikel über dich gelesen?«

»Ein Artikel über mich? Wo?«

»Im Internet auf der Seite von der POST. Einige große Blätter haben ihn sogar übernommen.«

»Schlimm?«

»Nein, gar nicht, ein bisschen plakativ vielleicht, aber trotzdem eher schmeichelhaft.«

»Ich schaue ihn mir gleich mal an. Möchtest du noch zu mir kommen?«

»Ich dachte schon, du fragst nie.« Max hörte ihrer Stimme an, dass sie lächelte. »Aber ich muss zuerst noch kurz zu meiner Mutter. In einer Stunde bin ich da, okay?«

»Ich freue mich.«

»Das rate ich dir auch«, entgegnete sie. »Bis gleich.«

Max legte das Telefon weg und gab sich kurz dem warmen Gefühl hin, das das Gespräch mit Jana bei ihm erzeugt hatte, bevor er seine Aufmerksamkeit wieder dem Computer widmete.

Er öffnete in seinem Standardbrowser die Seite der POST und musste dort nicht lange nach dem Artikel suchen, den Jana erwähnt hatte.

Die fette Überschrift neben einem älteren Foto von ihm, das während seiner aktiven Kripozeit bei einer Pressekonferenz gemacht worden war, stand gleich an zweiter Stelle.

Düsseldorfer Ex-Spitzenpolizist ermittelt im Mordfall Holzheimer

Max klickte auf den Link und wurde zum Artikel geleitet, der mit einer weiteren Überschrift begann.

Ehemaliger Kriminaloberkommissar Max Bischoff:
Der Fallanalytiker kehrt zurück!

VON NOEMI GRUNDHÖFER

DÜSSELDORF – In einer dramatischen Wendung der Ereignisse geriet der hochangesehene ehemalige Kriminaloberkommissar Max Bischoff, bekannt für seinen scharfen analytischen Verstand und seine Fähigkeiten im Bereich der operativen Fallanalyse, erneut ins Rampenlicht.

Der grausame Mord an dem kleinen Finn Holzheimer (9) hat die Ermittler vor ein Rätsel gestellt, das selbst die erfahrensten Beamten wie Bischoffs Ex-Partner und jetzigen Leiter der Mordkommission, den Ersten Kriminalhauptkommissar Horst Böhmer, überfordert. Doch Bischoff, der nach seinem Rücktritt aus dem aktiven Dienst eine erfolgreiche Karriere als Dozent und Berater gestartet hat, zögert nicht, seine Expertise einzubringen. »Ich kann es nicht ertragen, wenn Unrecht geschieht«, erklärte er schon in einem früheren Interview während seiner aktiven Zeit im Polizeidienst. Und man ist geneigt, ihm das zu glauben.

Wir sind gespannt auf die Rückkehr des Meisterermittlers, der am morgigen Donnerstag, zusammen mit dem forensischen Psychologen und Gerichtsgutachter Dr. Marvin Wagner, ein eigenes Detektivbüro in der Sternwartstraße in Düsseldorfs Stadtteil Bilk eröffnet. Einen Zusammenhang der beiden Ereignisse, wie ihn Kritiker des Ermittlers vermuten, sehen wir nicht.

Wird Bischoff den Fall aufklären und den Mörder des kleinen Finn hinter Gitter bringen, bevor er vielleicht erneut zuschlägt? Die Stadt hält den Atem an. Ein Wettlauf gegen die Zeit hat begonnen – und Max Bischoff ist bereit, sich der Herausforderung zu stellen!

Max lehnte sich zurück und überlegte, was er von diesem Artikel halten sollte. Janas Beschreibung als *plakativ* fand er noch untertrieben, er war reißerisch und im typischen Stil der Boulevardpresse verfasst. Aber letztendlich schmeichelte der Text ihm trotzdem. Böhmer würde allerdings weniger begeistert sein, wenn er las, dass er als Leiter des KK11 angeblich überfordert war.

Max wischte die Gedanken beiseite und widmete sich der Website, die er im TOR-Browser geöffnet hatte.

Er klickte auf das Wort MENÜ, hinter dem sich nur zwei Punkte verbargen. *Hauptseite* und *Fall melden*. Natürlich gab es kein Impressum für die Seite, aber das war auch nicht das, wonach Max suchte. Ihm war gerade ein anderer Gedanke gekommen. Er klickte auf den Link *Fall melden*, woraufhin sich das Fenster mit den Eingabefeldern öffnete, das er zuvor schon auf Klinkes Laptop gesehen hatte. Max betrachtete die einzelnen Felder bis hinunter zu dem Button mit der Beschriftung *Absenden*, dann lehnte er sich zurück. Den Blick auf die Eingabemaske gerichtet, grübelte er über etwas nach, das beim ersten Betrachten der Seite im Büro auch Marvin bereits aufgefallen war: So, wie es aussah, konnte jeder, der die Website besuchte, Richterinnen und Richter *melden* und damit an den Pranger stellen, ohne sich zumindest mit einer Mailadresse anmelden zu müssen. Das bedeutete, jeder konnte dort völlig anonym irgendeinen Blödsinn eintragen, auch wenn das, was er schrieb, der reinen Phantasie entsprang. In der Schlussfolgerung musste man davon ausgehen, dass wohl einige der Einträge gefakt waren, was allerdings auch mit vorheriger Anmeldung möglich gewesen wäre.

Wenn nun der Täter sich tatsächlich an dieser Website orientierte und dort seine Opfer suchte, hieß das, dass er vielleicht jemanden tötete, der kein Richter war. Es konnte jemand zu einer Person, die er – aus welchen Gründen auch immer – beseitigt haben wollte, irgendeine Gerichtsgeschichte von einem viel zu milden Urteil gegen einen Schwerverbrecher erfinden, und mit etwas Glück würde sich der Täter um diese Person *kümmern*.

Aber war es tatsächlich nur *ein* Täter? Im ersten Fall in Düsseldorf war der Sohn von Richter Holzheimer getötet worden. Nun eine Richterin selbst, womöglich weil sie keine Kinder hatte?

Einer spontanen Eingebung folgend, bewegte Max den Mauszeiger auf das erste Eingabefeld, das für den Titel gedacht war, und klickte darauf. Doch wider Erwarten blinkte der Cursor nicht an dieser Stelle, sondern es poppte ein Fenster auf, in dem stand:

Wir sind sehr an deinem Fall interessiert, aber bevor du etwas posten kannst, musst du dich anmelden oder neu registrieren und deine Mailadresse mit einem Link, den wir dir schicken, verifizieren. Nachdem das geschehen ist und du deinen Fall geschildert hast, wird er überprüft, bevor er veröffentlicht wird. INFAMIA ist ein Forum für Gerechtigkeit, in dem Missstände der Judikative angeprangert werden.

Wir hoffen auf dein Verständnis.

Zur Anmeldung kommst du HIER, zur Registrierung HIER.

Max stieß einen Zischlaut aus. *Ein Forum für Gerechtigkeit!* Das war an Heuchelei und Zynismus fast nicht mehr zu übertreffen. Er klickte auf den Link für die Registrierung, woraufhin sich ein neues Fenster öffnete, in dem er Vor- und Nachnamen, einen Nicknamen, die Mailadresse und ein Passwort eingeben sollte. Max dachte kurz nach und öffnete ein neues Browserfenster, auf dem automatisch die für das Darknet typische Suchmaschine *Duck-DuckGo* geöffnet wurde. In die Suchmaske dort gab er ein: »anonyme Mailadresse« und bestätigte. Eines der ersten Suchergebnisse in der Liste brachte ihn auf eine Seite, die titelte: *Anonyme E-Mails empfangen und versenden!*

Darunter die Erklärung:

Mit E-Mail Aliasen kannst du online anonym bleiben und deinen Posteingang vor Spam und Phishing schützen.

Zwei Minuten später hatte er eine Phantasie-Mail-adresse kreiert, die er in das Registrierungsformular von *Infamia* eintrug. Als Vor- und Nachnamen wählte er Peter Krollmann, eine Kombination aus den Namen zweier ehemaliger Kollegen von der Polizeischule. Seinen Nicknamen trug er mit *Pekro* ein, dann schickte er das Formular ab.

An seiner Stelle erschien nun ein neues Eingabefeld in dem Fenster, über dem stand: *Gib hier den Verifizierungscode ein, den du per Mail erhalten hast.*

Tatsächlich dauerte es nur zwei Minuten, bis in seinem Postfach eine Mail landete, die allerdings nicht von *Infamia* selbst kam, sondern von einer anderen kryptischen Adresse, beginnend mit *registrierung@*, dann folgte eine lange Aneinanderreihung von Ziffern und Buchstaben. Auch hier gab es keine Chance, irgendwelche Rückschlüsse zu ziehen.

Also kopierte Max den achtstelligen Code aus der Mail und fügte ihn auf der Website ein.

13

Wieder wechselte der Inhalt des Fensters und zeigte ihm ein anderes, schon bekanntes Formular mit dem Titel: *Schuldig an der Gesellschaft!*

Max klickte in das Feld *Wen stellst du an den Pranger?* und schrieb hinein: Richter Hans-Dieter Gelhausen.

Max kannte keinen Richter mit diesem Namen. Als Titel gab er an: Richter Gelhausen aus Köln – Bewährungsstrafe für versuchten Totschlag. Bevor er die Felder für die Adresse ausfüllte, wechselte er in seinen Standardbrowser und gab den falschen Richternamen ein, um sicherzustellen, dass es nicht durch Zufall tatsächlich einen Juristen gab, der so hieß, aber der Name wurde nicht angezeigt.

Anschließend gab er einige Kombinationen von Straßennamen in Verbindung mit Köln ein, bis er einen Namen gefunden hatte, den es in Köln nicht gab. Den schrieb er in das Adressfeld. Dann dachte er sich eine herzzerreißende Geschichte über einen schüchternen jungen Mann aus, der von einem bekannten Schläger grundlos krankenhausreif geprügelt worden war und nur mit Glück überlebt hatte, aber bis heute noch an den Folgen litt. Der erfundene Richter Gelhausen habe den Täter aber lediglich zu einer Bewährungsstrafe verurteilt.

Kaum hatte er die Story abgeschickt, registrierte er eine Veränderung im Erscheinungsbild der Seite, ohne gleich zu sehen, was im Einzelnen anders war. Erst nach einer Weile entdeckte er, dass plötzlich Namen vor jeder Titelzeile der Liste standen. Offensichtlich handelte es sich um die Usernamen der Verfasser der Artikel, die auch angemeldete Mitglieder erst sehen konnten, nachdem sie selbst einen *Fall* gepostet hatten. Allerdings würden diese Namen nicht viel nutzen. *JustKillerking* oder *MichaelMt186* ließen außer auf eine gewisse Phantasie kaum Rückschlüsse auf die Personen zu, die dahintersteckten.

Max scrollte die Liste durch, bis er den *Fall* von Richterin Markgraf fand, was schnell ging, da der Eintrag neben dem von Dr. Holzheimer als einziger in roter Schrift formatiert war. Er klickte den Link an und las, was der Verfasser namens *JusticeHunter* eingetragen hatte.

Schon nach wenigen Sätzen hätte er am liebsten abgebrochen.

In allen Details wurde dort beschrieben, was der Täter, dessen Name – Philipp Knappe – sogar genannt wurde, getan hatte. Er musste vor Gericht, weil er Kinderpornographie der übelsten Sorte verbreitete. Laut dem, was dort stand, hatte die Polizei auf seinem Computer Tausende von brutalen Kinderpornos mit der expliziten Darstellung schrecklicher, abartiger Dinge gefunden.

Nachdem Richterin Markgraf ihn nur zu einer Bewährungsstrafe verurteilt hatte, entführte er wenige Wochen später ein kleines Mädchen und benutzte sie für den Dreh eines eigenen Films. Dann begann die detaillierte Beschreibung, was Knappe dem Kind vor laufender Kamera alles angetan hatte. Nach ein paar Sätzen flüsterte Max: »Oh mein Gott«, und wandte sich ab. Er musste sich darauf konzentrieren, sich nicht zu übergeben. Nachdem er einige Male tief durchgeatmet hatte, zwang er sich dazu, weiterzulesen.

Als er endlich am Ende der schrecklichen Schilderung angelangt war, griff er nach seinem Smartphone und rief Böhmer an.

»Ich bin's. Hast du dir diese Website schon mal angeschaut?«

»Nein, ich habe die Adresse an die IT-Spezialisten weitergegeben, ich hatte noch keine Zeit. Warum?«

»Ich habe mir die Beschreibung zu Richterin Markgrafs sogenanntem *Fall* durchgelesen, die dort hinterlegt ist. Da ist bis ins kleinste Detail beschrieben, was Philipp Knappe – das ist der Kerl, den sie hat laufen lassen – kurz danach mit einem kleinen Mädchen angestellt hat.«

»Da weiß man gar nicht mehr, wer letztendlich abartiger ist«, brummte Böhmer. »Dieser Dreckskerl, der die Richterin abgeschlachtet hat, oder das Arschloch, das solche widerlichen Dinge im Internet publiziert und ihn dazu angestachelt hat.«

»Oder der Kerl, den Richterin Markgraf mit einer Bewährungsstrafe laufen ließ. Horst, nach dem, was wir heute in Markgrafs Wohnzimmer gesehen haben ... Ihr Mörder hat die Beschreibung auf der Website vielleicht als Vorlage für das genommen, was er ihr angetan hat.«

Sekunden verstrichen, in denen Böhmer sich vermutlich ins Gedächtnis rief, was mit Brigitte Markgraf geschehen war. Schließlich sagte er: »Das heißt im Umkehrschluss, dieser Philipp Knappe hat dem Kind auch ...«

»Wenn stimmt, was in dieser ekelhaften Beschreibung steht, dann ja.«

Stille. Dann sagte Böhmer: »Verdammt! So ein elendes Schwein.« In seiner Stimme schwang alle Verachtung mit, die man einem Menschen gegenüber empfinden konnte. »Ich kann gar nicht so viel essen, wie ich kotzen möchte.«

»Weißt du, was mit Philipp Knappe nach seiner Verurteilung passiert ist?«, fragte Max. »Ist er im Knast oder in der Klapse?«

»Keine Ahnung, aber das werde ich rausfinden. Ich kümmere mich darum.«

»Danke. Horst?«

»Was?«

»Wir *müssen* das unter allen Umständen stoppen!«

»Allerdings«, entgegnete Böhmer. »Das habe ich fest vor. Und das werden wir, darauf kannst du dich verlassen.«

»Ja. Das werden wir«, wiederholte Max, wie um sich selbst davon zu überzeugen.

»Was machst du noch? Es ist kurz vor acht. Ich schätze mal, du wirst nicht ins Bett gehen. Vor allem nicht nach dem, was du jetzt weißt.«

»Ich werde die Einträge auf der Website durchsehen

und schauen, ob mir dabei irgendetwas auffällt. Und Jana wollte später noch vorbeikommen. Und du?«

»Ich werde Bier trinken. Viel Bier.«

»Okay, dann bis morgen.«

»Ja«, knurrte Böhmer, »bis morgen.«

Max legte das Telefon zur Seite und wollte gerade auf der Website den obersten Eintrag in der Liste anklicken, als plötzlich ein Fenster auf dem Bildschirm aufpoppte. Er hatte eine Nachricht von einem anderen User erhalten.

Hallo und willkommen in unserem Forum, Pekro. *Ich freue mich über jeden Gleichgesinnten, der hier für wahre Gerechtigkeit eintritt. Schau mal in die Diskussionsrunden rein. Da geht es manchmal schwer zur Sache.* ☺ *Wünsche dir viel Spaß hier.*
Custos
PS: Wie bist du auf diese Seite gestoßen?

Am unteren Ende des Fensters gab es zwei Buttons mit der Beschriftung *Antworten* und *Schließen*.

Diskussionsrunden ... Das konnte vielleicht interessant sein.

Max ließ das Nachrichtenfenster geöffnet und suchte nach dem entsprechenden Menüpunkt, um zu den Diskussionen zu gelangen, doch in diesem Moment wurde die Eingangstür aufgeschlossen, und Jana trat ein.

Max stand auf und lächelte sie an. »Hey, schön, dass du da bist. Das ging ja schneller als gedacht.«

Sie kam auf ihn zu, legte ihm die Arme um den Hals und küsste ihn auf den Mund, bevor sie sagte: »Ich fahre erst morgen zu meiner Mutter und wollte schnell zu dir.« Als sie sich ein Stück zurücklehnte, fiel ihr Blick auf das aufgeklappte Notebook. »Gibt es was Neues?«

»Ich habe mich mit einer Fake-Mailadresse in diesem Forum angemeldet und ein bisschen herumgestochert. Gerade hat mich ein anderer User der Seite angeschrieben. Dass das funktioniert, lässt mich hoffen, dass ich mit möglichst vielen dieser Leute in Kontakt komme. Vielleicht erfahre ich auf diese Art irgendwas, das uns hilft.«

»Möchtest du noch weitermachen? Dann nehme ich mir ein Buch und lege mich damit auf die Couch. Und ab und zu schaue ich hoch und sehe dir dabei zu, wie du den Kreis um den Täter immer enger ziehst.«

Max schüttelte den Kopf. »Nein. Ich habe für heute genug in menschlichem Unrat gewühlt. Viel mehr ertrage ich nicht. Ich schreibe schnell eine Antwort in diesem Forum, dann bin ich nur noch für dich da.«

»Das klingt vielversprechend«, sagte Jana, ließ sich auf dem Sessel nieder und löste die Schnürsenkel ihrer Sneakers. »Ich schätze mal, dann brauche ich kein Buch, oder?«, raunte sie.

»Ganz sicher nicht«, beeilte sich Max, ihr grinsend zu versichern. Dann setzte er sich an den Esstisch, klickte in der noch geöffneten Nachricht auf den Antwortbutton und schrieb:

Hallo Custos,
vielen Dank für die freundliche Begrüßung.
Ich habe diese Seite durch Zufall gefunden.

Er hielt inne und überlegte, dass man solche Seiten im Darknet kaum durch Zufall finden konnte. Wenn sein Gegenüber sich auch nur ein wenig auskannte, wusste er das. Max musste aufpassen, dass er sich nicht gleich zu Anfang verriet. Also schrieb er stattdessen:

Ich habe den Link zu der Seite anonym zugespielt bekommen.
Wahrscheinlich, weil es ein offenes Geheimnis ist, wie sehr ich diese unfairen Richter ...

Er schüttelte den Kopf und löschte *diese unfairen Richter.* Stattdessen schrieb er:

... diese Scheißparagraphenreiter hasse, die perverse Dreck-säcke mit haarsträubenden Begründungen laufen lassen. Ich habe mich noch nicht viel umgesehen, aber nach dem, was ich bisher gelesen habe, gebe ich dir recht. Hier befinde ich mich offenbar tatsächlich unter Gleichgesinnten. Und ich bin schon allein nach den Überschriften, die ich gelesen habe, fassungslos und sauwütend.
Eine Frage: Warum sind zwei dieser Fälle in Rot dargestellt?
Weil sie besonders abscheulich sind?
Ich freue mich auf Antwort.
Pekro

Er las die Nachricht noch einmal durch, dann sendete er sie ab und klappte das Notebook zu.

Als er sich zur Couch umdrehte, sah Jana ihn mit einem Blick an, der eine warme Welle durch seinen Körper jagte.

Ihre Kleidung lag neben der Couch auf dem Boden.

14

Er sitzt aufrecht auf einem Holzstuhl und wagt es nicht, sich zu bewegen. Seine Gedanken drehen sich um das, was er getan hat. Sein Werk. Er weiß, dass es unvermeidbar war. Dass die Zeit gekommen ist, diesem Treiben ein Ende zu bereiten und diejenigen zu bestrafen, die nicht mehr für die richtigen Werte eintreten, obwohl sie dazu auserkoren sind.

Und dennoch ist da etwas, das in ihm nagt. Er zweifelt nicht daran, dass es richtig und wichtig ist, was er getan hat. Ihn plagt eine andere Frage, und obwohl er Angst vor der Antwort hat, muss er sie stellen. Jetzt.

»Bist du zufrieden mit mir?«, fragt er in die Stille hinein.

»Ja«, lautet die knappe Antwort, und er spürt, wie eine Woge der Erleichterung über ihn schwappt. »Aber du bist noch nicht fertig. Du weißt, was noch zu tun ist. Und warum.«

»Ja, das weiß ich.«

»Sag es!«

Sein Oberkörper strafft sich noch mehr. »In dieser Welt, in der die alten Werte wie vergilbte Seiten eines längst vergessenen Buches verstauben, stehen wir am moralischen Abgrund. Die unerschütterlichen Prinzipien von Gerechtigkeit und Verantwortung sind zu Schatten ihrer selbst verblasst. Richter, die einst als Hüter des Rechts galten, fällen Urteile, die den Tätern nicht nur das Gefühl der Unantastbarkeit verleihen, sondern auch das Vertrauen der Gesellschaft in unser Rechtssystem untergraben.

Wir können es nicht mehr zulassen, dass Verbrecher mit einem Lächeln den Gerichtssaal verlassen, während ihre Opfer in der Dunkelheit ihrer Traumata gefangen bleiben. Täter können keine Angst vor dem Gesetz haben, wenn die Strafen kaum mehr als ein Klaps auf die Hand sind. Diese Nachsicht ist ein Verrat an den Werten, die unsere Gesellschaft zusammenhalten sollten. Und sie muss mit aller Härte bestraft werden.

Es ist an der Zeit, den Helfern von Verbrechern klarzumachen, dass auch ihre Taten Konsequenzen haben.«

»Gut. Und jetzt leg dich hin und ruh dich aus. Es gibt noch viel zu tun.«

15

Am nächsten Morgen um kurz vor sieben wand sich Jana aus Max' Umarmung und ging unter die Dusche. Nachdem sie gemeinsam Kaffee getrunken hatten, hauchte sie ihm um halb acht einen Kuss auf den Mund und verließ die Wohnung.

Mit seiner zweiten Tasse Kaffee in der Hand trat Max kurz darauf in Unterhose und T-Shirt zum Esstisch, klappte sein Notebook auf und ließ die *Infamia*-Website, die noch vom Vorabend geöffnet war, neu laden. Er hatte keine Nachricht erhalten, und auch sonst schien sich nichts im Vergleich zum Vortag verändert zu haben. Also suchte er nach einem Link, der zu den Diskussionsrunden führte, und fand ihn schließlich unter der *Fall-Liste*.

Mit einem Klick darauf veränderte sich das Aussehen der Website. Auf nun weißem Hintergrund teilte sich der sichtbare Bereich waagerecht in zwei Flächen. In der oberen Hälfte war unter der Überschrift *HOT!* zu lesen: *INFAMIA – Forum für gerechte Strafen oder Mörderclub?*

In den scrollbaren Kommentaren darunter ging es tatsächlich *schwer zur Sache*, wie *Custos* es in seiner Nachricht an Max beschrieben hatte.

Ich bin fassungslos!, begann der Post eines Users namens *BlackJack*, den dieser zwei Tage zuvor geschrieben hatte. *Ich war der Meinung, es geht hier darum, Missstände vor Gericht anzuprangern, und jetzt muss ich lesen, dass irgendein Wahnsinniger einen kleinen Jungen umgebracht hat. Den Sohn eines Richters, den wir hier angeprangert haben! Wir oder besser der Admin dieses Forums sollte darüber nachdenken, diese ganze Website zu löschen, bevor noch mehr Wahnsinnige sich hier Anregungen für ihre irren Taten holen!*

Gleich darunter stand der erste Kommentar dazu:

Ey, BlackJack, nun mach dir mal nich ins Hemd. Was iss den damit was diese Richterwixer mit unschuldigen Leute machen weil sie Vergewaltiger und so Arschlöcher laufen laßen. Du sollst lieber mal Mitleid mit den Opfern von denen haben. Das ist doch kein Ponihof hier.

Ähnlich war auch der Wortlaut der folgenden Kommentare. Hier und da sprang jemand mehr oder weniger halbherzig für *BlackJack* in die Bresche, doch die meisten pöbelten ihn wegen seiner Meinung an. Teilweise auch recht übel, wie ein User namens *FucktheDuck*:

Vielleicht sollte sich mal einer mit dir beschäftigen, du Pussy. Von wegen INFAMIA löschen. Gib mir deine Adresse, wenn du dich traust. Dann komme ich vorbei und wir diskutieren das persönlich aus. Ich schlag dir mit einem Hammer den Schädel ein, wenn du dann immer noch diese Wichser vertei-

digst. Hoffentlich verrecken alle, die hier angeprangert werden. Und falls der Held, der diesem Richterschwein gezeigt hat, was Gerechtigkeit ist, hier mitliest: Junge, ich gebe dir jederzeit ein Bier aus.

Max warf einen Blick auf die Uhrzeit und klappte das Notebook zu. Er musste los. Ab elf würden circa zwanzig geladene Gäste im Büro eintreffen, wie viele Leute spontan dazukämen, wussten sie nicht.

Max verspürte absolut keine Lust auf dieses ganze Eröffnungs-Theater, weil er gerade jetzt seine Zeit für Wichtigeres einsetzen könnte, als mit irgendwelchen Leuten Wein zu trinken und Smalltalk zu halten.

Nachdem er geduscht und sich angezogen hatte, verließ er um halb neun seine Wohnung und machte sich auf den Weg ins Büro, wo Marvin bereits auf ihn wartete.

»Guten Morgen, werter Herr Kollege. Schön, dass du dich zu mir gesellst.« Marvin machte eine umfassende Geste in den Raum, der sich im Vergleich zum Vortag verändert hatte. Die Schreibtische waren gegen die Wände geschoben worden. Auf dem großen freien Platz in der Mitte des Zimmers standen nun mehrere Stehtische, die mit weißen Hussen überzogen waren.

Über den Schreibtisch, an dem am Vorabend noch Kai Weinand gesessen hatte, war eine weiße Tischdecke ausgebreitet, auf der sauber aufgereiht Wasser-, Wein- und Sektgläser standen. Marvin musste sie schon sehr früh von ihrem Caterer besorgt haben, der ihnen nicht nur das Essen, sondern auch den Wein und den Sekt lieferte.

»Na, was sagst du? Das habe ich heute Morgen alles aufgebaut.«

Max sah sich demonstrativ um und sagte: »Du bist mein Held!«, woraufhin Marvin grinste. »Nun ja, ich sage nicht, dass ich Superman bin. Aber nur so viel zum Nachdenken: Noch nie hat jemand Superman und mich zusammen in einem Raum gesehen.«

Max nickte. »Ich denke darüber nach, versprochen. Was ist eigentlich mit Herrn Weinand? Wollte der nicht heute Morgen wieder herkommen, um uns zu helfen?«

»Das ist richtig. Er kommt sicher auch gleich. Ich finde es beachtlich. Wir haben noch nicht richtig eröffnet und schon einen Gehilfen.« Dann wurde Marvins Miene ernst.

»Wie ist der Stand der Dinge bei unserem ersten Fall?«

Max erzählte ihm von der Nachricht, die er auf *Infamia* erhalten, und von der Diskussion, in die er reingelesen hatte. »Aber da gibt es noch mehr, über das diskutiert wird. Wenn dieser Zirkus hier heute vorbei ist, werde ich mich damit beschäftigen. Vielleicht finde ich dort einen Ansatzpunkt.«

»Wäre das nichts, was der Herr Weinand erledigen könnte?«

Max schüttelte den Kopf. »Nein. Gerade bei solchen Diskussionen gibt es vielleicht etwas, das uns weiterbringt. Ein Detail, aber um das zu erkennen, braucht man Erfahrung als Ermittler und ein Gespür für Zusammenhänge.«

»Das stimmt wohl. Sobald wir der Welt heute ganz offiziell die frohe Kunde von der Eröffnung unserer Detektei überbracht haben, werde ich mich ebenfalls mit aller Energie unserem Fall widmen können.«

»Hoffen wir, dass es nachher schnell vorbei ist.«

Als die ersten Gäste um zehn vor elf eintrafen, hatte Kai Weinand sich noch immer nicht gemeldet. Marvin wertete das als Zeichen, dass er es sich vielleicht doch anders überlegt hatte und wieder nach Trier zurückgekehrt war. Max hatte da seine Zweifel, aber darüber konnte er sich später Gedanken machen.

Um Viertel nach elf war das große Büro voller Gäste, von denen Max allerdings überraschenderweise nur die wenigsten kannte. Er entdeckte eine Vertreterin der Düsseldorfer Staatsanwaltschaft, die er noch von seiner aktiven Zeit bei der Kripo kannte, mit einem Begleiter, wahrscheinlich ebenfalls ein Staatsanwalt. Die beiden standen mit Wassergläsern in den Händen in einer Ecke und unterhielten sich. Drei Dozenten der Kölner Hochschule, ehemalige Kollegen von Max, plauderten angeregt auf der anderen Seite des Büros. Er würde sich später ein wenig über alte Zeiten unterhalten.

Den Grund, warum so viele Fremde zu ihrer Eröffnung erschienen, lieferte ein blonder Mann um die vierzig, der zielstrebig auf Max zukam und ihm die Hand entgegenstreckte.

»Markus Strenzel ist mein Name«, stellte er sich mit kräftiger Stimme vor. »Sie sind Herr Bischoff, nicht wahr?«

Max gab ihm die Hand. »Ja, der bin ich. Schön, dass Sie hier sind, Herr Strenzel.«

»Ich habe im Internet den Artikel in der POST gelesen, in dem es heißt, dass Sie sich jetzt in diesen schrecklichen Fall eingeschaltet haben. Klasse! Ich bin hergekommen, um Ihnen zu sagen, dass ich ein großer Fan von Ihnen bin.«

Natürlich! Daher wussten so viele Leute von der Eröffnung. Der Hinweis war von der POST mitsamt ihrer Adresse veröffentlicht worden. Im Grunde eine kostenlose Werbung.

»Das ist sehr nett, aber ich denke, *Fans* haben doch eher Musiker und Schauspieler als Privatermittler.«

»Gut, sagen wir, ich bewundere Sie für Ihre Arbeit und finde es toll, dass Sie als Privatdetektiv weitermachen, nachdem Sie bei der Polizei aufgehört haben.«

Max lächelte. »Ich danke Ihnen. Dr. Wagner und ich hoffen, dass wir mit unserer Arbeit so erfolgreich sein werden, wie wir es uns wünschen.«

»Jeder Verbrecher hinter Gittern ist ein besserer Verbrecher, nicht wahr?« Strenzel stieß ein bellendes Lachen aus, dann deutete er auf das Tablett voller gefüllter Wein- und Sektgläser, das eine junge Frau von der Cateringfirma an ihnen vorbeitrug. »Ich denke, ich gönne mir einen Schluck.«

»Tun Sie das«, sagte Max und wandte sich ab.

Noch immer kamen Menschen in das Büro, und Max konnte sehen, dass sogar schon einige, ein Glas in der Hand, vor der Tür standen. Mit einem solchen Andrang hatten weder er noch Marvin gerechnet. Er fragte sich, wann Böhmer kommen würde. Und Jana.

»Gratuliere«, sagte ein Mann hinter Max. Er drehte sich um und sah sich einem schlanken Mann Anfang fünfzig mit kurzgeschnittenem, graumeliertem Haar gegenüber. »Alles Gute zur Eröffnung und viel Erfolg für die Zukunft. Mein Name ist Karl Weiß. Kriminalhauptkommissar a. D.«

»Willkommen«, sagte Max. »Waren Sie in Düsseldorf?«

»Nein, in Köln. Kriminalinspektion Zwei.«

»Organisierte Kriminalität?«

»KK27, Rauschgift.«

Max betrachtete den Mann und lächelte. »Für den Ruhestand sind Sie eigentlich noch zu jung.«

Weiß nickte. »Zumindest im wörtlichen Sinn. Ich musste leider aus gesundheitlichen Gründen früher ausscheiden.«

»Das tut mir leid«, sagte Max, doch Weiß winkte ab. »Es gibt auch ein Leben nach dem Polizeidienst, wie Sie selbst ja wissen.«

»Das stimmt«, bestätigte Max. »Allerdings habe ich die Polizei aus anderen Gründen verlassen.«

»Ich weiß. Ich habe mal einen Bericht über Sie gelesen. Sie hatten persönliche Gründe.«

»Ja. Eine schlimme Zeit. Aber das ist vorbei, und jetzt habe ich was Neues. Und bei Ihnen? Wie verbringen Sie die Tage nach dem Polizeidienst? Ich hoffe, Sie sind gesundheitlich nicht zu sehr eingeschränkt?«

»Ich genieße das Leben, ohne ständig Gefahr zu laufen, es zu verlieren.« Weiß grinste. »Hat auch was. Ist bei Ihnen aber ein bisschen anders, nicht wahr?«

»Ich versuche, Gefahr zu vermeiden.«

Weiß wiegte den Kopf hin und her. »Schwierig, wenn Sie Fälle übernehmen wie den aktuellen. Ich hab's in der Zeitung gelesen.« Er kniff die Augen zusammen. »Darf ich Ihnen eine Frage stellen, die mich wirklich brennend interessiert? Ich muss gestehen, dass ich eigentlich hauptsächlich deswegen hergekommen bin.«

Max nickte zögernd. »Sicher. Ich hoffe, dass ich sie auch beantworten kann.«

Der ehemalige Polizist überlegte kurz. »Ich glaube mich zu erinnern, dass Ihre persönlichen Gründe, den Polizeidienst zu quittieren, mit Ihrer Schwester zu tun hatten. Sie ist damals von jemandem entführt und fast getötet worden, der sich an Ihnen rächen wollte, oder? Und Sie haben den Job geschmissen, weil Sie verhindern wollten, dass so was noch mal geschieht. Was absolut verständlich und nachvollziehbar ist.«

Max ließ sich mit seiner Antwort Zeit. »Es stimmt, das war einer der Gründe, aber es gab noch andere. Es ist vielschichtiger, aber das alles jetzt zu erklären würde zu weit führen. Und ehrlich gesagt möchte ich es auch nicht.«

Weiß wiegelte ab. »Nein, bitte, wie schon gesagt, verstehe ich Sie voll und ganz. Das war auch nicht meine Frage. Die schließt sich erst daran an. Jetzt sind Sie als Privatermittler hinter Mördern her. Haben Sie nicht die

Befürchtung, dass genau das, was Sie durch die Kündigung bei der Polizei vermeiden wollten, nun trotzdem passieren kann? Dass einer dieser Kerle aus Rache jemandem schaden möchte, der Ihnen wichtig ist? Mit dem Unterschied, dass jetzt kein Polizeiapparat mehr hinter Ihnen steht?«

»Doch, die habe ich«, gab Max zu. »Aber ich kann trotzdem nicht ruhig dasitzen und untätig zusehen, wie ein Mistkerl einen kleinen Jungen brutal ermordet und noch frei herumläuft.«

»Weil Sie wissen, dass Sie mit Ihren Fähigkeiten vielleicht etwas dagegen tun können, damit nicht noch mehr unschuldige Kinder von diesem Mistkerl getötet werden.«

»Ja, vielleicht kann ich das. Zumindest kann ich die Polizei unterstützen.«

Weiß nickte nachdenklich. »Hauptsache, der Typ wird gestoppt, oder?«

»Genau.«

»Ich habe mich ein wenig mit dem Fall beschäftigt und dabei das herausgefunden, was Sie natürlich schon längst wissen. Dass der Vater des ermordeten Jungen als Richter bei ähnlichen Kerlen wie dem Mörder seines Sohnes nur milde Strafen verhängt hat.«

Max antwortete nicht darauf, war aber gespannt, in welche Richtung sich das Gespräch entwickeln würde.

»Und ich weiß, dass es neben Ihrer Schwester noch mindestens einen weiteren Grund für Ihr Ausscheiden bei der Polizei gab, nämlich Ihre Unzufriedenheit mit der unfassbar laschen Art, mit der manche Richter die geltenden Gesetze anwenden, nachdem wir als Polizisten in akribischer Kleinarbeit und nicht selten unter Lebensgefahr die Täter gefasst haben. Worüber ich übrigens genauso denke.«

»Worauf wollen Sie hinaus, Herr Weiß?«

»Ich denke, dass der Täter vielleicht nicht nur *unzufrieden* mit Richtern wie dem Vater des Jungen ist, sondern sie geradezu hasst. So sehr, dass das vielleicht sein Motiv ist.«

Das ist sogar mit großer Wahrscheinlichkeit sein Motiv, dachte Max, der im Gegensatz zu Karl Weiß den Inhalt der Mail kannte, die – vielleicht vom Täter – an Rainer Klinke geschickt worden war.

»Sie haben Ihren kriminalistischen Spürsinn noch nicht verloren«, sagte Max lächelnd.

»Natürlich haben Sie auch schon in diese Richtung überlegt, nicht wahr?«

»Das habe ich tatsächlich.«

»Ging es Ihnen dabei auch so wie mir?«

»Was meinen Sie?«

»Mal ehrlich – haben Sie nicht auch irgendwo in einem kleinen Teil Ihrer Überlegungen den Gedanken gehabt, dass diese furchtbare Tat vielleicht bei dem einen oder anderen Richter ein Umdenken im positiven Sinne bewirken könnte?«

16

Bevor Max dem ehemaligen Polizisten eine Antwort geben konnte, tippte Marvin ihm auf die Schulter und sagte, an Weiß gewandt: »Ich bitte um Verzeihung, aber ich befürchte, ich muss Ihnen meinen geschätzten Partner entführen, denn die anderen Gäste brennen auch alle darauf, sich mit dem bekannten Fallanalytiker zu unterhalten.«

»Schon gut«, sagte Weiß grinsend, »das kann ich verstehen.«

Max nickte ihm zu und ging mit Marvin davon. Er war nicht böse darüber, die letzte Frage des ehemaligen Polizisten nicht beantworten zu müssen. Doch er ahnte, dass er über dieses Gespräch später noch mal nachdenken würde.

»Wer möchte sich denn nun mit mir unterhalten?«, wollte Max wissen, als Marvin ihn auf direktem Weg zu dem Getränketisch lotste und ihm ein Glas Sekt in die Hand drückte. »Ich! Ich kenne dich, mein Freund, und ich habe an deinem Gesicht gesehen, dass diese Unterhaltung dir ein gewisses Unbehagen bereitet hat.«

»Alle Achtung«, sagte Max mit ehrlicher Bewunderung. »Nicht, dass ich es nicht schon wusste, aber das beweist mir einmal mehr, dass du neben vielen anderen

Begabungen sehr ausgeprägte empathische Fähigkeiten hast.«

Marvin nickte seufzend. »Ja, ich weiß. Mitunter geht mir das selbst zu weit. Manchmal weine ich beim Kartoffelschneiden absichtlich, damit die Zwiebeln nicht denken, sie wären hässlich oder so.«

Max bemerkte, dass die Pressedezernentin für allgemeine Angelegenheiten der Staatsanwaltschaft und ihr Begleiter auf sie zusteuerten. »Frau Staatsanwältin Lauter, schön, dass Sie sich die Zeit genommen haben, unsere Eröffnung mit uns zu feiern.«

Er sah zu dem Mann hinüber, woraufhin Lauter erklärte: »Das ist mein Stellvertreter, Staatsanwalt Osterkamp.« Dann wandte sie sich wieder Max zu. »Wenn einer der erfolgreichsten Ermittler des Westens sich selbständig macht, wollen wir das doch nicht verpassen«, erklärte sie mit ihrer rauchigen Stimme. »Schließlich arbeiten Sie uns hervorragend zu.«

Lauter war Anfang vierzig und auf eine Art schlank, die darauf hindeutete, dass sie viel Sport trieb. Sie trug einen dunkelblauen Hosenanzug, der ihre Beine betonte, und schwarze Pumps, die sie fast auf die Größe von Max brachten. Die obersten beiden Knöpfe ihrer weißen Bluse waren geöffnet und gaben den Blick frei auf die glatte, leicht gebräunte Haut ihres Dekolletés. Die langen, hellblonden Haarsträhnen, die darauf fielen, bildeten einen reizvollen Kontrast.

Dem gegenüber wirkte ihr Stellvertreter farblos und unscheinbar. Er war etwas älter, vielleicht Mitte vierzig, hatte aber schon eine großflächige Glatze. Die dunklen Haare, die die kahle Kopfhaut wie ein Kranz umrahmten, betonten seine blasse, fast weiße Haut. Der schlechtsitzende graue Anzug und das ebenfalls graue Hemd, das er dazu trug, taten ihr Übriges. Osterkamp war etwas kleiner als seine Chefin und leicht untersetzt.

Lauters Blick fiel auf Marvin. »Sie müssen Herrn Bischoffs Partner sein, Dr. Wagner.«

Marvin nickte. »Der bin ich. Und ich bin erfreut, Sie kennenzulernen.«

Lauter musterte Marvin ganz unverhohlen von Kopf bis Fuß und verzog dann den Mund zu einem Lächeln. »Ich habe schon einiges von Ihnen gehört. Sie sind in juristischen Kreisen ein anerkannter Wissenschaftler.« Nun betrachtete sie Marvins Piercings und Tattoos. »Ich mag Menschen, die ihren eigenen Stil haben und den auch nicht verstecken.«

»Vielen Dank, Frau Staatsanwältin. Ich bin, wie ich bin.«

»Ich finde ja, das Aussehen lässt immer auch auf den Charakter schließen«, gab Osterkamp seinen ersten Kommentar von sich und fügte mit einem Blick auf Marvin hinzu: »Nichts für ungut.«

Noch während Max darüber nachdachte, dass das nicht schlau von ihm gewesen war, sagte Marvin: »Sprach der Mann im Mauskostüm.«

Staatsanwältin Lauter versuchte erst gar nicht, sich ein Grinsen zu verkneifen, was Osterkamp natürlich bemerkte.

Er war ganz offensichtlich in seine Chefin verknallt, und es gefiel ihm gar nicht, dass sie einem anderen Mann ein Kompliment gemacht hatte. »Ich muss doch sehr bitten«, presste er hervor.

Marvin zuckte grinsend mit den Schultern. »Vielen Leuten passt es nicht, was ich zu ihnen sage. Ich stelle mir dann immer vor, was wäre, wenn die wüssten, was ich denke.«

»Wie ich schon sagte, es ist schön, dass Sie hergekommen sind«, grätschte Max dazwischen, bevor zwischen Marvin und Osterkamp eine Diskussion entstand, die der Staatsanwalt nur verlieren konnte. Max hielt es für eine schlechte Idee, es sich mit jemandem von der Staatsanwaltschaft gleich zu Beginn zu verderben. Auch wenn es nur der stellvertretende Pressedezernent war.

»Kann ich Ihnen noch etwas zu trinken anbieten?«

»Nein danke«, sagte Lauter und bedachte Marvin mit einem schwer zu deutenden, intensiven Blick, der jedoch ausreichte, einen roten Schimmer auf die Wangen ihres Stellvertreters zu zaubern. »Wir müssen zurück, die Arbeit ruft.«

Sie reichte Marvin lächelnd die Hand. »Ich freue mich auf eine gute Zusammenarbeit.«

»Die Freude ist ganz meinerseits«, erwiderte Marvin, woraufhin Osterkamp hörbar seufzte.

Während sie den beiden nachblickten, wie sie das Büro verließen, sagte Marvin: »Welch eine reizende Person.«

Max sah ihn von der Seite an. »Dr. Marvin Wagner ... Was ist denn da los?«

Marvin zuckte mit den Schultern. »Sie mag mich.«

»Ich befürchte, ihr Stellvertreter eher nicht. Was mich nach deinen Sprüchen nicht wundert.«

»Ich kann eben beides: die Schöne und das Biest.«

Max lächelte und schaute sich um. Das Büro war brechend voll, und auch vor der Tür standen immer noch mehrere Grüppchen mit Gläsern in den Händen und unterhielten sich angeregt. Und das bei nicht eben angenehmen Temperaturen.

»Ich hätte nicht gedacht, dass so viele Leute zur Eröffnung kommen würden.«

»Das hängt wohl unter anderem mit dem Artikel in der POST zusammen«, vermutete Marvin. »Weißt du, von wem die die Information haben?«

»Nein. In dem Artikel stand etwas von gut unterrichteten Polizeikreisen. Ich werde mal Böhmer fragen.«

Als wäre es sein Stichwort gewesen, öffnete sich keine zehn Sekunden später die Tür, und Böhmer kam, gefolgt von Jana, ins Büro und blieb gleich an der Tür stehen.

»Manchmal ist er mir unheimlich«, sagte Max und ging auf die beiden zu, was nicht einfach war, da er sich zwischen mehreren Grüppchen von Besuchern hindurchschieben musste.

»Was, zum Teufel, ist denn hier los?«, brummte Böhmer, als Max bei ihnen angekommen war.

Max lächelte. »Ich schätze mal, das hat mit der Information zu tun, die jemand aus gut unterrichteten Polizeikreisen an die POST weitergegeben hat.«

»Keine Ahnung, wer das war«, brummte Böhmer und

sah sich im Büro um. Max machte noch zwei Schritte, dann stand er vor Jana, schlang ihr die Arme um die Hüften, sagte: »Schön, dass du da bist«, und küsste sie auf den Mund. Jana erwiderte den Kuss, schob Max aber im nächsten Moment ein Stück von sich weg und sah ihn verwundert an. Erst da fiel ihm auf, dass es das erste Mal war, dass er Jana in der Öffentlichkeit geküsst hatte.

»Max! Die vielen Leute …«

Er hielt sie immer noch im Arm und lächelte sie an.

»… dürfen ruhig sehen, dass ich dich liebe.«

Als eine leichte Röte sich auf Janas Wangen legte, gab er ihr einen weiteren schnellen Kuss, dann ließ er sie los und wandte sich um. Ein kurzer Blick durch den Raum zeigte ihm, dass ihre Umarmung von einigen Leuten registriert worden war, die sich aber hastig wieder ihren Gesprächspartnern zuwendeten.

»Jana! Herr Böhmer!«, sagte in diesem Moment Marvin, der sie nun ebenfalls erreicht hatte. »Schön, Sie zu sehen.«

Böhmer nickte Marvin zu und wandte sich dann wieder an Max. »Können wir uns irgendwo unterhalten?« Seine Miene verhieß nichts Gutes.

»Ja.« Max deutete auf die andere Seite des Büros. »Im Besprechungsraum.«

Es dauerte eine Weile, bis sie sich zwischen den Menschen hindurchgezwängt hatten, und hier und da mussten Max und Marvin ein paar Worte mit den Gästen wechseln, doch schließlich hatten sie es geschafft, und Max schloss die Tür des Besprechungsraumes hinter ihnen.

»Wollen wir uns setzen?«, fragte er und deutete auf den Tisch und die Stühle. Böhmer schüttelte den Kopf. »Nicht nötig, wir sind schnell fertig, dann könnt ihr euch wieder um die Leute da draußen kümmern. Ich habe mich eben mit Dr. Paulus unterhalten.«

»Darf ich fragen, wer das ist?«, warf Marvin ein.

»Das ist die neue Leiterin der Rechtsmedizin«, erklärte Max und wandte sich wieder Böhmer zu. »Und?«

Böhmer tauschte einen Blick mit Jana, dann sagte er: »Richterin Markgraf ist grauenhaft misshandelt worden. Sie hat schwerste innere Verletzungen sowie schlimme Wunden im Genitalbereich und …« Böhmer zögerte. »Und auf der anderen Seite.«

»Gott«, entfuhr es Max, während er sich daran erinnerte, was er auf der Website im Darknet über das gelesen hatte, was der Täter, den Richterin Markgraf so milde verurteilt hatte, dem Mädchen für sein Video angetan hatte. Der Gedanke daran wollte ihm den Magen umdrehen. Das, was sein Verstand ihm gleich darauf soufflierte, ebenfalls.

»Was?«, fragte Böhmer, der Max genau beobachtete.

»Hatte Richterin Markgraf Kinder?«

»Nein.«

Max rieb sich über die Augen und atmete tief durch.

»Okay. Wenn wir davon ausgehen, dass der Mörder des kleinen Finn und der von Richterin Markgraf ein und dieselbe Person ist …«

»Was dann?«, hakte Böhmer ungeduldig nach, als ihm die Pause, die Max machte, zu lang wurde.

»Wenn es stimmt, was auf dieser Website steht – und davon gehe ich mittlerweile aus –, dann hat der Täter mit Richterin Markgraf das Gleiche gemacht, was der Kerl, den sie verurteilt hat, seinem Opfer antat. Auge um Auge sozusagen, so abartig das auch ist. Dem Sohn von Richter Holzheimer hat er fast den Kopf abgetrennt. Etwas, das zumindest der Kerl, den der Richter zuletzt so spektakulär mit einer Bewährungsstrafe laufen ließ, aber seinem Opfer nicht angetan hat.«

»Und du fragst dich jetzt, warum das so ist und ob es unter Holzheimers Fällen einen gegeben hat, der diesem Vorgehen entspricht«, schlussfolgerte Marvin.

»Genau, aber nicht nur das. Ich habe noch bei weitem nicht alle Fälle gelesen, die auf dieser Website angeprangert werden. Aber allein bei diesen, die ich mir angeschaut habe, geht es meist um Gewalt an Kindern, wofür die Täter von den betroffenen Richtern nur milde bestraft wurden.«

»Schlimm genug«, kommentierte Böhmer brummend. »Aber worauf willst du hinaus?«

»Ich weiß noch, dass Kai Weinand erzählte, sein Freund Rainer Klinke sei fast durchgedreht vor Verzweiflung und wahnsinniger Wut auf die Richterin, die aus seiner Sicht durch ihr Handeln für den Tod seines Sohnes mitverantwortlich war.«

»Ich erinnere mich«, sagte Jana und sah Max verständnislos an. »Und ich sagte ihm, dass ich das sogar verstehen kann.«

»Genau. Und Rainer Klinke sagte, er hat die Tochter

der Richterin entführt, damit sie selbst spürt, wie es ist, wenn dem eigenen Kind etwas angetan wird. Woraufhin der Kerl, der ihm die Mail schickte und der vielleicht unser Täter ist, sinngemäß geschrieben hat, er würde das genauso sehen und richtig machen, was Klinke versaut hat.«

Böhmer schüttelte erneut den Kopf. »Ich verstehe immer noch nicht, was du sagen möchtest.«

»Ich ahne es«, bemerkte Marvin.

Max hob die Hand. »In dem Fall von Richterin Markgraf ging es um schlimme Misshandlung eines Kindes. Der Täter hat ihr selbst das Gleiche angetan. Aber warum ihr? Vielleicht, weil sie keine Kinder hat? Wenn wir jetzt in Dr. Holzheimers früheren Fällen einen finden, in dem jemand einem Kind die Kehle durchgeschnitten hat ...«

»Was dann?«, schnaufte Böhmer, und an seinem Tonfall merkte Max, dass sein Ex-Partner mittlerweile ahnte, worauf er hinauswollte.

»Dann müssen wir davon ausgehen, dass, falls er wieder zuschlägt und falls er sich auf die Fälle konzentriert, in denen Kindern etwas angetan wurde ...«

»Dass er, wenn die entsprechenden Richter oder Richterinnen ein Kind haben, diese Kinder entführt und ihnen das Gleiche antun wird«, führte Marvin Max' Gedanken fort. »Und wenn nicht, dann den Richterinnen oder Richtern selbst.«

Eine Weile herrschte betretene Stille, bis Max sagte: »Wir müssen diesen Kerl schnappen. Koste es, was es wolle.«

Die Tür des Besprechungsraumes öffnete sich, und Kai Weinand lugte herein. »Kann ich reinkommen?«

»Einen kleinen Moment noch«, sagte Max. »Wir kommen gleich raus.«

Weinand nickte. »Okay. Ich wollte Ihnen nur sagen, dass ich mich gerade mit jemandem von dieser Website *Infamia* getroffen und von ihm interessante Dinge erfahren habe.«

17

»Sie haben *was*?«, fragte Böhmer nach, obwohl Max sicher war, dass er Weinand ebenso gut verstanden hatte wie er selbst.

»Wer sind Sie überhaupt?«

Bevor Weinand antworten konnte, sagte Max: »Das ist Kai Weinand, der Friseurmeister aus Trier, von dem ich dir erzählt habe.« Und an Weinand gerichtet: »Okay, kommen Sie rein.«

Weinand nickte und betrat zielstrebig den Raum. In der Hand hielt er ein gefaltetes Blatt Papier.

Nachdem er sich neben Marvin an die Wand gelehnt hatte, sah er Böhmer an. »Und welche Funktion haben Sie hier?«

Max grinste, sagte aber nichts. Darauf sollte Böhmer selbst antworten.

Der räusperte sich und tauschte einen vielsagenden Blick mit Max, bevor er antwortete: »Mein Name ist Böhmer, und ich habe die Funktion, dafür zu sorgen, dass Herr Bischoff und Herr Wagner alle benötigten Informationen von der Kripo bekommen, damit sie uns unterstützen können. Außerdem achte ich darauf, dass niemand in den Fall involviert wird, der nichts Nützliches dazu beitragen kann. Wir machen es also folgendermaßen: Sie erzählen, was Sie zu erzählen haben, und ich entscheide dann, ob das unter der Überschrift *Nützlich* läuft oder nicht. Trifft Letzteres zu, verlassen Sie den Raum wieder. Also, ich höre.«

Weinand nickte und murmelte:»Die Polizei, dein Freund und Helfer«, bevor er hüstelte und einen Blick in die Runde warf.

»Ich habe mich gestern Abend in diesem Forum mit einer anonymen Mailadresse und einem Phantasienamen angemeldet, was problemlos funktioniert hat. Dann habe ich mir einen Fall ausgedacht, ebenfalls mit Phantasienamen, und dort eingereicht. Gleich danach habe ich andere User sehen können. Man muss also …«

Max hob eine Hand.»Schon gut. Ich habe gestern Abend das Gleiche gemacht. Erzählen Sie von dem Treffen.«

Weinand nickte.»Okay, klar, das hätte ich mir ja denken können … Jedenfalls habe ich kurz darauf eine Nachricht von einem anderen Nutzer bekommen. Hier …«

Er faltete das Blatt auseinander und las vor:»Hallo KaiWei, herzlich willkommen in unserem Forum. Es freut mich, Gleichgesinnte zu treffen, die sich für echte Gerechtigkeit einsetzen. Schau dir unbedingt die Diskussionsrunden an – dort wird manchmal intensiv diskutiert. Ich wünsche dir viel Freude hier. Custos. PS: Wie hast du diese Seite gefunden?«

»Custos …«, wiederholte Max.»Der scheint das bei

jedem neuen User zu machen. Mir hat er eine ganz ähnlich klingende Nachricht geschickt.«

»Ich habe ihm geantwortet und ihm gedankt, dann haben wir eine Weile hin und her geschrieben. Ich habe vorgegeben, aus Düsseldorf zu sein, und irgendwann hat er geantwortet, er fände es super, dass wir so übereinstimmen, und da er aus der Nähe von Düsseldorf stamme, wäre es doch vielleicht eine gute Idee, sich auch mal im realen Leben zu unterhalten.«

»Und?«, hakte Böhmer nach, als Weinand in die Runde blickte.

»Ich habe bis heute Morgen mit meiner Antwort gewartet und dann geschrieben, wenn er Zeit hätte, könnten wir uns gleich treffen.«

»Hat das Treffen stattgefunden?«, fragte Böhmer dazwischen, bevor Weinand weiterreden konnte.

Der Friseur runzelte die Stirn. »Das würde ich ja gern erzählen, wenn Sie mich mal zwei Sätze am Stück reden lassen würden.«

»Na dann«, brummte Böhmer.

»Ja, er hat zugesagt, und ich habe mich eben, also um zehn Uhr, mit ihm in einem Café in der Altstadt getroffen. Wir haben uns nett unterhalten.«

»Nett?«, hakte jetzt Marvin nach.

»Ja, tatsächlich *nett*. Ich habe ihm berichtet, dass ich durch einen Bekannten auf das Forum aufmerksam wurde und sehr erschrocken war, als ich nach meiner Anmeldung gestern Abend festgestellt habe, dass der Richter aus Düsseldorf, dessen Sohn ermordet wurde, dort angeprangert worden war. Das hatte ich ihm gestern Abend auch schon geschrieben. Er meinte, ihm ginge es genauso und einigen anderen Usern auch, das wisse er. Und dass diejenigen, die das dann auch im Forum erklären, mittlerweile offen angefeindet würden. Ich habe ihn gefragt, ob er denkt, dass der Mörder des Jungen ein User der Website ist, und er sagte, darüber habe er auch schon nachgedacht und er halte es für möglich. Aber er hat keine Ahnung, wer es sein könnte.«

»Dann war es aber verdammt leichtsinnig von ihm, sich mit einem anderen anonymen Nutzer dieses Forums zu treffen«, kommentierte Max, woraufhin Weinand mehrmals nickte. »Genau das habe ich auch gesagt, und er antwortete, es sei für mich ein ebenso großes Risiko gewesen wie für ihn und dass er das nur gemacht hat, weil ich mich gerade erst neu angemeldet habe und er bei den Nachrichten das Gefühl hatte, mit mir könne man reden.«

»Sonst noch was?«, wollte Böhmer wissen.

»Er sagte, er habe schon darüber nachgedacht, die Polizei zu informieren, aber eingesehen, dass das nichts bringt, weil alles auf der Seite anonym ist und auch die Polizei im Darknet keine Chance hat, irgendwelche Identitäten herauszufinden. Und dann haben wir verabredet, über die Website in Kontakt zu bleiben und uns gegenseitig zu schreiben, wenn uns irgendetwas auffällt. Das war's.«

»Okay, kommen wir zur wichtigsten Frage, Herr Weinand«, sagte Böhmer in einem Ton, der Max vermuten ließ, dass diese wichtigste Frage Weinand nicht gefallen würde.

»Was, zum Teufel, hat Sie geritten, so was eigenmächtig zu tun, ohne die Polizei darüber zu informieren?«

Weinand blieb gelassen. »Ich soll die Polizei informieren, wenn ich mich irgendwo mit irgendwem treffe? Jedes Mal?«

Auch wenn Max Böhmers Frage nachvollziehen konnte, musste er schmunzeln. Der Friseur aus Trier gefiel ihm immer besser.

»Nein, das sollen Sie natürlich nicht. Aber wenn es um einen Mordfall geht, dann schon.«

»Da ich mit Herrn Bischoff zusammenarbeite, dachte ich, ich erzähle es ihm, und er kann dann entscheiden, ob das für die Polizei relevant ist oder nicht.«

»Wie, Sie arbeiten mit Herrn Bischoff zusammen?« Die Frage war zwar an Weinand gerichtet, aber Böhmer sah Max dabei an.

»Herr Weinand unterstützt uns auf seine Bitte hin ein wenig«, erklärte Max, »weil er denkt, dass der Suizid von seinem Freund Rainer Klinke in unmittelbarer Verbindung mit dem Täter hier steht, und er mithelfen möchte, den Kerl zu fassen.« Dass Weinand über Umwege auch sein Auftraggeber war, sagte er nicht.

»Und da gibst du dein Okay, dass er sich allein mit einem Kerl aus diesem Forum trifft?«

»Nein, natürlich nicht.« Max richtete den Blick auf Weinand. »Ich wusste nichts davon, und darüber werden wir noch reden müssen.«

»Was? Ich habe doch … Moment!« Weinand zog sein Handy heraus und tippte darauf herum. »Hier, sehen Sie«, sagte er und deutete auf das Display, während er Max das Gerät entgegenhielt. »Hier ist die Mail, die ich Ihnen geschrieben habe. Ich habe die Adresse von der Website.«

Max warf einen Blick darauf. Es stimmte, es gab eine gesendete Mail mit der Information, dass Weinand sich um zehn Uhr mit einem User des Forums treffen wollte, und sie stammte von sieben Uhr zweiundvierzig. Was allerdings nicht stimmte, war die Mailadresse. Max sah Weinand wieder an. »Die Mailadresse lautet info at *wabi*-investigations und nicht wa*ni*-investigations, Herr Weinand.«

»Oh! Habe ich *wani* eingegeben? Mist, da habe ich mich vertippt. Es hat mich schon gewundert, dass Sie nicht geantwortet haben.«

Max bedachte ihn mit einem bewusst skeptischen Blick. »Sie müssen eine Nachricht bekommen haben, dass die Mail nicht zustellbar ist.«

Weinand zuckte mit den Schultern. »Nein, ich habe keine gesehen.«

Max schnaufte. »Also gut. Dann sind wir wohl fertig. Wir müssen uns noch ein wenig um unsere Gäste kümmern. Wenn der Spuk hier vorbei ist, machen wir mit vereinten Kräften weiter.«

Als er zu Marvin hinübersah, deutete der ihm mit einer Geste an, noch zu bleiben.

»Wir müssen dann auch los«, erklärte Böhmer. »Max, ruf mich an, wenn die Party zu Ende ist, okay?«

»Ja, das mache ich.«

Daraufhin setzte sich Böhmer in Bewegung, gefolgt von Jana, die im Vorbeigehen die Lippen zu einem angedeuteten Kuss in Max' Richtung spitzte.

»Herr Weinand, nehmen Sie sich doch draußen schon mal ein Glas Wein oder Sekt«, forderte Max den Friseur auf. »Wir kommen gleich nach.«

Nachdem Weinand die Tür hinter sich geschlossen hatte, sagte Marvin: »Dir ist klar, dass er dich mit dieser Mail verarscht hat, oder?«

»Ja.«

»Und?«

Max grinste. »Aber er hat es schlau angestellt und an alles gedacht. Sogar an eine fingierte Mail. Das heißt, er geht clever vor, um sein Ziel zu erreichen. Das mag ich.«

Marvin schüttelte theatralisch den Kopf. »Ich hab's geahnt. Aber befürchtest du nicht, dass er sich merkt, dass er mit der Nummer durchgekommen ist, und auch weiterhin macht, wonach ihm gerade ist?«

»Nun ja, im Grunde genommen kann ihm das auch keiner verbieten.«

»Es sei denn, er tut irgendwelche Dinge in unserem Namen. Wie du eben gehört hast, fühlte er sich Kriminalhauptkommissar Böhmer gegenüber im Recht. Oder er täuschte das zumindest vor. Weil er dich vorgeschoben hat.«

Max nickte nachdenklich. »Da hast du recht. Ich werde mich noch mal mit ihm unterhalten und diese Dinge klarstellen. Oder nein, *wir* werden das mit ihm klären.«

»Damit bin ich einverstanden. Nun denn, stürzen wir uns in das Getümmel und genießen das Bad in der Menge.«

Als sie den Besprechungsraum verließen, liefen sie zwei Hochschuldozenten in die Arme, die Max schon zu Beginn der Feier entdeckt hatte. Doch Dr. Morkant, der Dritte im Bunde und mit fast siebzig Jahren der Älteste von ihnen, war nirgends zu sehen. Max war klar, dass er zumindest kurz bei den beiden stehen bleiben musste. »Hallo, liebe Ex-Kollegen. Schön, dass ihr gekommen seid.« Als er bemerkte, wie die beiden Marvin bemüht unauffällig musterten, sagte er: »Darf ich euch meinen Partner vorstellen? Dr. Marvin Wagner. Forensischer Psychologe, Gutachter, Schriftexperte und Privatermittler.«

Die Dozenten, beide um die sechzig und sehr konservativ gekleidet, nickten Marvin zu.

»Und das sind Dr. Peter Gödert, Dozent für Verwaltungsrecht, und Prof. Dr. Christoph Breuer, er unterrichtet Zivilrecht. Beides ehemalige Kollegen an ...«

Er wurde von Kai Weinand unterbrochen, der ihm die Hand auf die Schulter gelegt hatte. »Sorry, aber ich muss kurz stören«, sagte er und blickte entschuldigend in die Runde.

»Nicht jetzt, ich unterhalte mich gerade.«

»Es ist sehr wichtig!«

»Entschuldigt bitte kurz«, sagte Max zu den beiden Dozenten und ging zwei Schritte zur Seite, damit Gödert und Breuer ihn nicht mehr verstehen konnten.

»Dieser Mann … mit dem ich mich heute Morgen getroffen habe …«, erklärte Weinand nahe an Max' Ohr. »Er ist hier.«

»Wo?«, war Max knappe Reaktion, und noch ehe Weinand ihm zeigen konnte, um wen es sich handelte, ahnte Max es bereits.

Es war Kriminalhauptkommissar a. D. Karl Weiß.

18

»Sie werden ihm nicht sagen, dass ich auch in dem Forum angemeldet bin, klar?«, zischte Max Weinand zu, während sie auf Karl Weiß zugingen.

Der Mann bemerkte sie erst, als sie ihn schon fast erreicht hatten. Als er Weinand neben Max entdeckte, war ihm die Überraschung deutlich anzusehen, doch als sie vor ihm stehen blieben, hatte er sich schon wieder gefangen und lächelte sie an wie jemand, der beim Klauen ertappt worden war und alles zugeben würde.

Er hob entschuldigend beide Hände und schüttelte den Kopf. »Okay, damit habe ich nicht rechnen können.« Und an Max gewandt: »Ich muss mich bei Ihnen entschuldigen, Herr Bischoff. Wenn ich gewusst hätte, dass Sie beide sich kennen, hätte ich gleich mit offenen Karten gespielt.«

»Sie sind auf einer Website angemeldet, auf der Richterinnen und Richter wegen ihrer Urteile ...« Max sah zu Weinand hinüber. »Wie nannten Sie es? *Angeprangert* werden?«

»Ja.« Weiß sah sich um und betrachtete die anderen Gäste, von denen einige sehr nahe neben ihnen standen. Leise fügte er hinzu: »Wollen wir ein wenig an die frische Luft gehen?«

Max dachte kurz darüber nach, wieder ins Besprechungszimmer zu wechseln, entschied sich aber dagegen. Wer immer sie vielleicht gerade beobachtete, sollte nicht den Eindruck bekommen, er hätte mit Weiß etwas Wichtiges zu bereden.

Er nickte. »Okay, sprechen wir draußen weiter.«

Die Temperaturen lagen um die fünf Grad, was ohne Jacke schnell unangenehm werden würde, aber für ein kurzes Gespräch würde es gehen.

»Ich habe Ihnen bei unserer Unterhaltung nicht alles gesagt, was meine Zeit nach dem Polizeidienst betrifft«, begann der ehemalige Hauptkommissar, nachdem sie sich ein paar Schritte von den anderen Gästen entfernt hatten, die vor dem Büro standen, rauchten und sich unterhielten. »Das Gefühl habe ich auch«, entgegnete Max und fügte hinzu: »Dazu sind Sie natürlich nicht verpflichtet. Wir kennen uns ja kaum.«

»Schon gut, wir ziehen am gleichen Strang. Es stimmt, ich bin in diesem Forum angemeldet. Ich beobachte das Treiben dort schon länger, aber als der Richterjunge jetzt ermordet wurde, bekam das alles plötzlich ein ganz anderes Gewicht. Wenn Leute sich neu anmelden, schreibe ich sie an, begrüße sie und versuche, sie in ein schriftliches Gespräch zu verwickeln und ein bisschen was über sie herauszufinden.« Er sah kurz zu Weinand hinüber. »Hier und da, wenn ich den Eindruck habe, es könnte vielleicht etwas bringen, und derjenige in der Nähe wohnt, schlage ich ein Treffen vor. Aber fast niemand willigt ein.«

Max hätte Weiß gern gefragt, warum *Custos* ihm auf

seine letzte Nachricht im Forum nicht geantwortet hatte, ebenso hätte er gern gewusst, welchen Richter er *angeprangert* hatte, um mitlesen zu können, aber damit hätte er zugegeben, selbst dort angemeldet zu sein.

»Warum beobachten Sie diese Website?«, fragte er stattdessen.

»Ich war Ermittler, Herr Bischoff, sogar deutlich länger als Sie. Sie müssten doch am besten wissen, dass man das nicht einfach so ablegen kann.«

»Ja, aber ich ermittle im Auftrag meiner Mandanten. Wie ist das bei Ihnen?«

Weiß blickte zu Weinand hinüber. »Wir haben uns heute Morgen nicht mit Namen vorgestellt. Sie kennen jetzt meinen und auch meinen ehemaligen Beruf. Wollen Sie mir auch Ihren verraten? Und was Sie beide verbindet?«

Weinand sah Max an, und als der nickte, sagte er: »Kai Weinand. Ich bin Friseur aus Trier. Mein Freund hat die Tochter einer Richterin entführt, nachdem sein Sohn von einem Arschloch ermordet worden ist, das diese Richterin zuvor mit einer nicht erwähnenswerten Strafe laufen ließ.«

»Ah, ich erinnere mich. Klinke! So hieß er, oder? Er hat sich gestern oder vorgestern in seiner Zelle erhängt.«

»Genau«, sagte Weinand und atmete tief durch, bevor er weitersprach. »Der Mörder des kleinen Jungen hier in Düsseldorf hat Rainer Klinke eine Mail geschickt, in der es so schien, als wäre er von Rainers Tat inspiriert worden. Als Rainer gehört hat, dass der Junge tot ist, hat er es nicht ertragen und sich das Leben genommen. Ich bin hier, weil ich helfen möchte, dieses Dreckschwein, das dafür verantwortlich ist, zu fassen.«

»Okay, wir haben also ganz ähnliche Beweggründe und möchten alle das Gleiche.« Weiß sah Max in die Augen. »Ich bin hier, weil ich Sie kennenlernen wollte, Herr Bischoff. Ich wollte wissen, wie Sie ticken. Und hätte Ihr Partner uns nicht unterbrochen, wäre ich auch zum Punkt gekommen: dem Grund, warum ich Sie kennenlernen wollte.«

»Und der wäre?«

»Ich wollte Ihnen meine Mitarbeit anbieten. Und bevor Sie ablehnen, weil Sie noch am Anfang stehen und natürlich keinen Mitarbeiter bezahlen können – ich möchte nichts dafür haben.«

Max hob die Brauen. »Sie wollen kostenlos bei uns mitarbeiten? Warum?«

Weiß lächelte. »Weil ich mich davon überzeugen konnte, dass wir uns in einer Sache sehr ähnlich sind: Der Gedanke, dass ein Gewaltverbrecher nicht seine gerechte Strafe bekommt, macht Sie genauso verrückt wie mich. Jetzt noch etwas allein auf die Beine zu stellen, dafür bin ich zu alt. Aber gemeinsam mit einem Topermittler wie Ihnen würde ich gern meine Zeit investieren und auch nach dem aktiven Dienst meinen kleinen Teil dazu beitragen, die Gesellschaft vor solchen Ungeheuern zu schützen.«

»Das klingt vernünftig. Ich werde mit meinem Partner darüber sprechen, einverstanden?«

»Ja, gerne. Und es würde sich lohnen, wenn Sie sich ebenfalls auf dieser Website registrieren und sich dort umsehen. Sie werden erstaunt sein, was da so geschrieben wird. Von Nazis über Reichsbürger bis hin zu religiösen Fanatikern treibt sich dort alles herum, und es würde mich nicht wundern, wenn der Mörder des Richterjungen sich auch unter die User gemischt hat. Übrigens ...«

Er wandte sich an Weinand. »Um dort mitlesen und Nachrichten schreiben zu können, muss man einen sogenannten Fall einreichen. Welchen haben Sie angegeben? Den Ihres Freundes Klinke?«

»Nein, das hatte Rainer selbst getan. Ich habe einen erfunden.«

»Und? Ist er veröffentlicht worden?«

»Die Fälle werden doch geprüft. Keine Ahnung, wie lange das dauert, aber danach werde ich wohl rausgekickt.«

»Nein, werden Sie nicht. Mein Fall war auch erfunden. Nach zwei Tagen wurde er veröffentlicht, und wie Sie wissen, bin ich immer noch in diesem Forum unterwegs. Die prüfen gar nichts.«

»Das heißt, jeder kann jeden Mist reinstellen, und das wird ungeprüft veröffentlicht?«

»So ist es.«

»Okay, dann lege ich mir auch einen Account zu«, sagte Max und kam sich ein wenig schäbig vor, weil er Weiß nichts davon sagte, dass er bereits einen hatte. »Haben Sie eine Idee, wer der Inhaber der Seite ist?«, fragte er weiter.

»Leider nicht. Er ist auch innerhalb des Forums ein Phantom. Er meldet sich nie zu Wort und gibt sich nicht zu erkennen.«

»Verstehe. Aber vielleicht erreichen wir ja gemeinsam mehr.«

»Meine Rede, Herr Bischoff. Deshalb möchte ich Ihnen helfen.« Weiß griff in die Innentasche seines Sakkos und zog eine Visitenkarte hervor, die er Max reichte. »Hier, wenn Sie mit Ihrem Partner gesprochen haben, geben Sie mir bitte Bescheid, wie Sie sich entschieden haben. Ich würde mich freuen, wenn wir zusammenkommen.«

Max steckte die Karte in die Hosentasche. »Danke. Aber jetzt lassen Sie uns reingehen, hier draußen wird es mir langsam zu kalt.«

Drinnen nahm der ehemalige Rauschgiftfahnder seinen Mantel von der extra für diesen Tag aufgestellten mobilen Garderobe und verabschiedete sich von Max und Weinand.

»Hätte ich nicht gedacht«, sagte Weinand, als Weiß die Tür hinter sich geschlossen hatte.

»Was?«

»Na, dass Custos ein ehemaliger Polizist ist.«

»Wenn das jeder gleich merken würde, wäre das auch äußerst schlecht.«

»Stimmt. Was soll ich als Nächstes tun?«

»Nett, dass Sie diesmal fragen.«

»Moment, ich habe heute Morgen …«

»Haben Sie nicht!«

»Was? Aber …«

Max wandte sich Weinand zu und sah ihn ernst an. »Haben Sie heute Morgen wirklich aus Versehen die falsche Mailadresse eingegeben? Und jetzt sollten Sie gut überlegen, was Sie antworten.«

Drei, vier Sekunden schien Weinand nachzudenken, dann nickte er grinsend. »Also gut. Ich wusste, Sie würden was dagegen haben, dass ich mich mit Custos treffe. Aber mir war auch klar, dass Sie nicht begeistert sein würden, wenn Sie nachträglich davon erfahren, dass ich es ohne Ihr Wissen getan habe. Da kam mir die Idee mit der falschen Mailadresse.«

»Haben Sie vor, in diesem Stil weiterzumachen? Mir zu dem Fall nur die Dinge zu sagen, die Sie für passend halten und von denen Sie denken, dass ich sie gutheiße? Falls ja, dann ist das natürlich Ihre Sache, und ich kann und will Sie auch zu nichts zwingen. Nur wird dann nichts aus der Zusammenarbeit von uns.«

»Nein, nein, Sie haben ja recht. Ich werde ab jetzt nichts mehr vor Ihnen verheimlichen. Versprochen.«

»Gut.« Max nickte. »Dann schlage ich vor, Sie mischen sich noch ein wenig unter die Gäste, und sobald der Hokuspokus hier vorbei ist, sehen Sie nach, was sich mittlerweile auf der Website getan hat.«

Weinand grinste. »In Ordnung.«

Kurz darauf gesellte sich Max zu Marvin, der sich anscheinend ohne großen Erfolg bemühte, einem jungen Mann zu erklären, warum Schriftgutachten bei der Suche nach Verbrechern hilfreich sein können.

»Jedenfalls können Sie mir glauben, dass man aus der Handschrift sehr wohl Rückschlüsse auf den Schreiber ziehen kann«, versicherte er seinem skeptisch dreinblickenden Gesprächspartner.

»Ja, vielleicht, aber was, wenn ich meine Schrift verstelle? Dann ziehen Sie die falschen Schlussfolgerungen.«

Marvin warf Max einen verzweifelten Blick zu, dann sagte er: »Genau. Das ist das große Risiko dabei. Nehmen Sie sich doch gern noch was zu trinken.«

Damit drehte er sich um und zog Max ein paar Meter zur Seite.

Max grinste. »Na? Auf wenig Verständnis gestoßen?«

Marvin seufzte und warf nochmals einen Blick zu dem jungen Mann hinüber, der sich mittlerweile einer kleinen Gruppe anderer Gäste zugewandt hatte.

»Eine Laune der Natur, ein Querschläger der Evolution. Vielleicht hat Gott eine Wette verloren? Ich weiß es wirklich nicht. Ich befürchte, manchen Menschen könnte man Gehirnzellen impfen, und sie würden sofort Antikörper entwickeln. Aber lassen wir das, kommen wir zu dir.« Marvin bedachte Max mit einem strengen Blick. »Ich bin entsetzt. Nachdem ich dich vor einer halben Stunde noch unter größtmöglichem Einsatz vor diesem Mann gerettet habe, der dich offenbar zutextete, musste ich gerade mit Bestürzung feststellen, dass du schon wieder mit ihm zusammengestanden hast. Wie kam's? Gibt es tief in deinem Inneren verborgen eine stille Sehnsucht danach, dich selbst zu quälen?«

»Wie sich herausgestellt hat, ist er nicht nur ein ehemaliger Kriminalhauptkommissar aus Köln, sondern zudem der Mann, mit dem unser Friseurfreund Kai Weinand sich heute Morgen getroffen hat.«

»Der von der Website?«

»Genau.«

»Das ist ja ein Ding. Er ist also auch einer von denen, die Richter vorführen, wenn ihnen ein Urteil nicht gefällt.«

»Er sagt, er hat einen erfundenen Fall eingestellt. So wie ich auch.«

»Hm ... war es tatsächlich Zufall, dass er hier aufgetaucht ist?«

»Nicht so ganz. Er möchte uns unterstützen.«

»Wir sollen ihn anstellen?«

»Nein, einfach so, ohne Bezahlung.«

»Noch einer? Wenn das mit den freiwilligen Helfern so weitergeht, brauchen wir selbst nichts mehr zu tun.«

»Das bezweifle ich.«

»Aber im Ernst, denkst du darüber nach, ihn einzubeziehen? Ich bin ja der Meinung, wir können jeden brauchen, der sich mit Ermittlungsarbeit auskennt, aber ich vertraue in dieser Beziehung auf deine Erfahrung und dein Gespür. Was weißt du über den Mann, und was denkst du über ihn?«

»Noch weiß ich nicht viel, aber das wird sich hoffentlich bald ändern, wenn unser erster freiwilliger Helfer gut recherchiert. Und was mein Gefühl betrifft ... es ist noch nicht sehr lange her, da musste ich schmerzhaft lernen, dass das auch täuschen kann.[1] Deswegen warte ich lieber ab.«

Marvin nickte ernst. »Ich weiß, was du meinst.«

»Ich werde gleich mal Horst anrufen. Vielleicht kann er etwas über Weiß herausfinden.«

»Gut. Und ich werde jetzt was essen. Im Gegensatz zum Gehirn meldet sich der Magen, wenn er leer ist.«

---

1 siehe *Mörderfinder – Stimme der Angst*

19

Nachdem Max mit Böhmer telefoniert und ihn gebeten hatte, sich bei seinen Kontakten bei der Kripo Köln über Karl Weiß zu erkundigen, genehmigte er sich ein wenig Fingerfood und dazu ein Glas Wein. Gerade hatte er sich ein Würstchen in Blätterteig vom Buffet genommen, als Oberkommissar Martin Werner das Büro betrat und sich umsah. Als er Max entdeckte, blieb sein Blick an ihm hängen, während er sich in Bewegung setzte und auf ihn zukam.

»Sie hier zu treffen, hätte ich nicht erwartet«, sagte Max, als Werner vor ihm stand, und biss ein Stück des Würstchens ab.

»Gewöhnen Sie sich daran, Bischoff. Ich tue meist Dinge, die man nicht erwartet.«

»*Herr* Bischoff!«, sagte Max unaufgeregt. »Das heißt im Umkehrschluss, Dinge, die man von Ihnen erwartet, tun Sie nicht? Ein interessanter Aspekt, den Sie vielleicht mal mit Ihrem Chef besprechen sollten. Ich wette, der ist begeistert von dieser unkonventionellen Sicht auf Dienstvorschriften.« Werner setzte an, etwas zu entgegnen, doch er wurde unterbrochen durch eine etwa fünfundzwanzigjährige blonde Frau in Begleitung eines wohl doppelt so alten Mannes, die Max ansprach. »Hallo, Herr Bischoff, entschuldigen Sie bitte die Störung.«

»Sie stören nicht im Geringsten«, erklärte Max, und mit Blick auf Werner fügte er hinzu: »Ganz im Gegenteil. Wir waren gerade fertig.«

Werner warf ihm noch einen undefinierbaren Blick zu, dann wandte er sich wortlos ab, ging zum Getränketisch und griff sich ein Glas Wein.

»Was kann ich für Sie tun?«, erkundigte sich Max.

»Mein Name ist Noemi Grundhöfer, ich bin Journalistin bei der POST.« Sie deutete auf ihren Begleiter. »Der nette Herr neben mir ist ein Kollege aus der Redaktion.«

Der Mann reichte Max lächelnd die Hand. »Dietmar Willms, freut mich, Sie kennenzulernen, Herr Bischoff.«

Max schüttelte ihm die Hand und wandte sich dann wieder an die junge Frau. »Sie haben den Artikel über mich geschrieben, richtig?«

Sie grinste und wirkte dabei fast ein wenig verlegen. »Das ist richtig. Ich hoffe, Sie waren damit zufrieden? Ich stehe noch ziemlich am Anfang. Dietmar hat mir ein wenig unter die Arme gegriffen.«

»Nun ja, ein bisschen habe ich mich wie der Superheld aus einem Marvel-Comic gefühlt, aber ansonsten fand ich den Artikel sehr schmeichelhaft.«

Willms sah sich demonstrativ um. »Und wie es scheint, hat er mit dazu beigetragen, dass die Eröffnung sehr gut besucht ist.«

Auch Max betrachtete die zahlreichen Gäste. »Ja, es scheint so.«

»Wir sind hier, um ein bisschen Stoff für einen Nachbericht zu sammeln, den ich schreiben möchte, wenn das für Sie in Ordnung ist«, erklärte die Journalistin.

»Nun, ich ...«, weiter kam Max nicht, weil Marvin plötzlich neben ihm auftauchte.

»Einen wunderschönen guten Tag. Mein Name ist Dr. Marvin Wagner, und ich habe das große Glück, Mitinhaber dieser formidablen neuen Firma *WaBi Investigations* zu sein. Zufällig habe ich mitbekommen, dass Sie die junge Dame sind, die den sehr zutreffenden Artikel über diesen Topermittler hier geschrieben hat.«

Noemi Grundhöfer starrte Marvin ein, zwei Atemzüge lang an, wobei ihr Blick über seine Tattoos und Piercings huschte, bevor sie lächelte. »Ja, das bin ich. Freut mich, Sie kennenzulernen.«

»Frau Grundhöfer möchte einen Artikel über unsere Eröffnung schreiben«, erklärte Max, woraufhin Willms sich an seine junge Kollegin wandte und sagte: »Vielleicht beginnst du mit deinen Fragen bei Herrn Dr. Wagner. Ich ahne, dass du von ihm einige interessante Dinge erfahren wirst.«

Die Journalistin sah Marvin fragend an, der begeistert lächelte. »Selbstverständlich stehe ich Ihnen gern Rede und Antwort. Wollen wir uns dazu in unseren Besprechungsraum zurückziehen?«

Sie zuckte mit den Schultern. »Ja, sicher, warum nicht?«

Willms nickte ihr bekräftigend zu. »Ich plaudere in der Zeit ein wenig mit Herrn Bischoff.«

Als die junge Frau Marvin in Richtung des Besprechungszimmers folgte, wandte Willms sich Max zu. »Herr Bischoff, ich möchte nicht lange um den heißen Brei herumreden. Ich würde Ihnen gern einen Vorschlag machen.«

»Dann tun Sie das mal«, forderte Max ihn auf und war gespannt, welchen Vorschlag ein Redakteur der POST ihm machen würde.

»Dieser Mordfall, an dem Sie mitarbeiten, erregt die Gemüter nicht nur in Düsseldorf. Die Menschen gieren geradezu nach Nachrichten darüber. Die Polizei ermittelt mit Hochdruck, das weiß ich, aber die Informationen, die von dort kommen, sind eher spärlich. Ich glaube, dass Ihre Expertise und Ihr frischer Blickwinkel als Privatermittler von unschätzbarem Wert sind. Aber das bekommt niemand mit.«

»Das heißt was genau?«

»Ich möchte Ihnen etwas Außergewöhnliches vorschlagen. Ich würde Ihnen gern in den nächsten Tagen bei Ihrer Ermittlungsarbeit ein wenig über die Schulter schauen und in einer Artikelserie täglich darüber schreiben. Ich habe die Idee schon mit meinem Chefredakteur besprochen, und der war begeistert.«

Max setzte zu einer Entgegnung an, doch Willms hob die Hand und sprach schnell weiter. »Stellen Sie sich vor, was das bedeuten würde! Ihre Ermittlungen könnten nicht nur zur Aufklärung des Falls beitragen, sondern auch eine faszinierende Geschichte für unsere Leser liefern. Wir von der POST könnten Ihnen helfen, Ihre Arbeit bekannt zu machen, und gleichzeitig sicherstellen, dass die Wahrheit ans Licht kommt. Nur positive Effekte für alle Beteiligten.«

»Das sehe ich etwas anders. Erstens kann es recht gefährlich werden, und zudem würden wir nicht nur Ihre interessierte Leserschaft mit Details zu den Ermittlungen versorgen, sondern auch den Täter. Zudem wären meine Ex-Kollegen von der Kripo zu Recht alles andere als begeistert, wenn ich Ihnen erlauben würde, aktuelle Infos über eine laufende Mordermittlung zu veröffentlichen. Das könnte sogar dazu führen, dass man mir gar keine Informationen oder Ermittlungserkenntnisse mehr weitergibt.«

Willms dachte augenscheinlich über die Erklärung von Max nach, dann nickte er. »Sie haben recht, das habe ich nicht bedacht, aber ich sehe dennoch eine Möglichkeit. Wie wäre es, wenn wir uns jeden Tag ein Mal treffen, und Sie geben mir nur die Informationen, die Sie mir geben möchten und dürfen? Ich schreibe den Artikel und schicke ihn an Sie, und nur wenn Sie ihn freigeben, wird er auch gedruckt.«

»Was ist mit den Angehörigen der Opfer, die mit ansehen müssen, wie die Verbrechen an ihren Liebsten täglich in der Zeitung breitgetreten werden?«

Willms wiegte den Kopf hin und her. »Oder die sehen, dass alles getan wird, um den Mörder ihrer Liebsten dingfest zu machen. Und einen wichtigen Aspekt habe ich noch gar nicht erwähnt: Wenn bekannt wird, dass wir zusammenarbeiten, haben wir automatisch hunderttausend Informanten aus der Leserschaft, die uns alles melden, was ihnen verdächtig vorkommt und mit dem Fall zu tun haben könnte. Es würde für den Täter ungleich schwieriger, unentdeckt zu bleiben.«

Nun war es an Max, nachzudenken.

Einerseits wäre es eine zusätzliche Belastung, sich täglich mit Willms zu treffen und ihn mit ausgesuchten Informationen zu versorgen, sofern es überhaupt welche gab. Auf der anderen Seite hatte er wahrscheinlich recht, was Hinweise von Leserinnen und Lesern betraf. Aber auch das hatte zwei Seiten.

»Haben Sie eine Vorstellung davon, wie viel Mist und wie wenig Verwertbares gemeldet wird? Ich kenne das noch von Aufrufen an die Bevölkerung während meiner aktiven Zeit als Polizist. Allein die vielen irrelevanten Infos oder Phantasiemeldungen von Spinnern von den ganz wenigen brauchbaren Hinweisen zu trennen ist ein Wahnsinnsaufwand.«

»Um den wir uns in der Redaktion kümmern würden.« Willms lächelte. »Wir verfügen ebenfalls über diese Erfahrung.«

Erneut durchdachte Max den Vorschlag, wägte Für und Wider gegeneinander ab und nickte schließlich.

»Also gut, versuchen wir es. Sie geben alle Informationen, die Sie erhalten und die relevant sein könnten, an uns weiter und veröffentlichen auch davon nur das, was wir abnicken.«

Der Redakteur lächelte und streckte Max die Hand hin. »Ich danke Ihnen. Wir haben einen Deal.«

Als Max einschlug, sagte Willms: »Wollen wir morgen Nachmittag beginnen? Ich gebe Ihnen meine Nummer, und Sie rufen einfach an, wenn es für Sie am besten passt.«

Er hatte Max gerade seine Visitenkarte gereicht, als Marvin mit der Journalistin zurückkam. »Jetzt bist du dran«, erklärte er. »Aber das meiste haben wir beiden schon abgehakt.«

Tatsächlich hatte Noemi Grundhöfer nur noch einige wenige Fragen an Max, und zwanzig Minuten später verabschiedeten sie und ihr Kollege sich. Nachdem Max seinem Partner von seiner Vereinbarung mit Willms berichtet hatte, sagte Marvin: »Ich finde, das ist ein ziemlich guter Deal. Du nicht?«

»Doch, schon«, entgegnete Max.

Marvin grinste. »Dann sag das mal deinem Gesicht.«

20

Die letzten Gäste verließen das Büro um halb vier, gleich darauf begannen Max, Marvin und Weinand mit dem Aufräumen. Nachdem eine Stunde später die Cateringfirma ihr Equipment abgeholt hatte und die Schreibtische an ihrem Platz standen, sah der Raum wieder wie ein Büro aus.

Um Viertel nach fünf rief Böhmer an. »So, ich kann dir ein bisschen was über Karl Weiß erzählen.«

»Das ging ja recht schnell.«

»Ja, das war kein Problem. Die meisten Kölner Kollegen kennen ihn.«

»Ich bin gespannt.«

»Okay, also … Er ist vor zwei Jahren aus gesundheitlichen Gründen in den Vorruhestand gegangen. Er ist beim Versuch, das Hauptquartier einer Drogengang hochzunehmen, von einem der Typen mit einem Messer so schwer verletzt worden, dass er fast draufgegangen wäre. Eine Kollegin von ihm wurde bei der Aktion durch eine Kugel getötet. Nachdem Weiß ein Jahr rumgekrebst hat, hat er aufgegeben und sich in den vorzeitigen Ruhestand versetzen lassen.«

»Das kann ich nachvollziehen.«

»Er hatte eine tadellose Personalakte, sogar mit einer Belobigung. Die Kollegen sagen, bis zu dieser Sache sei er ein herausragender Ermittler gewesen. Danach war es wohl etwas schwierig mit ihm. Der Tod seiner Kollegin hat ihm schwer zu schaffen gemacht. Und lebensgefährliche Verletzungen nach einem Angriff steckt man auch nicht so einfach weg, wie ich aus eigener Erfahrung weiß.«

»Das denke ich mir. Aber sonst klingt das alles doch recht gut.«

»Ja. Und da ist noch was, das dich sicher interessieren wird. Bevor er zum KK27 gekommen ist, war er in unserer Truppe in Köln. KK11.«

»Ach, das wird ja immer besser.«

»Und rate mal, mit wem er dort einige Zeit zusammengearbeitet hat?«

»Keine Ahnung«, sagte Max, obwohl er sehr wohl etwas ahnte. Dennoch überraschte ihn die Bestätigung.

»Mit Kriminalhauptkommissar Bernd Menkhoff.«

»So klein ist die Welt. Jetzt sag mir bitte nicht, er kennt auch die Keskin.«

Böhmer lachte bellend. »Witzigerweise war das auch meine erste Frage, aber davon wusste niemand etwas. Keiner von denen hat eine Ahnung, wer Eslem Keskin ist. Ich halte es aber auch für kaum möglich, dass sie sich kennen. Es ist schon acht Jahre her, dass Weiß gewechselt hat, und der Grund für diesen Wechsel war wohl, dass er mit der ruppigen Art von Menkhoff nicht klargekommen ist.«

»Das kann ich nachvollziehen«, murmelte Max, während seine Gedanken abschweiften zu der kurzen, aber intensiven Zeit, in der er mit Menkhoff einen kniffligen und tragischen Fall gelöst hatte[2]. Zu jenem Tag …

Mit einem Mal war er wieder in dem Raum mit der offen stehenden Luke im Boden …

Vorsichtig einen Fuß vor den anderen setzend, betreten sie hintereinander die Hütte. Während der Hauptkommissar den Blick starr auf die Luke gerichtet hat, sieht Max sich um, doch außer ihnen befindet sich niemand im Raum.

Menkhoff ist noch drei, vier Schritte von dem Loch im Boden entfernt, als sie von unten erst ein Poltern hören und dann eine Männerstimme, die zischt:» Du dumme, kleine Nuss. Jetzt wirst du sterben.«

Max sieht, wie ein Ruck durch Menkhoffs Körper geht, dann schnellt der Hauptkommissar mit einer Geschwindigkeit nach vorn, die Max ihm nie zugetraut hätte. Gleich darauf ist Menkhoff so schnell in der Öffnung verschwunden, dass Max befürchtet, er sei nach unten gestürzt.

Er hastet sofort hinterher, erreicht die Luke und setzt den Fuß auf die zweite Sprosse, während unten bereits der Tumult losbricht. Er hört noch, wie Menkhoff schreit:» Waffe weg«, dann fällt ein Schuss, gleich darauf ein zweiter.

Max stößt sich ab und landet auf festem Erdreich. Noch während er sich aufrichtet, scannt sein Blick die Situation. Direkt neben seinen Füßen liegt Menkhoff mit dem Gesicht

---

2 *Mörderfinder – Die Spur der Mädchen*

nach unten auf dem Boden. Max geht neben ihm in die Hocke, fasst ihn an der Schulter und dreht ihn vorsichtig ein wenig zur Seite, woraufhin der Hauptkommissar aufstöhnt und sich eine Hand auf eine stark blutende Wunde in der Brust presst.

»Bernd, du musst durchhalten. Deine Kollegen sind gleich da.«

Langsam und sichtlich unter Aufbietung aller Kräfte öffnet Menkhoff die Augen.

»Einen Scheißdreck muss ich«, sagt er mit brüchiger Stimme. »Jetzt musst du allein die kniffligen Fälle lösen.« Entsetzt registriert Max die blutigen Bläschen, die sich beim Sprechen in Menkhoffs Mundwinkel bilden. »Quatsch, das wird wieder«, entgegnet er.

Menkhoffs freie Hand tastet nach der von Max. »Lenk nicht vom Thema ab, Jungspund. Leg diesen verdammten Drecksäcken gefälligst das Handwerk, verstanden?«

»Bernd, ich bin sicher …«

»Du bist wie ich. Du musst weitermachen. Gib mir dein Wort. Los. Und wehe, du brichst es.«

»Ja«, antwortet Max. »Ich gebe dir mein Wort.«

»Max?« Böhmers Stimme riss ihn zurück in die Gegenwart. »Bist du noch dran?«

»Ja, entschuldige. Ich musste gerade an Menkhoff denken.«

»Das hab ich fast geahnt. Und? Was machst du jetzt mit Weiß?«

»Was würdest du mir raten?«

»O nein, mein Freund. Ich werde einen Teufel tun, dir zu raten, was Wagner und du in eurer Firma tun sollt. Einen Helfer hast du ja schon, der, sagen wir mal, recht selbständig agiert.«

»Ja, das habe ich mit ihm besprochen.«

»Gut. Dann mach mit Weiß, was du für richtig hältst. Erfahrung hat er jedenfalls. Wir sollten uns jetzt aber wieder darauf konzentrieren, dieses Arschloch zu finden, das Kinder und Frauen killt. Wir hören voneinander.«

Das Gespräch war beendet.

Max legte das Smartphone ab, griff es sich aber gleich darauf wieder und rief, einem Impuls folgend, seine Schwester an, obwohl er sich fest vorgenommen hatte, sie in Ruhe zu lassen. Sie befand sich seit fünf Tagen in Begleitung ihrer Mutter in einer Spezialklinik in München, wo sie auf eine neuartige und recht komplizierte Operation vorbereitet wurde, die in neun Tagen stattfinden sollte.

Bei dem Verfahren wurden die durch die Querschnittslähmung deaktivierten Muskeln mit gesunden Nerven oberhalb der Rückenmarksverletzung verknüpft. Ein aufwendiges und teures Verfahren, aber allein die Hoffnung, dass es Kirsten danach besser gehen würde und sie vielleicht sogar die Chance hätte, sich ohne Rollstuhl fortbewegen zu können, war den Versuch wert.

Max und sie hatten vereinbart, dass sie sich zumindest in den ersten Tagen voll und ganz auf ihren Aufenthalt dort und die gemeinsame Zeit mit ihrer Mutter konzentrieren sollte.

»Hallo, Bruderherz, wie schön, dass du anrufst«, meldete Kirsten sich. »Das muss wieder einmal Gedankenübertragung zwischen uns gewesen sein. Die letzten Tage waren sehr anstrengend, aber ich habe mir heute Morgen vorgenommen, dich anzurufen. Wie war eure Eröffnung? Erzähl mir alles.«

Max bewunderte Kirsten für ihre Art, mit ihrer Situation umzugehen. Als sie im Alter von acht Jahren von einem betrunkenen Autofahrer in den Rollstuhl katapultiert worden war, hatte sie nur kurz mit ihrem Schicksal gehadert, sich dann aber schnell nicht nur auf die neue Situation eingestellt, sondern fortan eine Lebensfreude ausgestrahlt, die Max immer wieder Tränen in die Augen trieb.

»Sei froh, dass du dir das nicht antun musstest. Es war proppenvoll.«

»Ich wäre trotzdem gern dabei gewesen.«

»Ich weiß.«

»Wahrscheinlich sind viele Leute wegen dieses Artikels in der POST gekommen, oder?«

»Und woher weißt du von dem Artikel? Hatten wir nicht ausgemacht, dass du dich ausschließlich auf dich konzentrierst?«

»Aber Zeitung lesen darf ich doch wohl zwischendurch. Ich wollte heute Morgen nur nachsehen, ob eure Eröffnung irgendwo angekündigt wird, da bin ich auf den Artikel gestoßen. Da steht, du hast einen Fall angenommen? Und dass es um den grausamen Mord an einem neunjährigen Jungen geht?«

»Ja, aber ich möchte nicht darüber sprechen, okay? Wir sind noch nicht sehr weit, alles andere wird sich zeigen. Für dich ist jetzt nur eines wichtig, und das ist die Operation.«

»Aber über die Eröffnung darf ich mit dir reden?«

»Natürlich. Wie gesagt, es war sehr voll, und wir mussten viele Fragen beantworten. Ob uns das etwas bringt, sei dahingestellt, aber zumindest hat man registriert, dass es uns gibt.«

»Das ist doch schön.«

»Ich wüsste trotzdem zu gern, woher die von der POST die Information haben. Böhmer sagt, er weiß nichts davon, dass jemand von der Polizei was durchgestochen hat.«

»Du hörst dich nicht besonders glücklich an. Du bist doch sehr gut dabei weggekommen. Und es hat euch heute viele Gäste gebracht.«

»Das stimmt beides, aber es hat auch noch einen anderen Effekt. Mit großer Wahrscheinlichkeit weiß jetzt auch ...« Max brach abrupt ab und hätte sich am liebsten auf die Zunge gebissen.

»Weiß jetzt auch der Täter, dass du an den Ermittlungen beteiligt bist, wolltest du sagen, nicht wahr?«

»Ja, entschuldige. Ich rede davon, dass du dich auf dich konzentrieren sollst, und dann fange ich selbst mit dem Mist hier an.«

»Machst du dir Sorgen?«

»Ja. Ich sorge mich, dass wir den Kerl nicht schnell genug schnappen und er vielleicht wieder zuschlägt, aber nun lass uns wirklich von etwas anderem reden. Wie geht es Mama? Versteht ihr euch gut?«

Kirsten zögerte einen Moment, doch dann ging sie auf seine Frage ein. »Ja, die Zeit hier tut uns beiden gut. Sie hat aber, glaube ich, mehr Angst vor der Operation als ich.«

»Das ist doch klar. Du bist ihr kleines Mädchen, auch wenn du mittlerweile fast dreißig bist.«

»Das musst du mir nicht bei jeder Gelegenheit unter die Nase reiben. Außerdem ist es bis dahin noch eine Weile.«

Max lächelte. »Das stimmt. Jetzt schaust du erst mal, dass wir deinen Rollstuhl bald bei eBay verkaufen können. Und an deinem dreißigsten Geburtstag tanzen wir dann zusammen.«

»Das tun wir. Max …?«

»Ja?«

»Pass bitte auf dich auf, okay?«

»Das werde ich, versprochen.«

»Tschüs!«

»Tschüs, Schwesterlein.«

Erst als Max das Telefon sinken ließ und zur Seite blickte, registrierte er, dass Marvin nach vorn gebeugt hinter Weinand stand und mit ernster Miene auf den Monitor starrte.

»Was ist denn los?«, fragte er und erhob sich.

Marvin sah zu ihm auf. »Das solltest du dir mal anschauen.«

Max blieb neben seinem Partner stehen und betrachtete ebenfalls den Monitor, vor dem Weinand saß. Der hatte einen *Fall* geöffnet, und als Max die Titelzeile las, stieß er einen Fluch aus.

21

Gerichtsgutachter Dr. Wagner aus Dortmund: Schuldunfähig bei einem Mord, stand dort.

»Was soll das?«, stieß Max aus und sah zu Marvin hinüber. »Das ist doch Blödsinn, oder?«

Marvin blickte ihn ernst an und zuckte mit den Schultern. »Das kann grundsätzlich schon sein. Ich habe bereits viele Gerichtsgutachten erstellt.« Er nickte Weinand zu. »Klicken Sie mal drauf, damit ich lesen kann, was da steht.«

Weinand klickte auf den Titel, und der *Fall* wurde angezeigt.

Das schreit zum Himmel! Ein verdammtes Dreckschwein, ein Kerl, der eine junge Frau stundenlang gequält und gefoltert hat, bevor er sie erwürgte, wird gefasst und steht vor Gericht. Und dann kommt dieser Gutachter, Dr. Marvin Wagner aus Dortmund, daher und erklärt ihn für schuldunfähig. Wie kann das sein? Es ist doch offensichtlich, dass der Typ bewusst eine Entscheidung getroffen hat! Und dass er genau gewusst hat, was er tat.

Statt ins Gefängnis zu kommen, wo er die Konsequenzen seiner grausamen Taten tragen müsste, wird er in eine psychia-

trische Klinik eingewiesen. Und jetzt das Schlimmste: Nach nur sechs Jahren wird er als »geheilt« entlassen! Und wisst ihr, auf wessen Betreiben hin? Richtig! Dr. Marvin Wagner himself hat auch dieses Gutachten erstellt, das dem Kerl geistige Gesundheit attestierte und dass er keine Gefahr mehr für andere darstellt. Man könnte fast denken, das hätte System. Erst sorgt Herr Dr. Wagner dafür, dass das Schwein nicht in den Knast muss, weil er irre ist, und ein paar Jahre später dann bescheinigt er ihm, dass er – oh Wunder – wieder völlig gesund ist und entlassen werden kann. Frage: Kann es sein, dass die beiden sich kennen?

Was für ein Oberwitz! Das soll gerecht sein? Was ist mit der Gerechtigkeit für das Opfer und dessen Familie?

Dieser Wagner hat dem Täter einen Freifahrtschein ausgestellt. Er hat anscheinend mehr Gewicht auf die psychische Verfassung des Mörders gelegt als auf die schrecklichen Folgen seiner Taten. Ihr fragt euch nun zu Recht, wie viele andere Menschen wohl unter solchen Entscheidungen leiden müssen?

Hey, ich kann die Frage in diesem Fall beantworten: Drei Monate nach seiner Entlassung hat diese angeblich geheilte Kreatur innerhalb von einer Woche erneut zwei Frauen gequält und umgebracht. Und was sagt Dr. Marvin Wagner dazu, dieses überhebliche Arschloch, das verantwortlich ist für den Tod dieser Frauen? »Die Ergebnisse meiner Untersuchungen lieferten keinerlei Hinweise darauf, dass er wieder straffällig werden würde.«

Ich sage dazu: Man sollte mit dem Drecksack das Gleiche tun, was sein geliebter Mörder mit den Frauen getan hat.

Als Marvin einen Zischlaut ausstieß, sagte Max: »Was für ein Wahnsinn! Dieser Fall ist doch erfunden, oder?«

Marvin richtete sich auf. »Der Fall an sich nicht, den gab es tatsächlich, das ist jetzt etwa zehn Jahre her. Der Angeklagte hatte eine ausgeprägte Bewusstseinsstörung. Er war definitiv nicht Herr seiner Sinne. Es stimmt auch, dass die Richterin ihn aufgrund meines Gutachtens in eine Klinik eingewiesen hat. Alles andere ist natürlich völliger Blödsinn. Ich hatte seit der Verhandlung nichts mehr mit ihm zu tun und könnte gar nicht dafür sorgen, dass er entlassen wird. Verantwortlich für ihn sind der behandelnde Arzt und der Chefarzt der Psychiatrie.«

»Könnte es nicht trotzdem sein, dass er entlassen wurde und wieder jemanden ermordet hat?«, fragte Weinand.

»Das würde mich sehr wundern. Davon hätte man sicher etwas gehört, und mich hätte man auch informiert. Aber ich werde der Sache auf den Grund gehen. Das kostet mich nur zwei, drei Anrufe, um die ich mich gleich kümmern werde.«

»Woher weiß derjenige, der das gepostet hat, von diesem Fall?«

»Das ist keine Kunst. Darüber ist damals in den Zeitungen berichtet worden. Ich schätze, wenn Sie im Netz meinen Namen eingeben und nach Gerichtsurteilen suchen, werden Sie einiges finden.«

»Stellt sich die Frage, wer das gepostet hat und warum«, murmelte Max.

»Offenbar jemand, der mich nicht mag«, stellte Marvin lakonisch fest.

»Aber warum jetzt?«, fragte Weinand. »Ich weiß zwar nicht, wie lange es diese Website bereits gibt, aber wenn man sich die Anzahl dieser Fälle mal anschaut, offensichtlich schon etwas länger. Wenn ausgerechnet jetzt, wo Sie an diesem Fall mitarbeiten, Ihr Name hier auftaucht, hat es ja womöglich auch damit zu tun.«

»Ja, vielleicht«, sagte Max. »Jedenfalls haben wir offenbar die Aufmerksamkeit von jemandem erregt, der zumindest dir nicht gerade wohlgesinnt ist, Marvin. Das dürfte am ehesten durch den Zeitungsartikel geschehen sein. Dass dieser Quatsch jetzt auf der Seite zu finden ist, beweist, dass diese sogenannten Fälle vom Betreiber entweder gar nicht oder nur sehr oberflächlich geprüft werden, bevor er sie veröffentlicht.« Er tippte Weinand auf die Schulter. »Gehen Sie mal zurück in die Liste, ich möchte was nachschauen.«

Sekunden später hatte Max die Bestätigung seiner Vermutung. Sein Fall, den er – inklusive Name und Adresse – frei erfunden hatte, war ebenfalls veröffentlicht worden.

»Okay, da ist die Geschichte, die ich mir ausgedacht habe. Es wird also gar nichts überprüft. Das macht es noch schlimmer, denn es bedeutet, jeder kann jeden dort mit einem fingierten Fall denunzieren.«

»Wirklich ein großer Mist«, sagte Marvin. »Aber andererseits ... wir befinden uns im Darknet, da findest du überall Seiten, auf denen Leute öffentlich diffamiert oder sogar bedroht werden. So schlimm das auch ist, du weißt, dass es sogar Portale gibt, da kann jeder jeden eintragen, den er tot sehen möchte.«

»Ja, das weiß ich, aber diese Seite hat etwas Perfides, das man nicht außer Acht lassen sollte: Sie appelliert angeblich an den Gerechtigkeitssinn.«

»Wie auch immer«, sagte Marvin entschlossen und nahm sein Smartphone in die Hand. »Ich werde jetzt mal nachfragen, was aus dem Mann geworden ist. Ich erinnere mich sogar noch an seinen Namen.« Max beobachtete seinen Partner. Auch wenn Marvin sehr um Gelassenheit bemüht war, kannte Max ihn mittlerweile gut genug, um zu erkennen, dass ihm die Sache zu schaffen machte, vor allem deshalb, weil seine Fachkompetenz in Frage gestellt wurde.

Es dauerte etwa zehn Minuten und zwei größtenteils gemurmelte Gespräche von Marvin, bis er sein Handy auf den Tisch warf und erleichtert sagte: »Wusste ich's doch, dass das Quatsch ist.« Als er Max' und Weinands fragende Blicke bemerkte, stand er auf. »Burghard Maykopf, so hieß er, wurde nicht nach sechs Jahren entlassen. Er *konnte* gar nicht entlassen werden, weil er sich zwei Jahre nach seiner Einlieferung durch Öffnen der Hauptschlagader am Hals und an den Handgelenken das Leben genommen hat. Ich frage mich zwar, wie ein Patient in der geschlossenen Abteilung der Psychiatrie an einen Gegenstand gelangen kann, mit dem das möglich ist, aber das ist ein anderes Thema. Fakt ist: Was da steht, ist Bullshit. Und ich muss gestehen, dass ich, obwohl ich mir schon gedacht habe, dass er nicht rausgelassen wurde, erleichtert bin.«

»Und was passiert jetzt wegen dieses *Falls*?«, fragte Weinand.

»Leider gar nichts«, antwortete Max. »Wir haben keine Chance, etwas dagegen zu tun.« Er sah Marvin an. »Aber dein Name stand auch in dem Artikel der POST. Wenn jemand nach dir sucht, wird er schnell auf die Adresse hier stoßen. Wir sollten alle die Augen offen halten. Und du, mein Freund, ganz besonders.«

»Kann man als angemeldeter User auf diese *Fälle* eigentlich antworten?«, fragte Marvin.

Weinand schüttelte den Kopf. »Soweit ich weiß, nicht. Ich habe auch noch nirgends eine direkte Antwort auf einen Fall gesehen.«

Marvins Bürotelefon läutete. Er wandte sich zu seinem Schreibtisch um, hob den Hörer ab und meldete sich voller Elan: »WaBi Investigations, Dr. Marvin Wagner am Apparat, was kann ich für Sie tun?«

Gleich darauf hellte sich seine Miene auf. »Hallo! Ja, natürlich weiß ich das. Ich bin erfreut, Ihre Stimme zu hören ... das steigert die Freude noch immens ... das ist eine tolle Idee ... ja ... sicher ... das ist zwar richtig, aber ich denke, das sollte trotzdem möglich sein ... ja, das sehe ich auch so ... nein, nein, ich werde das besprechen, aber nach jetzigem Stand der Dinge passt das schon ... Selbstverständlich, wir sind schließlich gleichberechtigte Partner ... nein, nein. Soll ich ... nein, wirklich nicht ... soll ich etwas mitbringen? ... Also gut, dann bis heute Abend. Ich freue mich.«

Sowohl Max als auch Weinand sahen Marvin fragend

an, als er den Hörer zurücklegte und dabei von einem Ohr bis zum anderen grinste. »Was schaut ihr denn so? Ich habe für heute eine Einladung zum Essen erhalten.«

»Ein Date?«

»Ja, ich denke, das ist ein Date.«

Max verschränkte die Arme vor der Brust. »Und? Wer ist die Wagemutige?«

»Frau Staatsanwältin Lauter! Und sie ist nicht wagemutig, sondern beweist lediglich einen erlesenen Geschmack.« In einer entschuldigenden Geste hob er beide Hände. »Ich wäre lieber reich als sexy, aber was soll ich machen?«

Max grinste. »Es sei dir gegönnt«, sagte er, und das meinte er auch so. Er wusste von Marvin, dass er einige Jahre zuvor eine problematische Ehe und eine schwierige Scheidung hinter sich gebracht hatte. Beides stand vermutlich sowohl im Zusammenhang mit seinem Äußeren als auch mit seiner Art, sich zu präsentieren.

Es war erst wenige Wochen her, da hatte er Max bei einem Glas Wein erzählt, wie seine Ex-Frau damals auf seine Eröffnung reagiert hatte, dass er es nach Jahren des Streitens und ohne die kleinste liebevolle Geste nicht mehr aushielt und sie verlassen würde: Sie hatte ihm versprochen, dass sie ihm das Leben zur Hölle machen und dafür sorgen würde, dass er keinen Kontakt mehr zu seinem Sohn haben würde. Beide Versprechen hatte sie offenbar gehalten, denn seit der Scheidung hatte Marvin seinen Sohn nicht mehr gesehen, weil der sich, beeinflusst von seiner Mutter, weigerte, seinen Vater zu treffen.

Marvin hatte zwar betont, sich zwischenzeitlich mit der Situation abgefunden zu haben, doch Max war sicher, dass er sich – zumindest hinsichtlich seines Jungen – etwas vormachte.

Das Interesse der Staatsanwältin für Marvin, der sich äußerlich so sehr von ihr unterschied, hatte sich ja schon bei ihrem Besuch wenige Stunden zuvor gezeigt, und Max hatte da bereits insgeheim gehofft, die beiden würden sich wiedersehen. Dass das allerdings so schnell passieren würde, damit hatte er nicht gerechnet. Frau Lauter schien genau zu wissen, was sie wollte, und nicht zu zögern, dafür aktiv zu werden.

Nach etwa einer Stunde, in der Max erst mit Böhmer und dann mit Jana telefonierte, um von beiden zu erfahren, dass sich noch nichts Nennenswertes ergeben hatte, und in der Marvin nicht müde wurde zu erzählen, dass er zwar einen sehr interessanten Abend vor sich hatte, Max ihn aber selbstverständlich jederzeit anrufen konnte, sollte sich irgendetwas bezüglich des Falls ergeben, bekam Kai Weinand einen Anruf. Als er das Gespräch beendet hatte, sagte er: »Ich muss morgen früh zurück nach Trier. Rainers Leiche ist freigegeben worden, und ich muss mich um einiges kümmern, denn sein Vater lebt in einem Pflegeheim in Baden-Württemberg.«

»Ja, sicher«, sagte Max. »Tun Sie das. Da Sie ja quasi unser Auftraggeber sind, werden wir Sie über die weiteren Entwicklungen natürlich regelmäßig informieren. Und danke für Ihre Hilfe.«

»Wenn es für Sie okay ist, komme ich zurück, sobald das Wichtigste erledigt ist.«

Max nickte. »Das ist absolut okay.«

Kurz darauf verließen sie gemeinsam das Büro. Die Dunkelheit hatte sich schon längst über die Straßen gelegt, und es war im Vergleich zum späten Nachmittag deutlich kälter geworden. Max zog den Reißverschluss seiner Lederjacke bis zum Hals hoch und schloss die Bürotür ab, bevor er sich von Weinand mit einem Handschlag verabschiedete. »Ich hoffe, Sie können alles problemlos regeln und überstehen die Beerdigung gut.«

Weinand nickte. »Danke, ich tue mein Bestes und melde mich auf jeden Fall zwischendurch.«

»Und dir wünsche ich einen schönen Abend«, wandte sich Max an Marvin, als Weinand in sein Auto gestiegen war. »Und pass bitte auf dich auf.«

»Danke dir, mein Freund, das werde ich. Aber erst einmal freue ich mich auf das Abendessen mit der Frau Staatsanwältin. Doch sollte die Pflicht rufen, bringe ich meinen Teller einfach mit.«

Max legte ihm die Hand auf die Schulter und lächelte. »Lass den Teller, wo er ist, lieber Marvin, und bleibe bei ihm. Genieß den Abend.«

Damit machte er sich auf den Weg zu seinem Wagen, der zwanzig Meter weiter am Straßenrand stand.

Als Max seine Wohnung betrat, war es halb acht. Er war angespannt wegen dieses noch völlig unklaren Falls, bei dem bisher weder er noch die Polizei eine Spur hatten.

Auch Marvins angeblicher *Fall* auf der Website bereitete ihm mehr Sorgen, als er den anderen gegenüber gezeigt hatte. Er traute den Nutzern dieser Website einiges zu, besonders einem von ihnen. Dass der Täter dort zumindest mitlas, stand für ihn mittlerweile außer Zweifel. Max hoffte inständig, dass Marvin die Augen offen hielt.

Dennoch freute er sich darauf, die Schuhe ausziehen und es sich auf der Couch bequem machen zu können. Vielleicht kam ihm ja in der Stille seiner Wohnung die dringend nötige Idee, die sie weiterbringen würde.

Es war schon oft so gewesen, dass ihm in dieser vertrauten Umgebung Kleinigkeiten auf- oder eingefallen waren, an die vorher niemand gedacht hatte. Aber dieses Mal erschien ihm alles schwieriger. Er hatte es noch nicht wirklich geschafft, sich auch nur annähernd in den Kopf dieses Täters zu versetzen, der auf unfassbar brutale Weise Menschen umbrachte und sich wahrscheinlich als eine Art Robin Hood fühlte, der den Opfern und ihren Angehörigen zu ihrem Recht verhalf. Zu ihrer Rache.

Aber bevor er irgendetwas anderes unternahm, rief er Jana an.

»Na du, wo bist du gerade?«

»Bei meiner Mutter.«

»Oh, störe ich?«

»Nein, wir können schon kurz reden.«

»Sehen wir uns heute noch?«

»Kleinen Moment.«

Max hörte Schritte und das Geräusch einer Tür, die geschlossen wurde, bevor Jana sagte: »Ich würde dich sehr gern sehen, aber ich muss bei meiner Mutter bleiben. Sie hat wieder einen dieser Abende ...«

Max wusste, was gemeint war. Seit Janas Vater drei Jahre zuvor gestorben war, neigte ihre Mutter zu Depressionen. Sie zeigten sich zum Glück nur selten, und sie war auch in Therapie, aber wenn es einen dieser Tage gab, an denen sie *schwermütig* war, wie sie selbst es nannte, wich Jana ihr nicht von der Seite. Zumal sie seit geraumer Zeit in solchen Momenten immer wieder davon sprach, zu ihrem Herbert – so hieß ihr verstorbener Mann – zu gehen.

»Ich verstehe«, sagte Max. »Das ist völlig in Ordnung. Kümmere dich um deine Mutter. Ich rufe morgen früh wieder an, okay?«

»Ja. Ich liebe dich.«

»Und ich dich. Bis morgen.«

Max legte auf und schloss die Augen.

Keine zehn Minuten später rief Böhmer an.

»Es gibt einen Vermisstenfall in Aachen«, verkündete er ohne überflüssige Höflichkeitsfloskeln. »Einiges deutet auf eine Entführung hin. Eine junge Frau von neunzehn Jahren.«

»Hm ... Hat das was mit unserem Fall zu tun?«

»Der Vater ist Richter, und er steht auf dieser Website. Er hat jemanden laufen lassen, der eine Frau übel zusammengeschlagen hat.«

»So eine verdammte Scheiße!«, stieß Max wütend aus, und es war die eigene Ohnmacht, die ihn am meisten aufregte.

»Und was war der Grund, weshalb der Richter auf der

Website gelandet ist? Was hat der Täter, den er laufen ließ, anschließend getan?«

»Er hat eine Frau getötet.«

Leise, fast zaghaft, fragte Max: »Wie?«

Als Böhmer es ihm sagte, stöhnte Max auf und vergrub das Gesicht in den Händen.

22

Er sitzt auf einem Stuhl vor ihr und schaut auf sie hinab.

Sie liegt nackt vor ihm auf dem Boden und starrt ihn aus weit aufgerissenen Augen an, sucht in seinem Gesicht vermutlich verzweifelt nach einem Ausweg, nach einem Funken Hoffnung. Er kann das Zittern ihres Körpers erkennen, das unwillkürliche Zucken ihrer Lippen. Sie windet sich, versucht, die Fesseln von ihren Hand- und Fußgelenken abzustreifen.

Sie sieht so unschuldig aus, so rein, und trotz der Panik, die sich in ihr Gesicht gegraben hat, so schön. Es bricht ihm das Herz, sie so zu sehen.

Im Raum ist es für einen Moment still bis auf das gedämpfte Geräusch ihrer Bewegungen und sein leises Atmen.

»Bitte«, sagt sie jetzt wohl zum eintausendsten Mal. »Bitte, tun Sie mir nicht weh. Warum tun Sie mir das an? Ich habe doch nichts getan. Sie müssen mich mit jemandem verwechselt haben. Wenn Sie mich gehen lassen, werde ich keinem Menschen etwas erzählen, das schwöre ich bei meinem Leben. Ich mache alles, was Sie wollen, nur bitte ... keine Schmerzen.«

Er lässt den Blick über ihren schlanken Körper gleiten, dann steht er auf und geht zur Tür, presst die Stirn gegen das kalte Metall und schließt die Augen.

»Muss es sie sein? Du möchtest ihren Vater bestrafen, und

187

das ist gerecht. Aber warum sie? Siehst du nicht, wie rein sie ist? Wie unschuldig? Wie schön? Lass mich ihren Vater holen, ich bitte dich.«

»Nein!«, hört er die Stimme klar und deutlich. »Nicht ihren Vater. Sie! Und nun geh zurück und tu, was ich dir aufgetragen habe.«

Er weiß, jeder Widerspruch wäre sinnlos und würde ihn erzürnen. Das kann er nicht riskieren. Also wendet er sich ab und geht zurück.

»Es tut mir leid«, sagt er, und es kommt von Herzen. Es tut ihm unendlich leid, was er tun muss, und alles in ihm sträubt sich dagegen, aber dennoch kann er sich dem Befehl nicht widersetzen.

»Ich weiß, dass du nichts getan hast. Aber du musst büßen für die Schuld, die dein Vater auf sich und seine Familie geladen hat. Und so auch auf dich.«

Er steht auf und geht zu einer Ecke gegenüber der Kellertür, in der ein hüfthoher alter Schrank steht, auf dem etwas liegt. Er greift danach. Als er sich wieder umdreht und auf sie zukommt, stößt sie einen panischen Schrei aus. Ihr Blick ist dabei starr auf seine Hand gerichtet. Auf das aufgeklappte Rasiermesser.

23

»Nach all den Jahren schaffe ich es immer noch nicht, wirklich zu verstehen, was in den Köpfen solcher Typen vor sich geht«, sagte Max leise ins Telefon. »Manchmal habe ich wirklich das Gefühl, dass ich mich ganz gut in ihre Gedanken hineinversetzen kann. Hier und da kann ich deswegen sogar ihre nächsten Schritte vorausahnen. Und dann höre ich so was, und mir wird bewusst, dass ich in Wahrheit Lichtjahre von deren Gedankenwelt entfernt bin.«

»Gott sei Dank bist du das«, stellte Böhmer fest. »Wenn du dich in den wirren Morast hineinversetzen könntest, der in den Köpfen dieser Arschlöcher brodelt, würdest du wahrscheinlich durchdrehen, und das fänd ich scheiße. Ich brauche dich nämlich noch.«

»Du sagtest, dieser Kerl hat der Frau über einen Zeitraum von mehreren Tagen stückweise die Haut abgezogen. Weiß man, warum er das getan hat? Und warum er sich so viel Zeit damit ließ?«

»Weil er ein geisteskranker Scheißkerl ist?«

»Sicher, aber diese Kerle haben ja einen Treiber, einen Grund, der sie dazu bringt, das zu tun, was sie tun, und sei er für uns auch noch so abwegig. Oft erzählen sie bereitwillig darüber und brüsten sich mit ihrer Tat. Weiß man irgendwas dazu?«

»So weit bin ich noch nicht, Max. Ich kenne bisher nur die Fakten, die ich dir gesagt habe.«

»Woher weiß man überhaupt, dass die junge Frau verschwunden ist?«

»Lara Albrecht – so heißt sie – war mit ihrem Vater, dem Richter, zum Essen verabredet und ist nicht aufgetaucht. Das hat ihn stutzig gemacht, weil sie normalerweise wohl sehr zuverlässig ist. Also hat er sie mehrmals angerufen, aber das Telefon war abgeschaltet. Dann hat er ihre beste Freundin angerufen, und die hat ihm gesagt, dass Lara bei ihr war, aber eine Stunde zuvor gegangen ist. Sie hat aus dem Fenster geschaut und gesehen, dass Laras Auto noch auf der gegenüberliegenden Straßenseite steht. Kurz darauf hat sie neben dem Auto das Handy ihrer Freundin gefunden. Es war völlig zerstört.«

»Okay, gut. Da kommt mir ein Gedanke. Wenn unser Killer sich für seine Rache tatsächlich an den Taten dieser zu milde verurteilten Mörder orientiert, besteht die Hoffnung, dass die entführte Frau noch lebt.«

»Verstehe. Du meinst, wenn Lara Albrecht Glück hat, dann hat er ihr erst einen Teil ihrer Haut abgezogen und häutet sie in den nächsten Tagen Stück für Stück weiter, bevor er sie endlich sterben lässt?« In Böhmers Stimme schwang ein bitterer, zynischer Unterton mit.

»Ich meine, dass die Wahrscheinlichkeit besteht, dass sie noch lebt, Horst.«

»Ja, ja, ich weiß, ist ja schon gut ...«

»Da fällt mir ein – Aachen ... das entbehrt nicht einer gewissen Ironie.«

»Warum?«

»Bernd Menkhoff war lange Zeit bei der Kripo in Aachen, bevor er nach Köln wechselte. Es gab damals Schwierigkeiten wegen eines Falls, bei dem er die Ermittlungen geleitet hat. Ich erinnere mich nicht mehr genau, aber ich glaube, man hat ihm Manipulation von Beweismitteln vorgeworfen.«

»Und? Hat er manipuliert?«

»Keine Ahnung, ich habe ihn nie danach gefragt. Jedenfalls ist er dann nach Köln gegangen. Heute Morgen lerne ich einen ehemaligen Kölner Kollegen von ihm kennen, und jetzt passiert das in Aachen, wo er zuvor war. Schon ein seltsamer Zufall.«

»Bullshit! Wenn man Zusammenhänge sehen möchte und nach ihnen sucht, dann wird man immer irgendwas finden.«

Max wartete einen Moment, bevor er sagte: »Horst?«

»Was?«

»Ich finde es auch scheiße, was da gerade passiert, und ich spüre, wie sehr mich das aufwühlt. Wenn dir danach ist, dann kotz dich mal 'ne Runde aus. Und dann reden wir wieder normal miteinander, okay?«

»Ich brauche kein verficktes Auskotzen, verdammter Scheißdreck!«, schrie Böhmer plötzlich so laut, dass Max sein Smartphone ein Stück vom Ohr weghielt. »Ich brauche eine Spur, um diesem elenden, geistesgestörten

Arschloch das Handwerk zu legen. Ich schwöre, wenn ich diesen psychopathischen Bastard nicht finde, drehe ich durch! Wie kann es sein, dass wir keine einzige Spur haben? Es ist zum Kotzen! Diese ganze Scheiße macht mich wahnsinnig! Ich habe schon mit jedem Idioten gesprochen, der auch nur einen Hauch von Informationen haben könnte. Und was bekomme ich? Nichts!

Ich fühle mich wie ein kompletter Versager, Max. Was glaubst du, denken die Kollegen? Der neue Chef, Leiter des KK11, der noch weniger auf die Reihe kriegt als seine Vorgängerin.«

In der dann plötzlich eintretenden Stille konnte Max überdeutlich Böhmers Keuchen hören, bis er schließlich in normaler Tonlage fortfuhr: »Es ist einfach frustrierend. Ich bin am Ende meiner Geduld. Wenn ich diesen Bastard nicht bald erwische …« Pause. Dann: »Das war nötig. Ich danke dir.«

»Kein Problem«, antwortete Max, während ihm bewusst wurde, dass Horst sich vermutlich zum ersten Mal darum sorgte, was andere von ihm dachten. Oder es zumindest zum ersten Mal zugab. Seine neue Position als Leiter des Kommissariats schien ihn doch mehr unter Druck zu setzen, als Max es vermutet hätte. Andererseits zeigte das die verletzliche Seite des harten Bullen Horst Böhmer.

»Bist du so gut und schickst mir das rüber, was du von den Aachener Kollegen bekommen kannst? Wer weiß, vielleicht ist irgendwas dabei«, bat Max, das Thema wechselnd.

»Ja, mache ich. Ich habe schon alles angefordert, was sie bisher haben. Sollte kein Problem sein, die Kollegen in Aachen sind in der Regel sehr kooperativ.«

»Danke. Und du weißt ja, wenn was Wichtiges ist, ruf mich jederzeit an.«

»Alles klar, Sherlock. Bis dann.«

Max legte das Telefon zur Seite und ließ sich gegen das Rückenpolster fallen. Er dachte daran, was in diesem Moment vielleicht mit der entführten jungen Frau geschah. Wütend sprang er auf und begann, im Wohnzimmer hin und her zu tigern. Die Gedanken stoben so wild in seinem Kopf herum, dass es ihm schwerfiel, sie zu ordnen. Kai Weinand, Karl Weiß, Martin Werner ... Bernd Menkhoff, der Richter Dr. Holzheimer, die getötete Richterin Brigitte Markgraf ... So viele Namen, und alle hatten irgendwie mit diesem Fall zu tun. Dann diese Website, *Infamia*, und ihre Nutzer mit ihren wirren Namen. *JustKillerking*, *MichaelMt*... irgendwas und *Justice-Hunter*. *Custos*, der in Wahrheit Kriminalkommissar a. D. Karl Weiß war ...

Und dann gelang es ihm doch, seine Gedanken nicht nur zu ordnen, sondern sie auf Wanderschaft gehen zu lassen.

Ich hasse Richter, die zu milde Urteile sprechen! Vor allem, wenn es um Täter geht, die sich an Kindern oder an Frauen vergangen haben. Weil entweder mir selbst oder jemandem, der mir sehr nahesteht, von einem solchen Täter Leid zugefügt worden ist. Aber das allein reicht nicht aus, um Menschen derart bestialisch umzubringen. Da muss

noch mehr sein, etwas, das diese Wut in mir ins Unermess-
liche steigert, ein Multiplikator. Eine psychische Krank-
heit?

Wenn ich aber derartige psychische Probleme habe, ist die
Wahrscheinlichkeit recht groß, dass ich deswegen schon in Be-
handlung war. Das heißt, es gibt irgendwo einen Psychologen
oder Psychiater, der von meinem Hass auf die juristische Kaste
weiß.

Der Junge, den ich getötet habe, stammt aus Düsseldorf.
Die Richterin auch. Jetzt bin ich nach Aachen gegangen, um
mir eine junge Frau zu holen. Nicht Düsseldorf, aber auch
nicht sehr weit entfernt. Nahe genug, dass ich schnell dort bin.
Und wieder zurück. Das heißt, ich wohne in Düsseldorf oder
der näheren Umgebung.

Ich bin also nach Aachen gefahren, um mir die Frau zu
holen.

Einen Tag nachdem ich Richterin Markgraf bestraft habe.
Keine lange Vorbereitungszeit. Oder war die gar nicht nötig,
weil ich bereits mehrere Taten geplant habe? Dann habe ich
mir auch Gedanken darüber gemacht, wie ich die Frau aus
Aachen rausbekomme. Mit einem Auto. Wie habe ich das an-
gestellt? Die Frau ist neunzehn Jahre alt, kein Kind mehr. Ich
kann sie nicht einfach so ins Auto locken. Nein, ich musste sie
überraschen. Zumal ich sie für die Fahrt ruhigstellen musste.
Habe ich sie betäubt? Und welche Art von Auto hatte ich? Ei-
nen Transporter? Oder habe ich es riskiert, eine bewusstlose
Frau auf dem Beifahrersitz oder dem Rücksitz eines Pkw zu
transportieren?

Wo habe ich sie überhaupt hingebracht? Immerhin brau-

che ich einen Platz, wo ich sie für ein paar Tage verstecken kann. Einen ungestörten Platz. Ich habe ja einiges mit ihr vor. Bei dem Jungen war es egal, ihm habe ich gleich die Kehle durchgeschnitten. Bei der Richterin war ich zu Hause und wusste, dass sie mit ihrem Mann allein sein würde. Also würde ich bei meinem Treiben nicht gestört werden. Habe ich das auch vorher recherchiert? Oder wusste ich es nicht? Ist mir so was vielleicht sogar egal, und ich hatte einfach Glück?

»Verdammt!«, stieß Max aus und setzte sich auf die Couch, stand aber nach wenigen Sekunden wieder auf und ging in die Küche, wo er ein Glas kaltes Wasser trank. Zurück im Wohnzimmer, verkündete sein Smartphone mit einem *Pling*, dass er eine WhatsApp-Nachricht erhalten hatte. Sie stammte von Böhmer und umfasste alle Details, die er aus Aachen bekommen hatte, wie er schrieb. Viel mehr, als Max sowieso schon wusste, war es nicht. Unter anderem enthielt die Nachricht aber auch den Namen und die Adresse der Freundin, bei der Lara Albrecht vor ihrem Verschwinden gewesen war.

Max wählte Böhmers Nummer.

»Hat keiner der Anwohner irgendetwas gesehen?«, platzte es aus ihm heraus, kaum dass Böhmer das Gespräch angenommen hatte. »Ich meine, sie ist am helllichten Tag verschwunden. Da muss doch irgendjemand was mitgekriegt haben.«

»Nein. Die Aachener Kollegen haben mit Sicherheit alle ausgiebig befragt.«

»Nimmst du das an, oder weißt du es?«

»Ich weiß es, weil das dort auch keine Anfänger, sondern erfahrene Ermittler sind. Glaubst du, die vergessen so was?«

»Nein, ich versuche einfach nur, an alles zu denken und alles zu hinterfragen. Wenn ich recht habe, ist Lara Albrecht noch am Leben und wird es auch noch zwei, drei Tage lang sein. Aber mit jeder Stunde, die es länger dauert, bis wir sie finden, wird es schlimmer und qualvoller für sie.«

»Wir? Max, du weißt, dass das vorrangig ein Fall der Kollegen in Aachen ist.«

»Ja, aber wenn es sich um den gleichen Täter handelt, und es sieht ja alles danach aus, werdet ihr doch zusammenarbeiten, oder?«

»Das werden wir, aber ich glaube nicht, dass ich dich offiziell miteinbeziehen kann.«

»Ja, okay, das verstehe ich. Aber du hältst mich trotzdem auf dem Laufenden, nicht wahr?«

»Das mach ich.«

»Gut. Danke. Bis morgen.« Während Max das Gespräch beendete, war er mit seinen Gedanken schon weiter. Dass er zu der Aachener Kripo natürlich nicht den Draht hatte wie zu der in Düsseldorf, das war klar, und von dort würden Informationen nur über den Umweg Böhmer zu ihm gelangen. Aber wer wollte ihm verbieten, sich mit Leuten zu unterhalten? Max sah auf die Uhr. Zwanzig vor neun. Noch nicht zu spät für einen Anruf. Er warf einen Blick auf die Whats-

App-Nachricht von Böhmer und wählte dann die Handynummer von Lara Albrechts Freundin Anna Lohmann.

24

»Ja, bitte?«, meldete Anna Lohmann sich nach mehrmaligem Klingeln.

»Guten Abend, Frau Lohmann, bitte entschuldigen Sie die späte Störung. Mein Name ist Max Bischoff. Ich bin ein ehemaliger Kriminalbeamter aus Düsseldorf und arbeite nun als Privatermittler an dem Fall Ihrer verschwundenen Freundin Lara.«

»Ein Privatdetektiv?« Die Stimme der Frau klang dünn. »Aber die Polizei war doch schon hier. Mit denen habe ich bereits ein paarmal gesprochen. Was wollen *Sie* denn jetzt von mir? Mir geht es gerade nicht so gut.«

»Das verstehe ich«, sagte Max mit Therapeutenstimme. »Und ich weiß natürlich, dass die Polizei an der Sache dran ist, weil ich eng mit denen zusammenarbeite. Ihre Handynummer habe ich von einem Polizisten bekommen. Wir wollen alle das Gleiche, Anna: Ihre Freundin so schnell wie möglich finden. Ich habe als Privatermittler ein paar Vorteile gegenüber den Kollegen im aktiven Polizeidienst. Ich muss mich nicht an strenge Dienstvorschriften halten und kann schon mal Dinge tun, die ein Polizist nicht tun darf, die aber dazu beitragen können, Lara schneller zu finden. Bitte helfen Sie mir.«

»Woher weiß ich, dass Sie wirklich der sind, für den Sie sich ausgeben?«

Max dachte kurz nach, dann sagte er: »Schauen Sie sich unsere Website im Internet an – *WaBi Investigations*. Dort finden Sie alles über unsere Detektei, die ich mit meinem Partner Dr. Marvin Wagner betreibe. Frau Lohmann, es ist wirklich wichtig.«

»Okay, ich rufe die Website jetzt auf. Kleinen Moment.«

Max wartete ungeduldig darauf, dass Anna Lohmann weitersprach. Nach etwa einer Minute, die sich für ihn anfühlte wie eine kleine Ewigkeit, sagte sie: »Also gut, ich habe mir Ihr Profil angesehen und glaube Ihnen. Was wollen Sie wissen?«

»Hat Lara Ihnen gegenüber mal erwähnt, dass ihr in letzter Zeit irgendetwas merkwürdig vorgekommen ist? Jemand, der öfter in ihrer Nähe aufgetaucht ist oder den sie neu kennengelernt hat?«

»Nein, ich glaube nicht.«

»Und als sie heute bei Ihnen war, ist Ihnen da irgendwas an ihr aufgefallen? Hat sie sich anders verhalten als sonst oder etwas gesagt, das Ihnen komisch vorkam?«

»Das sind die gleichen Fragen, die die Polizisten auch schon gestellt haben. Wenn Sie mit denen zusammenarbeiten, kennen Sie doch meine Antworten.«

»Es ist aber möglich, dass Sie sich beim zweiten Mal an eine Kleinigkeit erinnern, die Ihnen bei der Befragung durch die Polizei nicht eingefallen ist.«

»Nein, es ist mir nichts an Lara aufgefallen. Sie war

genauso wie immer. Wir haben viel gelacht und über Freundinnen getratscht.« Max hörte, dass sie schluchzte, und wartete eine Weile, bevor er die nächste Frage stellte.

»Wie spät war es, als Lara sich von Ihnen verabschiedet hat?«

»Kurz nach zwölf. Sie war um eins mit ihrem Vater zum Essen verabredet.«

»Wann hat Richter Albrecht bei Ihnen angerufen?«

»Um Viertel nach eins.«

»Und wann ist Ihnen aufgefallen, dass Laras Auto noch auf der gegenüberliegenden Straßenseite steht?«

»Kurz danach, als ich aus dem Fenster geschaut habe. Ich bin dann runter, und da habe ich ihr Handy gefunden. Es war kaputt. Da habe ich mir gleich gedacht, dass etwas Schlimmes passiert sein musste. Ich verstehe das nicht.« Erneutes Schluchzen. »Warum Lara? Sie hat doch keinem Menschen etwas getan? Sie ist die liebenswürdigste Person, der ich je begegnet bin. Ich verstehe es einfach nicht. Sie müssen sie finden, ja? Sie müssen sie retten.«

»Ich werde alles versuchen, das verspreche ich Ihnen. Morgen Vormittag komme ich nach Aachen. Wäre es okay, wenn wir uns dann gegebenenfalls noch einmal kurz persönlich unterhalten? Falls Sie zu Hause sind.«

»Warum?«

»Ich möchte mit den Anwohnern dort sprechen. Vielleicht ist jemandem etwas aufgefallen, das die Kollegen von der Kripo noch nicht wissen. Könnte sein, dass mir bis dahin noch was einfällt, das ich Sie dann fragen möchte.«

»Ja, gut. Normalerweise würde ich arbeiten, aber ich habe mir ein paar Tage Urlaub genommen wegen der Sache mit Lara.«

»Ich danke Ihnen. Schlafen Sie gut.«

»Würde ich gern, wenn ich könnte.«

»Ich weiß. Ich tue alles, was in meiner Macht steht. Dann bis morgen.«

Max legte auf und warf das Telefon achtlos auf den Tisch. Das hatte rein gar nichts gebracht, was ihm eigentlich schon vorher klar gewesen war. Er fragte sich, warum er überhaupt dort angerufen hatte, und beantwortete diese Frage auch gleich selbst: weil er irgendetwas tun *musste* und es einfach keinen wirklichen Ansatzpunkt gab.

Dann fiel ihm ein, dass er noch nicht auf *Infamia* nachgesehen hatte, ob dort etwas Brauchbares zum *Fall Albrecht* stand.

Tatsächlich fand er kurz darauf auf der Website die Schilderung dessen, was er schon von Böhmer wusste. Mit einer ausführlichen und offenbar genussvoll ausgeschmückten Beschreibung davon, wie der Täter der Frau die Haut vom Körper geschnitten hatte. Etwas Neues, das ihn weitergebracht hätte, war jedoch nicht dabei. Zumindest aber war der Fall noch nicht in Rot dargestellt, und es tauchte auch kein Galgen-Emoji auf, was Max als gutes Zeichen wertete.

Er stand auf, ging in die Küche und kehrte kurz darauf

mit einem Glas Weißwein in der Hand zurück. Am liebsten wäre er sofort nach Aachen aufgebrochen, aber das machte so spät am Abend keinen Sinn. Zudem wurde er doch allmählich müde. Lange würde er nicht mehr aufbleiben. Also konnte er sich auch ein Glas Wein gönnen und alles, was er bisher wusste, noch mal durchdenken, bevor er ins Bett ging.

Sehr weit kam er damit nicht, denn zehn Minuten später rief Kai Weinand an.

»Guten Abend, ich hoffe, ich habe Sie nicht geweckt?«

»Nein, nein, ich bin noch nicht im Bett. Wie läuft's in Trier?«

»Das ist alles nicht einfach, aber ich war sein bester Freund, und diese Dinge müssen ja erledigt werden. Rainer hatte sonst niemanden mehr, der sich kümmern kann. Aber deswegen rufe ich Sie nicht an, sondern weil ich etwas gefunden habe, das vielleicht relevant sein könnte.«

Schlagartig war Max hellwach. »Dann legen Sie mal los.«

»Ich habe mich zu Hause noch mal mit Rainers Laptop beschäftigt und überlegt, ob er auch Nachrichten bekommen hat, als sein Sohn ermordet wurde.«

Max' Magen krampfte sich zusammen wie immer, wenn er erkennen musste, dass er einen Fehler begangen oder etwas Wichtiges vergessen hatte.

»Verdammt!«, stieß er aus. »Daran habe ich in dem ganzen Trubel gar nicht gedacht. Gut, dass Ihnen das eingefallen ist. Und?«

»Es gab eine ganze Menge Nachrichten aus der Zeit direkt nach dem Mord. Beileidsbekundungen und welche, die ihm Mut machen sollten. Und eine war darunter, die ich sehr seltsam fand, weil die Formulierung mir so geschwollen vorkam. Sie scheint von einem religiösen Fanatiker zu sein. Ich lese sie Ihnen mal vor, okay?«

Max spürte, dass sein Puls sich beschleunigte. »Ja, bitte.«

»Gut, also:

Sehr geehrter Herr Klinke, in diesen dunklen Stunden, in denen der Schmerz wie ein unaufhörlicher Sturm über Ihr Herz hinwegfegt, finde ich es wichtig, Ihnen einige Worte zu schreiben. Worte, die vielleicht nicht den Trost bringen können, den Sie suchen, aber dennoch eine Wahrheit enthalten, die über das irdische Leid hinausgeht.

Ihr Sohn, ein unschuldiges Licht in dieser verkommenen Welt, wurde viel zu früh aus dem Leben gerissen. Es ist eine Tragödie von unermesslichem Ausmaß, und ich kann nur erahnen, welchen Abgrund von Trauer und Wut Sie durchleben müssen. Doch inmitten dieses Chaos gibt es einen Weg – den Weg zurück zu Gott.

Die Menschheit hat sich von den heiligen Traditionen abgewandt. Wir leben in einer Zeit, in der die universellen Gesetze Gottes ignoriert werden. Die Menschen sind zu einer nutzlosen Sippschaft verkommen, die sich nur um ihre eigenen Bedürfnisse kümmert und dabei das Wesentliche aus den Augen verliert. Sie haben vergessen, dass es einen höheren Plan gibt – einen Plan, der über unser begrenztes Verständnis hinausgeht.

Es mag schwer sein zu glauben, aber ich bitte Sie inständig: Vertrauen Sie auf Gott! Vertrauen Sie darauf, dass er die Verantwortlichen für das Unrecht bestraft. Nicht nur in Ihrem Fall oder hier in unserem Land – er hat zu seinen Auserwählten, Menschen wie mir, auf der ganzen Welt gesprochen und ihnen angekündigt, dass die Zeit der Gerechtigkeit naht; sie ist unvermeidlich wie der Sonnenaufgang nach der dunkelsten Nacht.

Das Handeln der Verantwortlichen ist nicht nur ein Verbrechen gegen Ihr Kind und die Kinder vieler anderer Eltern, es ist ein Angriff auf die göttliche Ordnung selbst. Diese gefallenen Seelen haben sich von der Wahrheit entfernt und leben selbstherrlich im Schatten ihrer eigenen, falschen Gerechtigkeit. Doch Gott sieht alles! Er kennt die Herzen der Menschen und wird nicht zulassen, dass das Böse ungestraft bleibt.

Ich weiß, dass es naheliegend ist, in dieser Zeit des Schmerzes an allem zu zweifeln – sogar an Gott selbst. Aber gerade jetzt ist es wichtig, festzuhalten an dem Glauben! Lassen Sie nicht zu, dass der Zorn und die Trauer Ihr Herz verhärten. Vertrauen Sie auf Gottes Auserwählte und beten Sie – für Ihren Sohn und für alle unschuldigen Seelen, die unter dem Joch dieser verdorbenen Welt leiden müssen.

Die Menschheit ist an einem historischen Scheideweg angekommen. Doch Gott hat einen Plan für jeden von uns – auch wenn wir ihn oft nicht verstehen können. Vielleicht ist dies eine Prüfung Ihres Glaubens oder eine Aufforderung zur Umkehr für all jene um Sie herum.

Möge Ihr Sohn in Frieden ruhen, und möge Gott Ihnen Kraft geben in dieser schweren Zeit.

In tiefem Mitgefühl, einer von Gottes Auserwählten.«

Max registrierte Weinands Schnauben nur am Rand, denn seine Gedanken waren schon losgaloppiert, als der Friseur noch vorgelesen hatte. Sein Herz raste vor Aufregung.

»Selten so einen religiösen Blödsinn gelesen«, urteilte Weinand.

»Ja, ja, das stimmt, aber können Sie bitte mal die Mail öffnen, die nach Rainer Klinkes Verhaftung gekommen ist?«

»Ehm … ja, sicher, Moment.« Klicken war zu hören. »So, hier ist sie.«

»Gut, gab es darin nicht eine Stelle, in der die Menschen als Sippschaft bezeichnet wurden?«

»Hm«, brummte Weinand, und kurz danach: »Doch, Sie haben recht, hier: *Die Menschheit ist verkommen zu einer nutzlosen Sippschaft, die sich weder um Traditionen noch um die universellen, über allem stehenden Gesetze kümmert, die für alle und jeden Gültigkeit haben.* Oh Mann! Und in der Mail von diesem Glaubensfuzzi steht: *Die Menschen sind zu einer nutzlosen Sippschaft verkommen, die sich nur um ihre eigenen Bedürfnisse kümmert und dabei das Wesentliche aus den Augen verliert.* Das ist ja ganz ähnlich.«

»Und jetzt suchen Sie nach dem Ausdruck *Scheideweg*.«
Wieder Klicken, hörbares Schnaufen, dann: »Ich werd verrückt! Hier, ich hab's: *Die ganze Welt ist an einem Scheideweg angekommen, den man als historisch bezeichnen muss.* Und in der Nachricht, die ich Ihnen gerade vorgelesen habe, steht: *Die Menschheit ist an einem historischen Scheideweg angekommen.*«

Max nickte mehrmals. »Ich wage die Behauptung, dass beide Mails von derselben Person stammen. Ich werde mir noch Marvins Meinung dazu anhören, er ist Psychologe und kennt sich zudem mit Schrift- und Ausdrucksformen aus. Aber eigentlich habe ich keine Zweifel. Können Sie mir bitte beide Mails weiterleiten?«

»Klar, mache ich gleich.«

»Ich danke Ihnen, Herr Weinand, das kann ein wichtiger Hinweis gewesen sein. Ich melde mich morgen wieder, okay?«

»Ja, klar, kein Thema. Bis dann.«

Kaum dass Max aufgelegt hatte, wählte er Marvins Nummer, doch es schaltete sich die Ansage der Mailbox ein, und zwar so schnell, dass das nur bedeuten konnte, dass sein Partner sein Telefon ausgeschaltet hatte. Max stieß einen Fluch aus, sagte sich aber, dass Marvin es verdient hatte, einen schönen Abend mit einer interessanten Frau wie der Staatsanwältin zu verbringen. Er legte das Telefon zur Seite.

Warum gab es bei der zweiten Nachricht an Klinke kein religiöses Geschwafel mehr?

Er griff wieder nach seinem Smartphone. Die weitergeleiteten Mails von Weinand waren bereits eingetroffen. Max öffnete beide und begann, die erste sorgfältig zu lesen. Er kam etwa bis zur Hälfte, als es an seiner Tür klingelte.

25

Er richtet sich auf, setzt sich auf den Stuhl und lässt die Arme an den Seiten herabhängen. Als das Rasiermesser mit einem metallischen Geräusch auf den Boden fällt, registriert er das zwar, aber es interessiert ihn nicht.

Sein Blick ist auf ihren Rücken gerichtet, auf das blutende Quadrat über ihrem linken Schulterblatt. Der etwa zwanzig mal zwanzig Zentimeter große Hautlappen, den er entfernt hat, liegt achtlos hingeworfen neben ihr auf dem Boden.

Er hatte auf ihrem Rücken gekniet, als er die Konturen eines Quadrats durch ihre Haut bis ins Fleisch geschnitten hat. Als er dann die scharfe Klinge durch einen der Schnitte drückte und damit begann, den Hautlappen vom darunter liegenden Fleisch zu trennen, hatte sie die Besinnung verloren. Es war fast wie beim Tranchieren von Geflügel gewesen. Nur dass ihr Fleisch deutlich fester war und das Schneiden ganz eigenartige Geräusche verursachte.

Das alles geht ihm durch den Kopf, als er so dasitzt, völlig nackt, die Hände, die Unterarme und Teile seines Körpers mit Blut verschmiert.

Sie stöhnt leise auf und bewegt das rechte Bein. Sie kommt zu sich. Sekunden später wird aus dem leisen Stöhnen ein

*Wimmern, dann ein Schluchzen. »Es tut so weh!«, jammert
sie. »Was haben Sie getan? Warum haben Sie das getan? Bitte,
es brennt so fürchterlich. Es tut so schrecklich weh. Bitte, bitte
hören Sie auf damit.«*

*Wie sie so daliegt mit dem blutenden Quadrat auf ihrem
Rücken und sich vor Schmerzen windet, tut sie ihm wieder
leid. Diese arme, junge, hübsche Frau.*

*Aber er weiß, er braucht gar nicht nach Gnade für sie zu
fragen. Die wird es nicht geben.*

Er *hatte lange genug ein Nachsehen mit der schnell voran-
schreitenden Verkommenheit und Gleichgültigkeit der Menschen. Nun war damit Schluss, das hatte* er *ihm unmissver-
ständlich klargemacht.*

*»Bitte, helfen Sie mir doch. Ich halte diese Schmerzen nicht
mehr aus«, jammert sie.*

*Er steht auf und geht, ungeachtet ihrer Rufe und Bitten, auf
die Tür zu. Er muss sich reinigen.*

*Als er die Tür öffnet, dreht er sich noch einmal zu ihr um.
Sie hat den Kopf ein wenig angehoben und starrt ihn aus ge-
röteten Augen an. Eine Strähne hängt ihr wild ins Gesicht.*

»Bitte! Es tut schrecklich weh.«

*Er wendet sich ab. Sie tut ihm so sehr leid, dass es sich an-
fühlt, als ob sein Herz blutete.*

*Als er den Raum verlassen und die Tür wieder geschlossen
hat, tritt er unter die Dusche im Bad nebenan.*

*Er stellt die Temperatur so hoch ein, dass das Wasser seine
Haut zu versengen droht.*

Er hält es aus, steht geduldig bewegungslos da, bis er *sich
meldet.*

»Halte dich bereit«, sagt er. »Es gibt noch viel zu tun.«

»Muss es wirklich sein, dass diese unschuldige Frau ...«

»Schweig!«, befiehlt er. »Niemand ist unschuldig.«

26

Max stand auf und überlegte, dass Marvins Date vielleicht beendet war und er sich noch mal bei ihm melden wollte. Doch es war nicht Marvins Stimme, die gleich darauf aus der Sprechanlage kam, sondern die von Kriminalhauptkommissar a. D. Karl Weiß.

»Bitte entschuldigen Sie, dass ich Sie so spät noch störe, aber ich habe keine Telefonnummer von Ihnen und dachte, ich muss Ihnen unbedingt sagen, dass Herr Wagner auf dieser Website aufgetaucht ist.«

»Ja, das wissen wir ... ach, kommen Sie einfach rauf.«

Kurz darauf betrat Weiß Max' Wohnung.

»Sie haben es schon gesehen?«, fragte Weiß und blieb stehen. »Haben Sie auch gesehen, was dieser Kerl im Diskussionsforum geschrieben hat?«

»Nein. Was denn?«

Weiß' Blick fiel auf das Notebook, das zugeklappt auf dem Esstisch lag. »Am besten schauen Sie es sich selbst an.«

Kurz darauf hatte Max die Website geöffnet und den entsprechenden Beitrag im Diskussionsforum gefunden. Er ärgerte sich, dass er bei seinem letzten Besuch auf der Seite nicht nach den Kommentaren, sondern nur nach dem *Fall Albrecht* geschaut hatte. Verfasst war der Beitrag von *FucktheDuck*, von dem Max bei seinem ersten Besuch auf der Website bereits etwas gelesen hatte. Er ahnte, wie der Inhalt seines Posts geartet war, und er täuschte sich nicht.

Hey, Leute, danke an denjenigen, der den Wagner-Fall gepostet hat. Und noch mehr danke ich dafür, dass er auch noch die Adresse von diesem Wichser nachgetragen hat.

»Die Adresse?« Max sah Weiß an. »Die stand doch gar nicht dabei.«

»Doch, sicher. Die Adresse und auch der Link zu seinem Foto.«

»Wie? Welcher Link?«

Weiß nickte. »Ist auch der erste Fall, den ich gesehen habe, bei dem ein Link eingefügt ist. Ich wusste gar nicht, dass das geht. Scheint neu zu sein. So wie ich die Typen da einschätze, werden bald überall solche Links auftauchen.«

»Das schaue ich mir gleich an.« Max richtete den Blick wieder auf das Display und las weiter.

Ich denke, ich werde diesem sauberen Herrn mal einen Besuch abstatten. Weiß ja jetzt, wie er aussieht. Und dann kann der sich auf was gefasst machen. Wenn ich mit dem fertig bin, wird der keinen mordenden Dreckschweinen mehr helfen, Leute umzubringen. Vielleicht kümmere ich mich auch jetzt direkt um ihn. Ist gar nicht so weit von mir weg. Ich werde berichten!

Darunter hatte *MichaelMt186* geschrieben:

Wenn ihr Menschen schadet aus purem Hass, dann seid ihr keinen Deut besser als die, die hier angeprangert werden. Der einzig wahre Urteilsspruch obliegt nur der höchsten Instanz.

Il-Giudice hatte darunter kurz und knapp geantwortet:

Fresse, du dämlicher Spinner. @FucktheDuck: Mach ihn weg, dieses Schwein!

Die Zähne zusammengebissen, schloss Max den Beitrag und öffnete den Fall über Marvin. Es stimmte. Unter dem bereits bekannten Text waren Marvins Adresse und ein anklickbarer Link eingefügt, der zu Marvins Website führte, über die Max ihn vor ihrem ersten Kontakt auch gefunden hatte.

»So ein verdammter Mist«, stieß Max aus, schloss die Augen und massierte mit Daumen und Zeigefinger kurz seine Schläfen.

Seine nächsten Schritte standen fest.

»Bitte, setzen Sie sich«, sagte er zu Weiß, während er nach seinem Handy griff und erneut versuchte, Marvin zu erreichen. Wie zuvor ohne Erfolg. Anders als beim ersten Versuch wartete Max dieses Mal jedoch den Piepton ab und sprach auf die Mailbox.

»Max hier! Marvin, wenn du diese Nachricht abhörst, ruf mich bitte sofort zurück. Egal, wie spät es ist, hörst du? Es ist wichtig.«

Mit dem Handy in der Hand ging er dann zur Garderobe, wo er zwei Visitenkarten aus der Innentasche seiner Lederjacke zog. Eine stammte von Weiß, die andere von Willms, dem Redakteur der POST.

Nachdem er die Nummer abgetippt hatte, hörte Max eine ganze Weile das Freizeichen und wollte schon aufgeben, als der Journalist das Gespräch doch noch annahm.

»Max Bischoff hier, ich brauche Ihre Hilfe«, begann Max ohne Umschweife.

»Okay, sicher, klar.« Man hörte Willms' Stimme deutlich die Überraschung an. »Was kann ich für Sie tun? Geht es um unseren Deal?«

»Es hängt damit zusammen. Jemand hat meinen Partner, Dr. Wagner, im Internet aufs übelste diffamiert und derart unverschämte Lügen über ihn verbreitet, dass ich fürchte, er ist in Gefahr, wenn die falschen Leute das lesen und womöglich glauben, was dort steht. Marvins Adresse und ein Foto von ihm sind ebenfalls veröffentlicht worden. Das Ganze auf einer Seite im Darknet, so dass wir absolut keine Chance haben, etwas dagegen zu unternehmen.«

»Das ist natürlich schlimm, aber was kann … ah, Moment, ich verstehe. Sie möchten, dass wir eine Richtigstellung dazu in der POST veröffentlichen?«

»Ja. Die POST lesen zumindest viele Leute aus der Großregion, also diejenigen, die nahe genug dran sind, dass sie mal eben zu Marvin fahren könnten.«

»Hm … für die Printausgabe ist es zu spät. Die Maschinen laufen schon eine Weile. Aber ich werde die Chefredakteurin für die Online-Ausgabe anrufen und fragen, ob sie das übernehmen kann. Dann wird es zumindest schon mal dort veröffentlicht.«

»Das wäre super, danke.«

»Senden Sie mir den Text, der abgedruckt werden soll. Die Mailadresse steht auf der Visitenkarte. Ich kann Ihnen nichts versprechen, aber ich versuche es auf jeden Fall.«

»Ich danke Ihnen.«

»Keine Ursache. Um dem Ganzen etwas mehr Wirkung zu verleihen, beginnen wir den Artikel vielleicht mit den Worten: *Wie wir aus Polizeikreisen erfahren haben.*«

»Das ist super, danke.«

Max beendete das Gespräch und legte das Smartphone auf dem Tisch ab.

»Sie unterhalten Beziehungen zu jemandem von der POST?«

»Ja, das war ein Redakteur. Ich schicke ihm gleich einen Text, der darüber aufklärt, welche Lügen im Netz über Dr. Wagner verbreitet werden und dass nichts davon wahr ist. Vielleicht können wir damit das Schlimmste verhindern.«

»Aber wenn Sie die *Infamia*-Website angeben, sorgen Sie damit dafür, dass sie noch deutlich mehr Aufmerksamkeit bekommt, das ist Ihnen klar, oder?«

Max ging zum Esstisch und betrachtete die Website.

»Ich werde beschreiben, *was* im Internet über Marvin gesagt wird, aber nicht, *wo*. Das ist nicht nötig. Diejenigen, die den angeblichen Fall auf *Infamia* gelesen haben, wissen, was gemeint ist.«

Max beugte sich nach vorn und öffnete noch mal die Diskussion zu Marvins *Fall*. Es war kein Kommentar dazugekommen. Sein Blick fiel erneut auf die Worte von *MichaelMt186*:

Der einzig wahre Urteilsspruch obliegt nur der höchsten Instanz.

MichaelMt186 ... Der Name erinnerte ihn an irgendetwas, aber er wusste nicht, woran. Er richtete sich auf und murmelte den Namen mehrmals leise vor sich hin, bis Weiß neben ihm auftauchte und ebenfalls auf den Monitor blickte.

»Haben Sie noch was gefunden?«

»Ich bin mir nicht sicher. Dieser Name, *MichaelMt186* ... Etwas daran kommt mir bekannt vor, aber mir fällt nicht ein, was es sein könnte.«

Weiß nickte grinsend. »Ich bin streng katholisch erzogen worden, was mir in der Kindheit viele Hänseleien eingebracht hat. Ich weiß, woran dieser Name zumindest *mich* erinnert.«

»Ach, und woran?«

»Da, der letzte Teil, *Mt186*. Wenn noch ein Punkt hinter der acht wäre, dann würde das unter uns Betschwestern heißen: Buch Matthäus, Kapitel achtzehn, Vers sechs in der Bibel.«

Max dachte sofort an die Mail mit dem religiösen Geschwurbel, die Rainer Klinke nach dem Tod seines Sohnes bekommen hatte.

»Verdammt! Und wissen Sie zufällig auch, was an dieser Stelle steht?«

»Nein, so bibelfest bin ich nicht, aber das sollte schnell herauszufinden sein.« Er deutete auf das Notebook, woraufhin Max den Standardbrowser öffnete und in die Suchmaske eingab:

Buch Matthäus, Kapitel 18, Vers 6.

Nur eine Sekunde später prangte das beste Ergebnis in großen Buchstaben an erster Stelle. Als Max es las, stöhnte er auf.

27

Wer aber einen dieser Kleinen, die an mich glauben, zum Bö-
sen verführt, für den wäre es besser, dass ein Mühlstein um
seinen Hals gehängt und er ersäuft würde im Meer, wo es am
tiefsten ist.

Max las den Satz noch einmal und sagte so leise, dass Karl
Weiß die Stirn krauszog: »Das ist er.«

Als er Weiß' fragenden Blick bemerkte, wiederholte
Max laut: »Das ist er!«

»Wer? Der ... Killer?«

»Ja.« Max fuhr sich mit beiden Händen durch die
Haare. »Rainer Klinke hat nach der Ermordung seines
Sohnes eine Nachricht bekommen, die vom Wortlaut her
dem religiösen Gefasel aus dem Forum sehr ähnelt. Nach
dem missglückten Versuch, die Tochter der Richterin für
kurze Zeit zu entführen, bekam Klinke von dem gleichen
Kerl wieder eine Nachricht, in der er sich damit brüstete,
das richtig gemacht zu haben, was bei Klinke schiefge-
gangen war, also eine Entführung. Und zwar ziemlich sicher die des Düsseldorfer Richtersohns Finn Holzheimer.
Der Täter hat sich bisher nur mit Fällen befasst, in denen Kindern Gewalt angetan wurde. Dieser Bibelspruch

dazu, auf den ein Teil seines Usernamens hinweist, *wer aber einen dieser Kleinen, die an mich glauben, zum Bösen verführt ...*, verweist darauf. Das kann kein Zufall sein.«

Weiß betrachtete das Display und nickte. »Da ist was dran.« Dann sah er Max an. »Was wieder einmal beweist, dass der gute Ruf, den Sie genießen, durchaus gerechtfertigt ist.«

»Noch haben wir nichts als einen Usernamen auf einer Website im Darknet.«

»Aber das ist ein Anfang.«

»Ja. Ich muss telefonieren.«

Max wählte Böhmers Nummer und wartete geduldig, bis dieser abhob. »Was gibt's?«

»Sorry, es ist schon spät, ich weiß, aber ich bin mir ziemlich sicher, ich habe den Kerl auf der Website gefunden.«

»Moment, was? Welchen Kerl?«

»Den Täter, Horst. Den Irren, der einen kleinen Jungen und eine Frau bestialisch ermordet hat. Ich glaube, er ist ein religiöser Fanatiker und treibt sich auf der *Infamia*-Website herum.«

»Erzähl!«, sagte Böhmer knapp, und Max berichtete über seine Entdeckung und seine Gedanken dazu.

»Hm ... das könnte sein. Es klingt zumindest logisch und passt zusammen. Ich werde die Info gleich an die IT weitergeben. Da haben die Kollegen von der Nachtschicht was zu tun. Auch wenn die Chancen extrem gering sind, im Darknet etwas über ihn herauszufinden.«

»Er ist es, Horst, das spüre ich.«

»Das glaube ich dir ja, aber dennoch ist es nur ein Nickname, sonst nichts. Setz also nicht allzu viel Hoffnung darauf.«

»Ja, ich weiß. Aber da ist noch was. Ich brauche dringend die Nummer von Staatsanwältin Lauter. Erinnerst du dich an sie? Sie ist Pressedezernentin für allgemeine Angelegenheiten.«

»Ja, ich weiß, wer sie ist. Was willst du denn um diese Uhrzeit von der? Jetzt sag mir nicht, es ist auch wegen dieses Michael-Dingsbums.«

»Nein. Marvin ist oder war heute Abend bei ihr zu Hause zum Essen eingeladen, und ich befürchte, er könnte in Gefahr sein.«

»Warum?«

Max erzählte von dem Fall auf *Infamia* und der Diskussion über Marvin. »Herr Weiß ist gerade bei mir. Er hat das Ganze auch auf der Website entdeckt und wollte uns warnen. Durch diese Sache bin ich überhaupt erst auf diesen Michael gestoßen.«

»Weiß! Gut, dass du ihn erwähnst, zu dem gibt es noch was, das ich dir erzählen wollte.«

»Ist es wichtig?«

»Vielleicht schon.«

Max schaltete sofort um. »Okay, warte einen kleinen Moment. Dazu muss ich rübergehen.«

Er wandte sich an Weiß, der so dicht neben ihm stand, dass zu befürchten war, dass er Böhmers dröhnende Stimme hören konnte, und sagte: »Bitte, setzen Sie sich doch, ich bin gleich zurück.«

Der Ex-Polizist schüttelte den Kopf.»Also, ich wollte Sie wirklich nicht …«

»Schon gut. Nun setzen Sie sich einfach.«

Damit verließ Max den Raum und ging ins Schlafzimmer.

»So, okay, ich bin rausgegangen. Weiß stand direkt neben mir.«

»Ich habe eben einen Anruf von einem guten Bekannten aus Köln bekommen. Es ging dabei um Karl Weiß. Mein Bekannter war ein Kollege von ihm und hat mitbekommen, dass ich mich nach Weiß erkundigt habe. Er sagt, Weiß ist vorzeitig in Pension geschickt worden, weil er psychische Probleme hatte.«

»Das wissen wir schon.«

»Das stimmt, aber wie es aussieht, gab es diese Probleme bereits vor dem Einsatz, und es kursiert sogar das Gerücht, dass sie dafür verantwortlich waren, dass es überhaupt zum Tod seiner Kollegin kommen konnte.«

»Scheiße! Welcher Art waren diese Probleme?«

»Keine Ahnung. Was genau dahintersteckte, weiß wohl außer ihm selbst, seinen Vorgesetzten und dem Arzt niemand so genau. Das alles basiert mehr oder weniger auf Hörensagen.«

»Okay, danke für die Info. Darüber mache ich mir später Gedanken. Als Erstes wüsste ich jetzt gern, wo Marvin steckt.«

»Ich ruf dich gleich zurück«, sagte Böhmer daraufhin und legte auf.

Max ging zurück ins Wohnzimmer. Als er Karl Weiß

auf der Couch sitzen sah, war er kurz versucht, ihn auf das anzusprechen, was er gerade erfahren hatte, schob es aber beiseite. Wie sich herausstellte, klärte Weiß das selbst.

»Ging es in dem Telefonat um den Grund meiner frühzeitigen Pensionierung? Ich habe meinen Namen gehört.«

»Ja«, gab Max unumwunden zu.

Weiß nickte. »Auch um den Einsatz?«

»Möchten Sie mir etwas darüber erzählen?«

Weiß senkte den Kopf und schien eine Weile zu überlegen, wie er anfangen sollte. Schließlich sah er Max an und sagte: »Ich habe oft und lange darüber nachgedacht, was an diesem Tag wirklich passiert ist. Ich weiß, dass es viele Gerüchte gibt: dass ich gezögert habe, dass ich nicht entschlossen genug war. Aber die Wahrheit ist komplizierter.« Er dachte kurz nach. »Als während des Einsatzes plötzlich Schüsse fielen, schien alles um mich herum in Zeitlupe zu passieren. Ich sah meine Kollegin, wie sie gebückt und mit vorgehaltener Waffe auf den Kopf dieser Bande zugegangen ist und ihm etwas zugerufen hat. Und ich sah den Jungen, der vor dem Mistkerl stand. Er war vielleicht zwölf Jahre alt. Ich habe gesehen, wie die Hand dieses Arschlochs hochschnellte, und ich habe die Waffe gesehen … Es war eine Entscheidung über Leben und Tod – aber nicht nur für meine Kollegin. Ich konnte doch nicht einfach schießen. Er hatte ein Kind vor sich stehen. Ich war wie gelähmt.«

Er atmete tief ein und geräuschvoll wieder aus.

»Einige Kollegen sehen eine tote Beamtin und einen Polizisten, der versagt hat. Aber sie wissen nichts von dem Druck, unter dem ich stand – von der Angst. Und ja, ich hatte vorher schon psychische Probleme, das hat man Ihnen bestimmt auch erzählt. Aber die hatten nichts mit meiner Arbeit zu tun. Diese Probleme entwickelten sich nach der Trennung von meiner Frau.

Sie hat mich wegen eines anderen Mannes verlassen, ist mit ihm weggezogen und hat unseren Sohn mitgenommen. Da war er sechs. Seitdem habe ich meinen Jungen nicht mehr gesehen. Das hat mir das Herz gebrochen.«

Max musste unwillkürlich an die Parallelen zu Marvin denken. Zumindest, was dessen Sohn betraf.

»Diese Trauer und auch die Wut haben sich in mir angestaut und sind immer wieder hochgekommen, besonders in stressigen Situationen. Ich dachte, ich bin stark genug, um damit umzugehen – schließlich war ich Polizist. Aber an diesem Tag wurde mir klar, dass all diese Emotionen mich überwältigt haben. Die Angst vor dem Verlust meines Sohnes mischte sich mit der Angst um das Kind, das dieser Scheißkerl als Schutzschild benutzt hat. Ja, ich war der Situation offensichtlich nicht gewachsen.«

Er machte erneut eine kurze Pause.

»Jetzt sitze ich hier und versuche, Ihnen, einem Fremden, zu erklären, was wirklich passiert ist. Das habe ich zuvor noch nie getan. Warum jetzt? Ich möchte wieder arbeiten. Ich möchte mit *Ihnen* zusammenarbeiten. Ich glaube fest daran, dass ich Sie unterstützen kann.

Ich weiß nicht genau, ob meine ehemaligen Kollegen

jemals verstehen werden, was wirklich geschehen ist oder warum ich so gehandelt habe. Aber eines weiß ich: Ich will nicht mehr im Schatten meiner Vergangenheit leben. Ich will etwas tun – für die Menschen da draußen und für meinen Sohn, den ich noch immer vermisse.«

»Ich danke Ihnen für Ihre Ehrlichkeit. Im Moment kann ich nichts dazu sagen, weil …«

»Das brauchen Sie nicht.« Weiß stand auf. »Mir war nur wichtig, dass Sie wissen, was wirklich passiert ist, und nicht nur das Gerede von Leuten hören, die damals nicht dabei waren. Ich mache mich jetzt auf den Weg. Wenn es irgendetwas gibt, das ich in diesem Fall tun kann, lassen Sie es mich bitte wissen.«

Kaum hatte Max die Tür hinter Karl Weiß geschlossen, rief Böhmer an und gab ihm die Telefonnummer und die Adresse von Staatsanwältin Lauter.

Max brauchte ein paar Minuten, um das sacken zu lassen, was er gerade von Karl Weiß erfahren hatte, dann wählte er die Nummer.

Es dauerte eine Weile, aber schließlich hob sie ab.

»Max Bischoff hier, bitte entschuldigen Sie die Störung, aber könnte ich Herrn Dr. Wagner sprechen? Ich befürchte, sein Telefon ist ausgeschaltet.«

»Guten Abend, Herr Bischoff. Sie stören mich nicht. Marvin ist allerdings nicht mehr hier. Er ist vor etwa einer halben Stunde aufgebrochen.«

»Das ist ja seltsam. Wenn ich versuche, ihn anzurufen, springt sofort die Mailbox an. Ich habe es noch nie erlebt, dass er sein Telefon ausgeschaltet hat.«

»Nun, Herr Bischoff, ich weiß nicht, ob Marvin sein Telefon ausgeschaltet hat, wenn doch, dann wollte er wohl einfach den Abend ungestört verbringen.«

Das war eine kaum verhohlene Andeutung darauf, wie der gemeinsame Abend verlaufen war.

»Ja, das mag sein«, stimmte Max ihr zu. »Nochmals sorry für die Störung. Ich versuche, ihn jetzt zu erwischen.«

»Tun Sie das. Und richten Sie ihm bitte von mir aus, ich bedanke mich noch mal für den schönen Abend und die geistreiche, witzige und charmante Unterhaltung.«

»Ich werd's ausrichten«, versprach Max und legte auf.

Wie es schien, hatte Marvin einen neuen Fan. Oder vielleicht auch mehr.

Max rief erneut seinen Partner an, doch das Ergebnis war das Gleiche wie zuvor.

Also verließ er kurz darauf seine Wohnung und fuhr zu dem Apartment, das der Psychologe unweit ihres Büros gemietet hatte.

Als Max klingelte, dauerte es nur Sekunden, bis Marvins Stimme durch die Sprechanlage zu hören war.

»Ja bitte?«

»Marvin!«, stieß Max sowohl erleichtert als auch verwundert aus. »Ich bin's, Max.«

Ohne weiteren Kommentar summte im nächsten Moment der Türöffner.

28

Marvin wohnte in der zweiten Etage. Auf dem Weg nach oben nahm Max zwei Stufen auf einmal, so dass er schnell vor der geöffneten Tür ankam. Sein Partner grinste ihn breit an, und Max hatte das Gefühl, eine riesige Last falle ihm von den Schultern.

»Das glaube ich nicht. Da steht er bestens gelaunt und strahlt mir entgegen«, sagte er erleichtert lächelnd. »Und ich habe mir Sorgen um dich gemacht.«

Marvin trat zur Seite und ließ Max eintreten. »Sorgen? Weil ich mit einer wundervollen Frau zu Abend gegessen habe?«

Er schloss die Tür und ging voraus in sein geräumiges Wohnzimmer.

»Nein«, sagte Max und ließ sich auf die schwarze Ledercouch fallen, »weil du dein Telefon ausgeschaltet hast. Das kenne ich nicht von dir.«

»Was redest du denn da, mein Freund? Ich habe mein Telefon nicht ausgeschaltet.«

Max zog die Stirn kraus. »Dann muss dein Akku leer sein, was mich noch mehr wundert. Ich weiß doch, wie akribisch du darauf achtest, dass dein Handy immer genügend Saft hat.«

Marvin ging zu einem Schrankelement und nahm aus einem der Regale sein Smartphone heraus. Nachdem er auf das Display getippt hatte, ging er zu Max und hielt ihm das Gerät entgegen. »Bitte schön.«

Max nahm es ihm aus der Hand und warf einen Blick auf den Bildschirm, auf dem ihm Marvins gewohnter Hintergrund entgegenleuchtete. »Das verstehe ich nicht«, sagte er, doch schon im nächsten Moment verstand er sehr wohl.

»Du hast den Flugmodus angeschaltet. Das läuft für einen Anrufer aufs Gleiche hinaus, als ob du das Ding ausgeschaltet hättest.«

»Mitnichten habe ich das getan!«

Marvin nahm ihm das Gerät wieder aus der Hand und wischte darauf herum, bevor er sagte: »Tatsächlich. Seltsam. Das muss aus Versehen passiert sein.«

Max konnte sich ein Grinsen nicht verkneifen. »Kann es sein, dass die Staatsanwältin dich aus der Fassung gebracht hat? So sehr, dass du nicht mehr unter Kontrolle hattest, was du auf deinem Handy rumgetippt hast?«

Marvin legte das Telefon ab und setzte sich Max gegenüber. »Wir hatten einen äußerst amüsanten Abend.«

»Da habe ich aber was anderes gehört. Ich habe eben mit Frau Lauter telefoniert und soll dir von ihr ausrichten, sie ist froh, dass dieser furchtbare Abend und die geistlose, trockene und unbeholfene Unterhaltung vorbei sind.«

»Wie bitte?« Als Max Marvins verblüfftes Gesicht sah, musste er lachen, und dieses Lachen tat ihm gut. Es war wie ein Ventil, das den Druck der letzten Stunden zumindest ein wenig abbaute.

»Frau Lauter hat gesagt, sie bedankt sich bei dir für den schönen Abend und die geistreiche, witzige und charmante Unterhaltung. Ich habe das Gefühl, sie interessiert sich sehr für dich.«

Marvin nickte mit übertrieben ernster Miene. »Ich geb's zu, bisher war ich eingebildet, aber nach diesem Abend weiß ich, dass ich einfach ein außerordentlich heißer Typ bin.«

Sie lachten beide, dann sammelte Max sich wieder.

»Es tut gut, mal zu lachen, aber es gibt auch noch was Ernstes, das ich dir sagen wollte. Ich glaube, ich habe auf dieser Website unseren Täter gefunden.«

»Was?«, stieß Marvin überrascht aus. »Wie? Und wo? Ich meine, wie bist du auf ihn gekommen?«

Max erzählte ihm, was *MichaelMt186* geschrieben hatte und was sein Name bedeutete.

»Das passt in der Tat zusammen. Aber denkst du, dieser Name bringt uns weiter?«

Max sah Marvin ernst an. »Das weiß ich noch nicht, aber es ist zumindest mal ein kleiner Erfolg.«

»Ja, das stimmt.«

»Und ich habe da noch etwas, das nicht erfreulich ist. Ich habe diesen Michael überhaupt nur über deinen *Fall* auf *Infamia* entdeckt. Bei dem steht nämlich jetzt auch deine Adresse und ein Link zu dem Foto von dir auf deiner Website. Es haben sich gleich Idioten gefunden, die die Sache in die Hand nehmen wollen. In die Diskussion hat sich auch dieser Michael mit einem religiösen Kommentar eingebracht. Das, was er dort geschrieben hat, hat mich stutzig gemacht.

Und einer von denen hat geschrieben, er wohne in der Nähe und wolle das mit dir vielleicht gleich angehen. Deshalb wurde ich unruhig, als ich dich heute Abend nicht erreichen konnte. Ich habe den Redakteur der POST angerufen und ihn gebeten, in einem Artikel klarzustellen, dass dieser *Fall* über dich vollkommener Blödsinn und frei erfunden ist. Er wollte diese Erklärung für die Online-Ausgabe in die Wege leiten.«

»In der digitalen Ausgabe der POST steht ein Artikel über mich? Und diesen gefälschten Fall?«

»Noch nicht. Willms wartet auf einen Text von mir, den ich aber noch nicht geschrieben habe.«

»Was ja jetzt nicht mehr nötig ist. Wie du siehst, bin ich wohlauf.«

Max nickte. »Ich verstehe. Ich denke, viel hätte so ein Artikel wahrscheinlich sowieso nicht gebracht. Aber als ich diese Drohungen gegen dich im Internet gelesen habe und dich dann nicht erreichen konnte, musste ich irgendetwas tun. Du möchtest also nicht, dass so eine Klarstellung erscheint?«

»Um Shakespeares Hamlet, Akt vier, Szene fünf, Vers zwanzig zu zitieren: *Nein!*«

Auf Marvins Stirn zeigten sich Falten. »Aber wenn man auf dieser Website jetzt auch meine Adresse und mein Foto veröffentlicht und mir gedroht hat, wäre das tatsächlich eine andere logische Erklärung.«

»Wofür?«

»Als ich vorhin aus dem Haus von Vanessa gekommen bin, habe ich jemanden gesehen, der mit einem Satz hinter einer Hausecke verschwunden ist. Ich hatte das deutliche Gefühl, dass derjenige vor dem Haus von ihr gewartet hat.«

»Und?«, fragte Max und registrierte, dass Marvin die Staatsanwältin beim Vornamen genannt hatte.

Marvin zuckte mit den Schultern. »Ich bin hingegangen, aber da war niemand mehr.«

»Vielleicht hast du dich auch getäuscht. Derjenige müsste dann ja schon vor *deiner* Wohnung gewartet haben und dir zum Haus von Frau Lauter gefolgt sein. Ich kann mir nicht vorstellen, dass einer dieser Krawallbrüder von der Website sich diese Mühe macht und dann tatenlos wieder abzieht. Du hast von einer *anderen* logischen Erklärung gesprochen. Was meintest du damit?«

»Ach, als ich bei Vanessa war, hat zweimal jemand angerufen, aber kein Wort gesagt, als sie drangegangen ist. Sie vermutete, dass das ihr Stellvertreter gewesen ist, dieser Kurt Osterkamp, der auch bei unserer Eröffnung war. Er hat wohl ein Auge auf sie geworfen.«

»Den Eindruck hatte ich allerdings auch«, bestätigte Max.

»Als ich aus dem Haus kam und diesen Typen bemerkte, habe ich überlegt, ob das vielleicht dieser Osterkamp gewesen ist, weil er wissen wollte, wie lange ich bei Vanessa bleibe.«

»Schon möglich. Zutrauen würde ich es ihm. Ich befürchte, er hat gemerkt, dass Frau Lauter gewisse Sympathien für dich hegt. Wenn er wirklich in sie verknallt ist, kann ihm das nicht gefallen.«

»Er scheint ein ziemlich verklemmter Kerl zu sein, falls er wirklich der anonyme Anrufer war.«

Max nickte. »Das ist das Gleiche wie mit diesen Typen, die anonym im Web auf dicke Hose machen, und wenn du vor ihnen stehst, sind es unscheinbare Gestalten, die den Mund nicht aufkriegen.«

»So wie Osterkamp.«

»Genau.«

»Vielleicht ist er auch in diesem Forum unterwegs«, sinnierte Marvin, woraufhin Max den Kopf hin und her wiegte.

»Ich weiß nicht, wäre das nicht ein bisschen viel Zufall?«

»Ja, vielleicht, aber dennoch. Wir sollten gemeinsam ein wenig brainstormen, du Superschnüffler.«

»Also gut, dann lass den Sturm mal los.«

»Wann ist dieser sogenannte Fall über mich aufgetaucht?«

»Heute Nachmittag«, antwortete Max.

Marvin nickte. »Genau. Eine Weile nachdem Vanessa mit Osterkamp unsere kleine Feier verlassen hat, wo sie mich in seinem Beisein angeflirtet hat. Stimmst du meiner Einschätzung zu?«

»Sehe ich auch so.«

»Für wen wäre es einfacher, alte Fälle zu finden, an

denen ich als Gutachter beteiligt war, als für einen Staatsanwalt? Auch richtig?«

Max nickte. »Ich denke, ja.«

»Vielleicht hat er diesen Fall über mich mit den erfundenen Fakten nur eingestellt, weil er wütend auf mich war. Dann hat er irgendwie mitbekommen, dass Vanessa mich sogar zum Abendessen eingeladen hat, und er hat geschäumt. Also fügte er meine Adresse und ein Foto von mir hinzu in der Hoffnung, dass tatsächlich jemand kommt und mir eins auf die Nase gibt, womit mein romantischer Abend mit seiner Angebeteten hinfällig wäre. Das passierte aber nicht, weil diese Burschen auf der Website genauso blasse Vögel sind wie er, die sich nur anonym aufplustern. Und was tut er? Er wartet vor dem Haus, um zu sehen, wie lange ich bleibe, und weil das eine ziemlich langweilige Tätigkeit ist, stört er unseren Abend mit seinen Anrufen.«

Max hatte aufmerksam zugehört und dachte kurz darüber nach. »Das ist theoretisch möglich und würde auch recht gut zusammenpassen, wenn Osterkamp diese Website nicht nur kennen würde, sondern dort auch als User angemeldet wäre. Aber die Erfahrung hat mich gelehrt, dass solche Zufälle nicht sehr häufig passieren.«

»Was hast du gegen Zufälle? Du weißt doch, Zufälle sind die Art, wie das Universum uns zeigt, dass es einen Sinn für Humor hat.«

»In diesem Fall von Humor zu sprechen zeugt allerdings wiederum von *deiner* ganz besonderen Art von Humor.« Max stand auf. »Ich verlasse dich jetzt, du toller Hecht.«

Als er an der Tür angekommen war, drehte er sich zu Marvin um und legte ihm die Hand auf die Schulter.

»Ich bin froh, dass dir nichts passiert ist.«

Marvin grinste. »Ich hoffe, das wird sich bald ändern und die Frau Staatsanwältin bleibt nicht immer so höflich zurückhaltend wie heute Abend.«

»Es sei dir gegönnt, aber bitte bleib vorsichtig. Auf *Infamia* steht immer noch deine Adresse.«

29

Als Max in seiner Wohnung eintraf, war es fast Mitternacht. Er war müde, fühlte sich aber andererseits zu aufgekratzt, um gleich ins Bett zu gehen. Zudem musste er Willms noch schreiben, dass sich der Artikel zu Marvin erledigt hatte. Also setzte er sich an sein Notebook und klappte es auf.

Nachdem er die Nachricht an den Redakteur abgeschickt hatte, öffnete er den TOR-Browser und dort die *Infamia*-Seite, wo gleich eine Nachricht aufpoppte. Sie kam von *Custos* aka Karl Weiß, der nicht wusste, wer sich hinter dem Namen *Pekro* verbarg.

Hallo Pekro,
danke, dass du mir geantwortet hast. Ich kann deine Wut auf Richter verstehen, die zu milde gegenüber Schwerverbrechern urteilen. Das eint uns letztendlich alle hier im Forum. Was die beiden rot gekennzeichneten Fälle betrifft, so befürchte ich, dass der Inhaber der Seite sie so darstellt, weil es die Fälle sind, die in letzter Zeit in den Zeitungen standen. Die Richterin, die dort angeprangert wurde, ist ermordet worden. Ebenso wie der Sohn des Richters, auf den sich der andere Fall bezieht. Darf ich fragen, was du bei dem Gedanken empfindest, dass

diese Website dazu beitragen könnte, dass Menschen getötet werden?

Viele Grüße

Custos

Max las die Nachricht ein zweites Mal und dachte darüber nach, was er antworten sollte. Schließlich klickte er auf den entsprechenden Button und schrieb:

Hi Custos,

ja, so was habe ich mir schon gedacht. Was ich dabei empfinde? Ich bin irritiert und weiß ehrlich gesagt nicht, was ich davon halten soll. Der Gedanke, dass diese Richter am eigenen Leib spüren, was ihre irrwitzigen Urteile angerichtet haben, fühlt sich im ersten Moment gerecht an, aber wir reden hier von Mord!

Und wie ist das bei dir? Wie denkst du darüber?

Gruß

Pekro

Als Max die Nachricht abschickte, fühlte er sich schlecht, weil er den ehemaligen Kripobeamten hinterging. Aber andererseits wollte er möglichst viel darüber herausfinden, wie Weiß zu alldem stand, und hoffte, dass er anonym vielleicht mehr erfahren würde als von Angesicht zu Angesicht. Und dennoch … Max nahm sich vor, die nächste Antwort von *Custos* beziehungsweise Weiß noch abzuwarten und ihn dann darüber aufzuklären, wer sich hinter dem Namen *Pekro* verbarg.

Zufrieden mit diesem Entschluss öffnete Max das Diskussionsforum, um zu sehen, ob es etwas Neues von demjenigen gab, den er für den Mörder des kleinen Jungen und der Richterin hielt.

Wie er feststellen konnte, hatte sich nichts verändert. Das Interesse an Marvins *Fall* schien zumindest bei den meisten der User nicht besonders groß zu sein. Mit Ausnahme von *FucktheDuck* und *MichaelMt186*.

Aus einem Impuls heraus fasste Max einen Entschluss. Er bewegte den Mauszeiger zu *MichaelMt186* und klickte darauf, woraufhin sich ein neues Fenster öffnete mit der Überschrift:

Deine Nachricht an MichaelMt186.

Max' Puls beschleunigte sich, als er den Cursor in das Kästchen darunter setzte. Dann zog er die Hand zurück, stützte die Ellbogen auf der Tischplatte ab und drückte die Stirn gegen die zusammengefalteten Hände. Dem Kerl zu schreiben konnte eine Chance sein, ihn ein wenig einschätzen zu lernen. Dazu war es immens wichtig, dass Max diese Kontaktaufnahme mit Fingerspitzengefühl anging. Sollte sich herausstellen, dass der Kerl vor Selbstbewusstsein nur so strotzte, bot sich vielleicht die Chance, ihm Informationen zu entlocken. War er der eher misstrauische Typ, der erst dann auftrumpfte, wenn er ein wehrloses Opfer vor sich hatte, würde Max es anders angehen. Das alles setzte natürlich voraus, dass *MichaelMt186* ihm überhaupt antwortete. Er musste versuchen, ihn dazu zu animieren. Er musste ihn reizen.

Max hob den Kopf und legte die Hände auf die Tastatur.

Dann begann er zu schreiben.

Hallo MichaelMt186,
ich habe gelesen, was du geschrieben hast, und glaube zu wissen, was dein Name bedeutet. Nun überlege ich, ob du ein religiöser Spinner bist oder einfach nur ein bisschen durchgeknallt. Wie siehst du das?
Pekro

Er las den Text noch einmal durch, dann noch ein weiteres Mal, und schickte ihn mit heftig klopfendem Herzen ab. Bevor er das Notebook zuklappte, navigierte er erneut zu dem *Fall* über Marvin und warf einen Blick auf den Text. Dort hatte sich augenscheinlich nichts verändert.

Als Max das Display herunterklappen wollte, poppte ein Nachrichtenfenster auf. *MichaelMt186* hatte geantwortet.

Pekro,
warum nennst du mich einen Spinner und durchgeknallt? Du kennst mich nicht.
MichaelMt186

»Yes!«, stieß Max leise aus. Der Kerl ging darauf ein. Damit hatte er so schnell nicht gerechnet. Nun galt es, ihn bei der Stange zu halten. Zeit für den nächsten Schritt. Mit fliegenden Fingern tippte Max:

Hallo Michael,
es stimmt, ich kenne dich nicht, aber ich weiß, was du getan
hast.

Zwei Minuten später kam die Antwort:

MichaelMt186:
Pekro, mein Name ist eine Botschaft. Matthäus 18,6 spricht
von den Konsequenzen für die, die Unschuldige verführen.
Ich bin einer von denen, die auserwählt worden sind, um Ge-
rechtigkeit zu bringen – und das ist kein Wahn, sondern eine
Bürde, die mir auferlegt wurde.

Er hatte nicht nachgefragt, was Max damit meinte – zu
wissen, was er getan hatte. Wollte er es womöglich gar
nicht erst abstreiten? Aber er hatte geschrieben: *Einer von*
denen! Max wagte es nicht, sich auszumalen, was das bedeuten konnte. Er musste es herausfinden. Bei dem Gedanken, es nicht mit einem Einzeltäter, sondern mit einer
ganzen Horde religiöser Spinner zu tun zu haben, drehte
sich ihm der Magen um.

Pekro:
Gerechtigkeit durch Mord? Das klingt eher nach einer ver-
zweifelten Ausrede. Glaubst du wirklich, dass das, was du ge-
tan hast, gottgefällig ist? Woher nimmst du diese irrwitzige
Überzeugung? Außerdem glaube ich dir nicht, dass es noch
andere gibt. Ich denke, du bist allein und versuchst lediglich,
deine Schuld auf andere abzuwälzen.

MichaelMt186:

Gott spricht zu mir! Die Richter sind blind für das Böse, das sie schützen. Ich bin sein Werkzeug, um die Welt von diesen Heuchlern zu befreien. Er selbst war es, der mir gesagt hat, dass es viele von uns auf der ganzen Welt gibt.

Pekro:

Ein Werkzeug? Du spielst Gott, während du unschuldige Menschen tötest. Hast du jemals darüber nachgedacht, welches Leid deine Taten verursachen?

MichaelMt186:

Leid ist unvermeidlich in einer Welt voller Sünde. Wenn ich nicht handle, wird sich nichts ändern! Ich spiele nicht Gott, ich befolge seine Befehle. Und ja, ich denke in jeder Minute darüber nach, und ich leide auch darunter. Es zerfrisst mich innerlich. Ich tue nicht gern, was ich tun muss. Aber wenn er es mir befiehlt, muss ich handeln.

Max' Gedanken rasten. Der Kerl war clever. Indem er Gott vorschob, der ihm die Befehle erteilte, konnte er seine eigene Schuld verdrängen. Es war einfacher, sich selbst als Werkzeug eines höheren Plans zu sehen, als die volle Verantwortung für das eigene Handeln zu übernehmen.

Allerdings musste er auch in Betracht ziehen, dass dieser Wahnsinnige tatsächlich glaubte, die Stimme Gottes zu hören und Anweisungen von ihm zu erhalten.

Pekro:
Du redest von Gerechtigkeit und Wahrheit, aber in Wirklichkeit bist du gefangen in deinem eigenen Wahn. Was passiert mit dir am Ende dieses Weges?

MichaelMt186:
Das spielt keine Rolle. Ich bin bereit für alles.

Pekro:
Bereit für alles?

MichaelMt186:
Gott sagt mir, was getan werden muss! Ich höre seine Stimme klarer als je zuvor! Und wenn ich dafür leiden muss – dann sei es so. Ich bin bereit.

Max überlegte nur kurz, dann wagte er den nächsten Schritt.

Pekro:
Du hast von Gerechtigkeit geschrieben. Was ist mit der jungen Frau aus Aachen, die verschwunden ist? Ich glaube, dass du sie entführt hast. Sie hat keine Schuld auf sich geladen. Wenn du wirklich gerecht sein möchtest, dann beweise es und lass sie frei.

Dieses Mal dauerte es etwas länger, bis eine Antwort kam, und Max befürchtete schon, er hätte ihn verschreckt, doch dann poppte Michaels Nachricht schließlich auf.

MichaelMt186:
Ich würde sie liebend gern gehen lassen, aber er hat es mir ver-
boten. Er hat seinen Plan für uns und mit uns, und den können
wir Menschen nicht verstehen. Dazu sind wir zu klein. Sie tut
mir leid. Ich möchte sie in den Arm nehmen und streicheln,
statt das zu tun, was ich tun muss. Doch was immer er befiehlt,
ich bin zu allem bereit.
Aber die Frage ist, wozu bist du bereit, Max Bischoff?

»Verdammt!«, stieß Max so laut aus, dass er selbst er-
schrak. Wie konnte es sein, dass dieser Kerl wusste, wer
er war?

Max scrollte fieberhaft durch die bisherigen Nachrichten, suchte nach etwas Verräterischem, das er geschrieben haben könnte. Er fand nichts. Sein Verstand arbeitete
auf Hochtouren. Wie sollte er jetzt reagieren? Er schloss
die Augen, konzentrierte sich, horchte in sich hinein …

Ich habe mit einem anonymen User der Website Nachrich-
ten ausgetauscht und von Anfang an gar nicht den Versuch
unternommen zu bestreiten, wer ich bin, obwohl er mir von
Beginn an klargemacht hat, dass er weiß, was ich getan habe.
Ich weiß also, wer er ist. Aber seit wann?
Wusste ich es von Anfang an und habe die ganze Zeit mit
ihm gespielt? Nein. Das ist nicht meine Art. Gott spricht zu
mir, und ich führe seine Befehle aus. Geradlinig, ohne Schnör-
kel. Ich hinterfrage nicht, auch wenn mir missfällt, was ich
tue und meine Opfer mir im Grunde leidtun. Ich hätte keine
Freude daran, mit dem Ermittler zu spielen, es würde mir
nichts geben. Wir schreiben uns Nachrichten, und ich beant-

worte seine Fragen, weil ich es ruhigen Gewissens kann. Weil ich nichts Falsches tue. Wie kann falsch sein, was Gott selbst mir befiehlt? Aber im Grunde interessiert er mich nicht. Nein, ich habe erst während unserer Konversation bemerkt, wer er ist, und es ihm dann auch mitgeteilt. Aber woran habe ich ihn erkannt? Woher kenne ich ihn überhaupt? Und – ganz wichtig – was erwarte ich jetzt von ihm?

Dass er ebenso geradlinig ist und auch keine Spielchen mit mir spielt. Ich habe mich auf eine Konversation mit ihm eingelassen, habe seine Fragen so ehrlich beantwortet, wie ich konnte, auch weil ich absolut sicher bin, dass er meine Identität nicht herausfinden wird. Vielleicht weil er mich überhaupt nicht kennt. Aber wenn ich das Gefühl habe, dass er ein Spiel mit mir spielen möchte, wenn er mich anlügt, werde ich mich zurückziehen.

Max öffnete die Augen und schrieb:

Pekro:
Hallo Michael, ich habe das Gefühl, dass wir die ganze Zeit ehrlich zueinander waren, und das möchte ich auch beibehalten. Du hast recht, ich bin Max Bischoff. Und was nun? Bleibst auch du dabei, ehrlich zu sein? Dann ist es jetzt an dir, mir zu sagen, wer du bist.

Max schickte die Nachricht ab und wartete. Er klickte nicht herum, las keine Texte aus dem Forum, tat einfach nichts außer dazusitzen, während seine Gedanken einen wilden Reigen tanzten, und darauf zu warten, dass *MichaelMt186* antwortete.

Das tat er nicht.

Nach zehn Minuten war Max kurz davor, ihm eine weitere Nachricht zu schicken, ließ es dann aber doch bleiben. Er durfte diesem Spinner nicht das Gefühl vermitteln, dass er den Kontakt zu ihm unbedingt wollte.

Nach zwanzig Minuten gab Max auf. Hatte er ihn vertrieben? Oder war *MichaelMt186* müde geworden und ins Bett gegangen? Oder zu der jungen Frau, die er entführt hatte und irgendwo festhielt? Der er Stück für Stück die Haut vom Körper schälte? So, wie es der gestörte Mistkerl, dem ihr Vater mit einer geringfügigen Strafe noch eine Chance geben wollte, mit seinem Opfer gemacht hatte?

Max blickte auf die Uhr. Weit nach Mitternacht. Zu spät, um noch irgendetwas zu unternehmen.

Er klappte das Notebook zu, löschte das Licht und ging ins Bad. Zehn Minuten später lag er im Bett, kurz darauf fiel er in einen bleiernen, traumlosen Schlaf.

30

Um zwanzig nach sechs sah Max auf die Uhr. Sekunden später hatte er die Übergangsphase zwischen Schlaf und Wachsein hinter sich gelassen und rief Marvin an.

Der Psychologe nahm das Gespräch recht schnell an, und seiner Stimme nach zu urteilen war er nicht erst durch Max' Anruf geweckt worden.

»Guten Morgen, lieber Max«, begann er. »Ich bin wohlauf, und es hat niemand in der Nacht versucht, bei mir einzudringen oder mich nach draußen zu locken, um mich zu massakrieren.«

»Das freut mich zu hören. Wie schnell kannst du im Büro sein?«

»Bist du noch zu Hause?«

»Ich bin gerade aufgewacht und liege noch im Bett.«

»Kommst du mit der S-Bahn?«

»Nein, mit dem Auto, dann sind wir flexibler.«

»Nun, in Anbetracht der räumlichen Nähe meiner Wohnung zu unserem Büro wage ich die kühne These, dass ich noch vor dir da sein kann.«

»Dann schmeiß im Büro schon mal die Kaffeemaschine an, ich mache mich gleich auf den Weg. Es hat sich gestern Abend noch einiges getan, worüber wir reden müssen.«

»Schieß los!«

»Gleich, im Büro!«

Max legte auf, um dem verbalen Schlagabtausch zu entgehen, der andernfalls zwangsläufig folgen würde über die Frage, ob es ein zynischer Charakterzug war, eine solche Andeutung zu machen, sich dann aber in Schweigen zu hüllen.

Auf der Fahrt zum Büro rief Max Jana an.

»Ich hasse es, morgens aufzuwachen und festzustellen, dass ich allein im Bett liege«, begann er.

»Ich hasse es, wenn der Mann, der behauptet, mich zu lieben, mir keinen guten Morgen wünscht, sondern als Erstes etwas sagt, das mit den Worten beginnt: Ich hasse es.«

»Mea culpa, vergiss bitte, was ich gesagt habe. Ich fange noch mal an: Guten Morgen, mein Herz. Ich liebe dich, und ich fand es traurig, heute Morgen ohne dich aufzuwachen.«

»Das fand ich auch.«

»Wie geht es deiner Mutter?«

»Nicht gut. Sie hat heute Nacht kaum geschlafen, und ich ebenso wenig. Ich habe schon im Präsidium Bescheid gesagt, dass ich entweder später oder gar nicht komme. Ich werde gleich ihren Arzt anrufen und sehen, was der machen kann. Jedenfalls kann ich sie nicht allein lassen. Ich weiß nicht, was sie dann täte.«

»Natürlich, kümmere dich um sie«, sagte Max und entschied, ihr in diesem Moment nichts von seinem nächtlichen Dialog mit *MichaelMt186* zu erzählen. »Ruf mich an, wenn du mehr weißt oder wenn du reden möchtest, okay?«

»Ja. Danke. Ich melde mich.«

Damit legte sie auf.

Als Nächstes rief Max bei Böhmer an und erzählte ihm von seinem nächtlichen Kontakt zu *MichaelMt186*.

»Wie hast du das denn geschafft? Das haben unsere IT-Fritzen heute Nacht auch schon versucht, aber er hat nicht geantwortet.«

»Ich weiß es nicht«, erwiderte Max. »Jedenfalls hat er zugegeben, dass er der Täter ist. Ich habe das Gefühl, wenn er mir weiter antwortet, könnte ich vielleicht was über seine wahre Identität herausbekommen.«

»Okay, aber sei vorsichtig, Max. Er weiß, wer du bist. Damit weiß er, wo euer Büro ist, und vermutlich auch, wo du wohnst.«

»Wo Marvin wohnt, wissen ja mittlerweile eh alle Nutzer dieser Website.«

»Mir ist klar, dass ich dir nicht erzählen muss, wie du mit dem Kerl am besten kommunizierst, aber sei bitte vorsichtig, okay?«

»Ja. Ich halte dich auf dem Laufenden.«

In der Viertelstunde, die er noch bis zum Büro brauchte, dachte Max an Lara Albrecht, der, wenn der Täter sich an den bisherigen Plan hielt, Stück für Stück die Haut vom Körper geschnitten wurde. Von einem Kerl, der in nächtlichen Nachrichten von der Stimme Gottes fabulierte und von einem Auftrag, den er im Sinne der Gerechtigkeit zu erfüllen habe. Und sowohl die Polizei als auch Marvin und er tappten vollkommen im Dunkeln. Der Gedanke daran machte Max so wütend, dass er mit der geballten Faust auf das Lenkrad schlug.

Als er das Büro betrat, wo Marvin theatralisch aufsprang und den Startknopf des Kaffeevollautomaten drückte, hatte er sich wieder beruhigt. Es nutzte nichts, wütend zu sein, er brauchte einen klaren Kopf.

Nachdem das Geräusch des Mahlwerks verklungen war, sagte Marvin: »Nimm Platz und bereite gedanklich schon mal deinen Bericht an mich vor, den du sicher sofort beginnen wirst, sobald du einen Kaffee vor dir stehen hast.«

»Ich habe letzte Nacht Nachrichten mit ihm ausgetauscht«, sagte Max und setzte sich an seinen Schreibtisch.

Marvin war gerade dabei, die Tasse unter dem Auslauf herauszunehmen, und stockte in der Bewegung, als habe man ihm den Stecker gezogen.

»Wie, mit ihm? Etwa mit Michael-schlagmichtot?«

»Ja«, sagte Max, während er den Monitor anschaltete und die Tastatur zu sich heranholte.

»Ja da brat mir doch einer …« Marvin stellte die Tasse vor Max auf dem Schreibtisch ab. »Und? Was habt ihr euch geschrieben? Denkst du immer noch, er ist es?«

»Mehr denn je. Bitte schön, überzeuge dich selbst.«

Max schob seinen Stuhl ein Stück zurück, um Marvin Platz zu machen. Der stützte die Hände auf dem Schreibtisch ab und begann zu lesen. Zwischendurch murmelte er: »Oh Mann …« und »ich werd nicht mehr«. Am Ende stieß er sogar ein kurzes, helles Lachen aus. *»Ich höre seine Stimme klarer als je zuvor«*, wiederholte er dann in einem irre klingenden Singsang. »Der gute Michael-plimplam sollte überlegen, ob er mal bei den Nachbarn klingelt, um nach einem Tässchen Psychopharmaka zu fragen.«

»Sehr rüde Töne von einem Psychologen«, bemerkte Max.

»Ja, ich weiß, aber privat, bei einem Freund, erlaube ich mir schon mal solch kleine verbale Emotionsflexibilitäten, lieber Max. Beruflich würde mir so was selbstredend niemals über die Lippen kommen. Aber kehren wir zum Thema zurück.« Er deutete auf den Monitor. »Zu dem da. Hast du irgendeine Vorstellung, woher der Erzengeldarsteller weiß, wer du bist?«

»Nein, überhaupt nicht. Ich habe mir jeden Satz, den ich geschrieben habe, noch mal genau angeschaut und weiß wirklich nicht, womit ich mich verraten haben könnte.«

»Vielleicht hat er es daraus geschlossen, dass du vom Verschwinden von Lara Albrecht weißt?«

»Das halte ich für unwahrscheinlich. Das weiß mittlerweile jeder, der die Online-Ausgaben der gängigen Zeitungen liest.«

»Hm … Hast du irgendwem erzählt, unter welchem Namen du dich auf dieser Website angemeldet hast?«

Max legte den Kopf schief. »Marvin, echt jetzt? Das war natürlich das Erste, worüber ich nachgedacht habe. Die Antwort lautet *nein*.«

»Nun ja, der Duktus deiner Nachrichten lässt schon

darauf schließen, dass du einer derjenigen bist, die im Rahmen des gesellschaftlich vereinbarten Gut-Böse-Schemas durchaus zur ersten Kategorie gehören.«

»Kannst du aus dem *Duktus* meiner Nachrichten auch meinen Namen ableiten, du Genie?«

»Nope.«

»Es bleibt also ein Rätsel.«

»Vor einem Rätsel zu stehen heißt, der Lösung den Rücken zugekehrt zu haben, mein Freund«, erklärte Marvin. »Wir müssen uns also gründlich umschauen.«

Max zog die Stirn kraus. »Sag mal, was ist heute eigentlich mit dir los? Dass du immer eine spezielle Weisheit auf Lager hast, kenne ich ja schon, aber heute ... Also entweder, du hast heute Morgen irgendwas genommen, oder der gestrige Abend ist noch so präsent, dass dein Körper immer noch mit Endorphinen geflutet ist.«

»Falls du auf Vanessa ... ich meine, Staatsanwältin Lauter, anspielst, so kann ich bestätigen, dass der gestrige Abend mir ausnehmend gut gefallen hat und ich mich auf die Wiederholung freue.«

»Habt ihr denn schon eine geplant?«

»Immer vorausgesetzt, der Fall lässt es zu, vielleicht schon heute Abend.«

»Hoppla, ihr verliert keine Zeit, oder?«

»Wozu auch. Wir sind schließlich beide nicht mehr die Jüngsten. Aber ich glaube, verantwortlich für meine gute Laune ist zum Großteil die Tatsache, dass dieser Fall von der Website gelöscht ist. Verrate mir: Hast du etwas damit zu tun, und falls ja, wie hast du das geschafft?«

»Was? Wie, gelöscht? Ich hatte keinen Schimmer. Ist er echt gelöscht?«

»Ja. Ich dachte eben, ich vertreibe mir die Wartezeit damit, mal nachzulesen, ob noch einer dieser Spinner seinen gedanklichen Sondermüll dort abgeladen hat, aber der sogenannte *Fall* ist nicht mehr auffindbar.«

»Das ist ja ein Ding«, sagte Max ehrlich überrascht. »Und du bist absolut sicher?«

Der Blick, mit dem Marvin ihn bedachte, ließ Max eine Hand heben. »Schon gut, ja, du bist sicher. Aber ich habe damit nichts zu tun.«

»Dann hat der Verfasser es sich vielleicht anders überlegt und ihn wieder entfernt. Vielleicht hat er auch von anderen Nutzern der Site ein paar Nachrichten dazu bekommen, dass er meine Adresse und mein Foto dort veröffentlicht hat, wer weiß?«

Max hörte nur mit einem Ohr zu, denn er war mit dem Gedanken beschäftigt, ob der nächtliche Austausch mit *MichaelMt186* etwas mit dem Verschwinden der Fall-Darstellung zu tun haben könnte.

»Max?«

Max fuhr zusammen. »Sorry, ich überlege nur gerade …«

»… ob Gottes Kumpel Michael der Verfasser dieses Falls war und ob er ihn nach eurem Gespräch wieder gelöscht hat«, fiel Marvin ihm ins Wort.

»Ja, tatsächlich denke ich darüber nach. Wobei sich dann natürlich die Frage stellt, was in unserem Austausch ihn dazu gebracht haben könnte.«

»Aus welchem Grund auch immer dieser Mist verschwunden ist – er ist weg. Sag dem heiligen Michael also bei eurem nächsten Plausch vielen Dank von mir. Richte ihm aber auch gern von mir aus, wenn er wirklich derjenige war, der den Jungen und die Richterin umgebracht hat, werden wir ihn kriegen.«

In diesem Moment öffnete sich die Tür, und Kai Weinand betrat das Büro.

»Vorhang auf, Comeback Weinand!«, rief Marvin, als wäre es die selbstverständlichste Sache der Welt, dass der Friseur, der gerade erst nach Trier zurückgekehrt war, schon wieder vor ihnen stand.

»Herr Weinand. Was tun Sie denn hier?«, äußerte Max seine Verwunderung.

Der Friseur zuckte mit den Schultern und kam näher. »Ich habe das Wichtigste zu Hause so weit erledigt, um den Rest kümmert sich meine Frau. Die Beerdigung ist erst in drei Tagen, und ich dachte, die Zeit kann ich auch nutzen, um Ihnen zu helfen.«

Er zog den Riemen der Laptoptasche von der Schulter und legte sie auf dem freien Schreibtisch ab. »Außerdem habe ich in der letzten Nacht noch was entdeckt, das Sie vielleicht interessieren könnte.«

»Und das wäre?«, wollte Marvin wissen.

Weinand öffnete den Reißverschluss und nahm den Computer heraus. Währenddessen redete er weiter. »Ich habe ein kleines Interview mit dem Mann gesehen, der gestern bei der Eröffnung mit der gutaussehenden blonden Frau da war. Staatsanwalt Osterkamp.«

»Sie kennen seinen Namen?«, fragte Max verwundert, der sich nicht erinnern konnte, dass Weinand mit Osterkamp gesprochen hätte.

»Erst seit diesem Interview. Als ich ihn da gesehen habe, erinnerte ich mich daran, dass er hier war.«

Mittlerweile war der Laptop aufgeklappt und gestartet. Mit einem Klick auf ein Lesezeichen im Browser öffnete sich ein Fenster, in dem ein Video ablief. Zu sehen war Staatsanwalt Osterkamp, dem aus dem Off ein blaues Mikrophon vor das Gesicht gehalten wurde.

»Herr Staatsanwalt Osterkamp, wie empfinden Sie das heutige Urteil im Mordprozess gegen Manfred Kluge? Wurde heute Recht gesprochen?«

Max erinnerte sich an den Fall Kluge vor etwa einem Jahr. Manfred Kluge hatte zugegeben, dem neuen Lebensgefährten seiner Frau aufgelauert und ihn erwürgt zu haben, womit klar war, dass die Tat geplant und mit Heimtücke ausgeführt worden war. Gleichzeitig hatte er aber behauptet, nicht Herr seiner Sinne gewesen zu sein.

Der Richter hatte ihm sein Geständnis und seine Beteuerungen geglaubt und ihn lediglich wegen Totschlags zu einer geringen Haftstrafe verurteilt.

»Ganz im Gegenteil«, sagte Osterkamp. »Die Staatsanwaltschaft wird selbstverständlich in Revision gehen.« Nun blickte er direkt in die Kamera. »Aber mittlerweile scheint es Schule zu machen, eindeutig überführte Verbrecher kaum noch zu bestrafen. Der Vorsitzende Richter heute bildet da leider keine Ausnahme. Immer häufiger müssen wir erleben, dass Gewaltverbrecher von solchen

Laissez-faire-Richtern viel zu früh erneut auf die Gesellschaft losgelassen werden, wo sie nicht selten gleich wieder straffällig werden. Das kann im ungünstigsten Fall dazu führen, dass unschuldige Menschen zu Schaden kommen oder gar getötet werden. Wenn diesbezüglich nicht bald ein Umdenken stattfindet, dürfen wir uns nicht wundern, wenn Privatleute Initiativen ergreifen.«

»Moment«, sagte eine Frau aus dem Off. »Heißt das, Sie als Staatsanwalt befürworten Selbstjustiz?«

»Keineswegs. Ich sagte lediglich, wir dürfen uns nicht wundern, wenn es irgendwann dazu kommt.«

Damit war das Video zu Ende.

»Wow!«, stieß Marvin aus. »Ich könnte mir vorstellen, dass er danach Ärger bekommen hat.«

»Und ich könnte mir vorstellen, warum er jetzt stellvertretender Pressedezernent ist, der mit großer Wahrscheinlichkeit kaum noch einen Gerichtssaal von innen sieht«, fügte Max hinzu.

»Und?«, fragte Weinand. »Sehe ich das richtig, dass das für Sie interessant ist?«

»Interessant ist es auf jeden Fall«, bestätigte Max. »Wir werden uns mal mit Herrn Osterkamp darüber unterhalten.« Und an Marvin gewandt: »Ich hatte eigentlich vor, heute Morgen nach Aachen zu fahren und mit den Leuten zu reden, die in der Nachbarschaft von Lara Albrechts Freundin Anna Lohmann wohnen, aber ich denke, das muss jetzt warten.«

»Haben nicht die Aachener Kripobeamten das schon getan?«, erkundigte sich Marvin.

»Doch, das haben sie.«

»Ah, verstehe, aber du wolltest selbst hören, was die Leute dort zu sagen haben, weil du immer damit rechnest, dass du etwas entdecken kannst, was andere überhört oder übersehen haben, stimmt's?«

»Das stimmt.«

»Hm, in gewisser Weise hat das ja schon ein bisschen was von ... sagen wir ... einem gesunden Selbstvertrauen.«

»Erinnert dich diese Eigenschaft zufällig an jemanden aus deiner Familie?«

Sie grinsten beide, dann sagte Marvin: »Hast du Osterkamps Adresse oder Telefonnummer?«

»Nein, aber er wird ja wohl in seinem Büro in der Staatsanwaltschaft sein.«

»Und da möchtest du ihn aufsuchen? Soll ich uns nicht lieber seine Nummer besorgen, damit wir ihn anrufen können? Nicht dass wir hinfahren, und er ist gar nicht da.«

Max schüttelte grinsend den Kopf. »Du kannst die Frau Staatsanwältin auch später anrufen, ohne nach Osterkamps Telefonnummer zu fragen. Oder noch besser, du kannst sie sogar besuchen, wenn wir mit Osterkamp durch sind. Mir ist es jedenfalls lieber, wenn er nicht vorgewarnt ist, dass wir kommen. Vor allem, dass *du* kommst. Das Überraschungsmoment möchte ich nutzen, und ich freue mich schon auf seinen Gesichtsausdruck.«

Nur ganz kurz sah Marvin aus wie ein kleiner Junge,

der beim Klauen erwischt worden war, dann klatschte er in die Hände. »Also gut. Auf geht's.«

In diesem Moment klingelte Max' Telefon. Es war Dietmar Willms, der Redakteur der POST.

»Guten Morgen, Herr Bischoff, ich wollte mich nur kurz erkundigen, ob alles okay ist und es Herrn Dr. Wagner gut geht.«

»Ja, entschuldigen Sie bitte die Belästigung und das Durcheinander letzte Nacht. Ich hatte mir wirklich Sorgen gemacht. Und danke nochmals, dass Sie sich so spontan bereit erklärt haben, mir zu helfen.«

»Keine Ursache, wie sagt man so schön: Eine Hand wäscht die andere. Bleibt es denn bei unserem Treffen irgendwann heute Nachmittag?«

»Ich werde versuchen, es einzurichten«, versprach Max, dem es überhaupt nicht passte, dass er sich mit dem Journalisten zusammensetzen und ihm Details über den Fall erzählen sollte, da sie selbst kaum weiterkamen. Zudem musste er mit Böhmer noch genau abstimmen, inwieweit diese Zusammenarbeit mit dem Journalisten überhaupt einen Sinn ergab. Aber vielleicht würden sich ja noch Erkenntnisse ergeben, bei denen es von Vorteil war, jemanden von der POST an der Hand zu haben und die Berichterstattung über den Fall ein Stück weit steuern zu können.

»Das ist super, danke. Rufen Sie einfach an, wenn es Ihnen passt. Ich bin meistens erreichbar.«

»Das tue ich«, versprach Max und legte auf.

»Ich würde gern mitkommen«, erklärte Weinand.

»Was?«, fragte Max verwirrt, noch in Gedanken bei der POST.

»Ich würde Sie gern zu Herrn Osterkamp begleiten. Immerhin war ich es, der dieses Interview im Internet entdeckt hat.«

»Das stimmt, und ich danke Ihnen auch sehr für Ihren Einsatz, zumal Sie ja im Moment wirklich genug um die Ohren haben, aber ich befürchte, das geht nicht.«

»Warum?«

»Wo soll ich da anfangen? Weil es einfach nicht selbstverständlich ist, bei der Staatsanwaltschaft hineinzuspazieren, wenn man keinen Termin hat.«

»Und warum geht das dann bei Ihnen?«

»Ich habe gute Kontakte dort und kenne den Oberstaatsanwalt noch von meiner aktiven Zeit. Und wenn alle Stricke reißen, kann ich zur Not auch Böhmer anrufen, der als Leiter des KK11 noch mal andere Möglichkeiten hat.«

»Na, dann können Sie ja dafür sorgen, dass ich mitkommen kann.«

Max atmete einmal tief durch, dann sagte er: »Herr Weinand, ich mag Sie wirklich, und ich finde es toll, dass Sie uns bei dem Job unterstützen, für den Sie letztendlich sogar mit dem Geld Ihres Freundes bezahlen. Aber ich bitte Sie, uns auch wirklich zu helfen und uns keine zusätzlichen Steine in den Weg zu legen. Wie wir festgestellt haben, liegt zumindest eine Ihrer Stärken in der Internetrecherche. Sind Sie so nett und versuchen, etwas über den User namens *MichaelMt186* herauszufinden?

Gibt es den noch in einem anderen Forum? Falls ja, wo und wie agiert er da? Vielleicht suchen Sie mal nach extrem religiösen Plattformen, eventuell taucht er irgendwo auf. Okay?«

Ein paar Atemzüge lang sah Weinand Max an, dann grinste er und sagte: »Na wunderbar. Das war alles, was ich wollte. Eine Aufgabe. Dann bis später.«

31

Nachdem Max und Marvin das Gebäude durch die linke der beiden Glastüren betreten hatten, die mit *BESUCHER* beschriftet war, brauchte Max fünf Minuten und zwei Telefonate, dann hatten sie einen kurzfristigen Termin beim stellvertretenden Pressedezernenten Osterkamp. Beziehungsweise Max hatte den Termin. Dass Marvin ihn begleitete, wusste Osterkamp nicht, wie man deutlich an seinem Gesichtsausdruck erkennen konnte, als der Psychologe hinter Max das geräumige Büro betrat, das hell und freundlich, aber auffallend spartanisch eingerichtet war.

»Guten Morgen«, sagte er mit Blick auf Max, nachdem er sich wieder gefangen hatte. »Was verschafft mir die Ehre Ihres doch sehr kurzfristigen Besuchs, der mir gerade vom Oberstaatsanwalt persönlich angekündigt wurde?« Noch immer würdigte er Marvin keines Blickes. »Bitte, setzen Sie sich doch.« Er deutete auf den runden Tisch mit sechs Stühlen, der in der Mitte stand und den Raum beherrschte.

Als alle saßen, sagte Max: »Herr Osterkamp, wir möchten Ihre Zeit nicht unnötig lange in Anspruch nehmen, deswegen komme ich gleich zur Sache.«

»Sind Sie in die Pressestelle versetzt worden, nachdem Sie in einem Interview vor einem Jahr – vereinfacht ausgedrückt – gesagt haben, dass viele Richter unfähig sind?«, fragte Marvin, bevor Max weiterreden konnte. »Unter anderem der Richter, der den Vorsitz bei Ihrem damals aktuellen Fall hatte?«

»Was … wie kommen Sie …«

Max schätzte es zwar nicht, wenn man ihm die Gesprächsführung aus der Hand nahm, aber er musste Marvin zugestehen, dass er Osterkamp offensichtlich eiskalt erwischt hatte.

Der Staatsanwalt räusperte sich mehrmals. »Also, als Erstes wüsste ich gern, was *Sie* zu der Auffassung gebracht hat, mich hier einem Verhör unterziehen zu können.« Zum ersten Mal richtete er sich direkt an Marvin. »Zudem geht es Sie überhaupt nichts an, was ich in irgendwelchen Interviews gesagt habe.«

»Herr Staatsanwalt«, übernahm Max und sprach bewusst ruhig, »niemand möchte Sie verhören. Es ist einfach nur so, dass uns durch diese Morde im Moment alle möglichen Dinge zugespielt werden, die irgendwie mit der Thematik des zu milden Strafmaßes zu tun haben, das Richter hier und da anwenden. Und was Sie in diesem Interview gesagt haben, betrifft genau diese Thematik. Und es war zudem sehr mutig, wenn man Ihre Stellung als Staatsanwalt bedenkt.« Max stieß ein kurzes Lachen aus. »Also ich kann mich während meiner gesamten Dienstzeit an keinen einzigen Staatsanwalt erinnern, der sich so was getraut hätte.«

Osterkamp schien sich wieder beruhigt zu haben und erwiderte deutlich weniger aufgebracht: »Auch als Staatsanwalt kann ich durchaus eine andere Meinung vertreten als ein Richter. Oder als mehrere Richter. Ich verstehe ehrlich gesagt immer noch nicht, was Sie von mir wollen.«

»Sind Sie eigentlich als User auf einer Website namens *Infamia* registriert?«, schoss Marvin die nächste Frage ab, und Max registrierte, dass sie, ohne es vorher abgesprochen zu haben, als guter und als böser Cop auftraten, abgesehen davon, dass sie beide keine Polizisten waren.

»Was? Wie kommen Sie denn auf die Idee? Was ist das überhaupt für eine Internetseite?«

»Dort wird viel über genau dieses Thema diskutiert«, erklärte Max. »Da haben sich Leute zusammengefunden, die alle der Meinung sind, dass die Strafen, die manche Richterinnen und Richter verhängen, deutlich zu gering ausfallen.«

»Und? Ist diese Meinung verboten?«

»Nein!« Marvin. »Aber Name und Adresse von jemandem dort preiszugeben, nachdem man vorher Lügen über ihn verbreitet hat, das ist verboten. Wegen Verleumdung, Datenschutz und so, haben Sie sicher schon mal gehört.«

»Wollen Sie etwa behaupten, *ich* hätte Ihren Namen und Ihre Adresse dort gepostet?«, fuhr Osterkamp auf, und noch bevor Max antworten konnte, sah er das kurze triumphale Lächeln, das Marvins Lippen umspielte.

»Wer hat denn etwas von Dr. Wagner gesagt?«, fragte Max, woraufhin Osterkamps Miene versteinerte.

»Das … war doch klar. Das hat sich aus dem Kontext unseres Gesprächs ergeben. Geht es denn nicht um Sie? Dann tut es mir leid.«

»Wir haben nur über diese Website gesprochen und über Richterinnen und Richter. Herr Wagner ist weder das eine noch das andere. Es gab aus dem Kontext heraus überhaupt keinen Hinweis auf Herrn Wagner.«

»Das ist doch …« Osterkamp straffte sich. »Sagen Sie mir endlich, was Sie von mir wollen, und dann gehen Sie, ich habe viel zu tun.« Und mit Blick auf Marvin fügte er an: »*Sie* wissen ja, dass Frau Lauter heute nicht im Haus ist. Und auch, warum.«

Das Zucken in Marvins Mundwinkel war minimal, doch es sagte Max, dass er es nicht gewusst hatte. Auch Osterkamp schien diese winzige Reaktion bemerkt zu haben.

»Nein! Sie haben es nicht gewusst, nicht wahr? Sie hat Ihnen nichts davon gesagt.«

»Herr Osterkamp, ich bin verwirrt.« Marvin ging sofort in gewohnter Manier zum Gegenangriff über. »Was tut es zur Sache, ob ich weiß, dass die Staatsanwältin heute nicht hier ist?«

Osterkamp lehnte sich zurück und verschränkte die Hände über dem Bauchansatz. »Sind das nicht Dinge, über die man bei einem gemeinsamen Abendessen spricht? Wenn man sich vertraut, wohlgemerkt.«

»Ah, das Abendessen. Ja, es war ein wirklich romantischer Abend. Köstliches Essen, herrlicher Wein … geistreiche Gespräche, die« – Marvin grinste und schnalzte auf eine, wie Max fand, wirklich gemeine Art mit der Zunge – »schon mal leicht ins Frivole abgeglitten sind. Dazu diese umwerfende Frau … Sie werden verstehen, dass wir wirklich andere Dinge zu tun hatten, als über die Arbeit zu reden.«

Max konnte förmlich sehen, wie sich ein gewisser Druck in Osterkamp aufbaute. »Aber wo wir schon bei gestern Abend sind.« Marvin beugte sich ein Stück vor. »Kann es sein, dass Sie zweimal anonym bei Vanessa angerufen haben, während ich da war? Und dass Sie vor ihrem Haus standen, als ich rausgekommen bin?«

»Was? Was bilden Sie sich eigentlich ein? Glauben Sie wirklich, Sie seien so interessant, dass ich mir die Mühe mache, mich in der Kälte vor ein Haus zu stellen?«

»Ja, das glaube ich. Haben Sie oder haben Sie nicht angerufen?«

Die beiden starrten einander in die Augen, als versuchten sie, sich mit Gedanken zu duellieren, bis Osterkamp mit einem bitteren Lächeln Marvins Blick auswich und aufstand. »Ja, so eingebildet sind Sie wahrscheinlich wirklich.« Mit zwei Schritten trat er vor eines der drei großen Fenster des Büros, steckte die Hände in die Taschen der grauen Anzughose und blickte nach draußen. »Sie glauben, Vanessa Lauter zu kennen, wissen jedoch gar nichts von ihr. Ja, Sie haben einen Abend mit ihr verbracht, na und? Dabei haben Sie nichts von der wirklichen Vanessa kennengelernt. Gar nichts! Ich weiß alles von ihr. Sie benutzt Sie nur. Wenn sie alles in Erfahrung gebracht hat, was sie von Ihnen zu hören hofft, lässt sie Sie fallen wie eine heiße Kartoffel. Es gibt eine dunkle Seite von ihr. Wenn Sie wüssten, was sie ...« Er verstummte.

»Was?«, hakte Max nach, woraufhin Osterkamp sich ihm zuwandte und sagte: »Das Gespräch ist zu Ende. Ich habe zu tun.«

Max wusste, weiteres Nachfragen würde nichts bringen. Er hatte den Eindruck, dass Osterkamp schon deutlich mehr ausgeplaudert hatte, als er wollte, und dass ihm das gerade selbst bewusst geworden war.

Max stand auf und nickte Marvin zu. »Gehen wir.« Und an den Staatsanwalt gerichtet: »Vielen Dank, dass Sie sich die Zeit genommen haben für dieses aufschlussreiche Gespräch.«

Osterkamp sah ihnen wortlos dabei zu, wie sie das Büro verließen.

»Das war ein gewagtes Spiel«, sagte Max, als sie das Gebäude kurz darauf verließen.

»Warum? Ich habe ihn doch nur ein bisschen gekitzelt, und es hat funktioniert.«

»Trotzdem ... Osterkamp ist Staatsanwalt. Da kann man nicht einfach so drauflospoltern. Das kann nach hinten losgehen.«

Marvin blieb stehen und sah Max skeptisch an. »Mein Freund, bist du erzürnt?«

Max schüttelte den Kopf. »Nein, das bin ich nicht. Aber es gibt nun mal Dinge, die du nicht wissen kannst, weil du nie in diesem Behördenhamsterrad gesteckt hast. Diese Dinge sind aber trotzdem wichtig.«

»Das verstehe ich. Dann mal los.«

»Was?«

»Na, erklär es mir.«

Max schloss das Auto per Fernbedienung auf und bedeutete Marvin mit einer Kopfbewegung einzusteigen.

Als sie saßen, wandte er sich Marvin zu. »Was passieren könnte, wenn wir einen Staatsanwalt düpieren, ist Folgendes: Er wendet sich an den Oberstaatsanwalt und beschwert sich darüber, dass er sich von uns verbal angegriffen und falschen Beschuldigungen ausgesetzt fühlt. Was macht der Oberstaatsanwalt? Ruft er mich an, um mit mir darüber zu reden? Nein! Er ruft den Leiter des KK11 an, der zufällig mein Ex-Partner ist, und fragt ihn, was der Mist soll. Und dann sagt er ihm, er möchte uns nicht mehr in der Staatsanwaltschaft sehen und zudem möchte er nicht, dass wir weitere Informationen von der Polizei bekommen, die vielleicht wieder dazu führen könnten, dass wir einem Staatsanwalt gegenüber ausfallend werden. Horst ruft mich dann an und erklärt unsere Zusammenarbeit aufgrund von Zwängen von oben für beendet, die ich aber letztendlich selbst zu verantworten habe, weil wir uns dämlich verhalten haben.

Dann gucken wir in die Röhre, und das nicht nur bei diesem Fall, sondern auch bei zukünftigen Aufträgen.«

Marvin hatte geduldig zugehört und gewartet, bis Max fertig war, dann sagte er: »Danke für das anschauliche Beispiel. Das leuchtet mir ein. Aber Osterkamp wird sich nicht beschweren, weil er weiß, dass dann Dinge zur Sprache kommen, über die er nicht reden möchte. Also ist alles gut.«

Max schnaufte. »Unabhängig davon …« Er winkte ab. »Ach, scheiß drauf.« Er startete den Motor und fuhr los.

»Wir können also mit ziemlicher Sicherheit davon ausgehen, dass Herr Osterkamp auf *Infamia* unterwegs ist«, resümierte Marvin so übergangslos, als hätte das Gespräch zuvor nicht stattgefunden. »Fragt sich nur, unter welchem Namen. Ich möchte ja wetten, dass er es war, der diesen angeblichen *Fall* über mich dort eingestellt hat.«

»Ja, vielleicht, aber mich würde auch interessieren, was er damit meinte, als er über Staatsanwältin Lauter sagte, sie benutze dich nur, und wenn sie alles erfahren hätte, was sie wissen will, ließe sie dich fallen wie eine heiße Kartoffel. Und dann die Sache mit ihrer angeblich *dunklen Seite* …«

»Ich glaube, er wollte damit genau das bezwecken, was er zumindest bei dir ja offensichtlich auch erreicht hat: dass wir darüber nachdenken und dass ich anfange, an ihr zu zweifeln.«

»Das wäre aber doch ziemlich kindisch von ihm.«

»Na gut, lieber Max, dann lass mich mal die Worte aufgreifen, die ein sehr guter Freund mir gesagt hat: *Es gibt nun mal Dinge, die du nicht wissen kannst.* Und mir scheint, die Niedertracht von eifersüchtigen Menschen gehört bei dir zu diesen Dingen.«

Max zuckte mit den Schultern. »Ich schließe mich an und wiederhole ebenfalls etwas, das mir ein sehr guter Freund gesagt hat.«

»Was denn?«

»Na, erklär es mir.«

»Nehmen wir mal an, ich greife auf, was Osterkamp gesagt hat, und spreche Vanessa heute Abend darauf an, dann heißt das doch für sie, ich ziehe in Betracht, dass er recht hat und sie mich wirklich nur benutzt. Und eine dunkle Seite hat.«

»Na und? Ihr kennt euch doch erst seit kurzem, da kannst du noch nicht viel von ihr wissen, und es ist legitim, nachzufragen.«

Marvin atmete schnaubend aus und verdrehte die Augen. »Du bist in Bezug auf die Feinheiten beim Werben um eine Frau recht naiv. *Vertrauensvorschuss* ist das Zauberwort, lieber Max. Sie hat ein Recht darauf, dass ich erst mal nur das Beste von ihr annehme.«

»Na, ich weiß ja nicht. Du bist sehr redegewandt, mein Lieber, und mit dir die rhetorischen Klingen zu kreuzen ist immer ein gefährliches Spiel, wie ich gerade wieder erleben durfte. Aber ich denke, in diesem Fall sorgt der Flügelschlag der Schmetterlinge in deinem Bauch und deinem Kopf dafür, dass der Blick auf Staatsanwältin Lauter vielleicht ein bisschen von farbenfrohem Staub getrübt ist.«

Als eine Pause entstand, warf er Marvin einen schnellen Seitenblick zu und grinste. »Nun gib es schon zu, das war ziemlich Marvin-like.«

»Das stimmt, deshalb gebe ich mich auch geschlagen und rufe Vanessa an.«

»Wirst du sie darauf ansprechen, was Osterkamp gesagt hat?«

»Nein.«

Kurz darauf hatte Marvin sein Telefon am Ohr und wartete ein paar Sekunden, bevor er sagte: »Hallo, liebe Vanessa. Hier spricht Marvin. Ich wollte mich noch einmal für den wundervollen Abend gestern bedanken und nachhören, ob alles in Ordnung ist. Dein Stellvertreter erwähnte, dass du heute nicht im Büro bist. Sei doch bitte so lieb und ruf mich zurück, wenn du Zeit und Lust hast. Ciao.«

Er ließ das Telefon sinken. »Anrufbeantworter. Vielleicht ist sie nicht zu Hause, sondern hat etwas zu erledigen und deswegen heute frei.«

»Du wirst es sicher bald erfahren.«

Es dauerte keine fünf Minuten, bis Marvins Handy klingelte. Schon vor dem zweiten Läuten hatte er es am Ohr.

»Hallo, Vanessa! Danke für deinen Rückruf. Ich hoffe, ich habe dich nicht … ach … ja, sicher … nein, kein Problem, das verstehe ich … ja, so machen wir es … klar, bis dann. Gute Besserung.«

Marvin nahm das Gerät vom Ohr und blickte nachdenklich nach vorn.

»Nun sag schon, was ist?«, forderte Max ihn nach einer Weile auf.

»Sie fühlt sich nicht wohl und ist deshalb heute zu Hause geblieben.«

»Das soll auch bei Staatsanwälten vorkommen. Allerdings stellt sich mir eine Frage in Bezug auf das, was Osterkamp gesagt hat: Wenn es ihr gestern Abend noch gut ging, wie hätte sie dir dann da schon sagen können, dass sie sich heute schlecht fühlen und zu Hause bleiben würde?«

32

»Das hätte sie mir gar nicht sagen können, weil sie es da noch nicht wissen konnte«, erklärte Marvin. »Sie war putzmunter. Ich bin sicher, das hat Osterkamp erfunden, um mich zu verunsichern.«

»Das kann natürlich sein. Aber wenn ich deine Tonlage richtig deute, ist da noch etwas, oder?«

»Sie klang so völlig anders als gestern Abend.«

»Na ja, wenn es ihr nicht gut geht …«

»Nein, das war irgendwie seltsam.«

»Inwiefern?«

»So … abweisend. Als sei ihr das Gespräch mit mir lästig oder unangenehm.«

»Hm … Denkst du darüber nach, ob Osterkamp vielleicht doch recht hatte, was sie und dich betrifft?«, fragte Max nach einer Weile des Schweigens, als er vor einer roten Ampel anhalten musste.

»Das würde im Umkehrschluss nicht nur bedeuten, dass ich unrecht hatte, sondern auch, dass mich meine Menschenkenntnis vollkommen im Stich gelassen hätte. Das kann und will ich nicht glauben.«

»Okay, dann lass uns jetzt wieder zu unserem Fall zurückkehren. Wir dürfen nicht vergessen, dass eine junge

Frau in diesem Moment irgendwo von jemandem fest-
gehalten und wahrscheinlich auch gequält wird, der den
Befehl dazu angeblich von Gott hat.«

Als sie im Büro ankamen, erwartete Kai Weinand sie
bereits. »Und, waren Sie erfolgreich?«, fragte er, als Max
und Marvin den Raum betraten.

»Das wissen wir noch nicht«, antwortete Marvin und
steuerte auf seinen Schreibtisch zu.

»Könnte sein, dass ich noch mal auf etwas Interessantes gestoßen bin.« Weinand kam direkt zum Thema.

Max blieb neben ihm stehen. »Aha, und auf was genau?«

»Ich habe sowohl im Internet als auch im Darknet –
zumindest, soweit das möglich ist – nach *MichaelMt186*
gesucht. Im Darknet habe ich dazu spezielle Suchmaschi-
nen verwendet, die für .onion-Websites optimiert sind
und …«

»Komm bitte zur Sache, Kai«, unterbrach Max ihn und
registrierte im Nachhinein, dass er Weinand mit Vornamen angesprochen hatte. Angenehm überrascht antwortete Weinand: »Klar, Max, ich fasse mich kurz. Keine Ergebnisse, also habe ich die Zahl weggelassen, und siehe
da – es existiert ein Forum einer Klaustrophobie-Selbsthilfegruppe, sogar im regulären Netz, in dem es einen
User gibt oder gab, der *MichaelMt520* heißt. Und im
Netz findet man unter Matthäus 5,20 etwas Interessantes.
Er nahm ein Blatt Papier von seinem Schreibtisch, auf
dem drei gedruckte Zeilen standen, und las vor: »Denn
ich sage euch: Wenn eure Gerechtigkeit nicht besser ist

als die der Schriftgelehrten und Pharisäer, so werdet ihr nicht in das Reich der Himmel kommen.«

»Das klingt tatsächlich ganz nach dem Kerl, den wir suchen. Allerdings frage ich mich, was er mit diesem Usernamen bei einer Klaustrophobie-Selbsthilfegruppe zu suchen hat.«

»Das ist alles schon eine Weile her. Der letzte Eintrag von ihm, den ich dort finden konnte, ist acht Jahre alt. Seine Posts in dem Forum, sind – sagen wir mal – seltsam. Am Anfang ging's noch, aber seine letzten Kommentare ... Puh!«

»Zeigen Sie mal her!«, forderte Marvin Weinand auf und erhob sich von seinem Platz.

Mit wenigen Klicks hatte Weinand die Seite, die in verschiedenen Beigetönen und schwarzer Schrift gehalten war, und einen Post geöffnet, der im linken Bereich den schwarzen Scherenschnitt eines männlichen Profils zeigte. Der Name *MichaelMt520* darunter war durchgestrichen, daneben stand, deutlich kleiner geschrieben: *gesperrt.*

Max richtete den Blick auf den Text und las, ebenso wie Marvin neben ihm.

Die Überschrift lautete: *Mein Einstand.*

Hallo zusammen,
da es hier üblich ist, zum Einstand etwas von sich zu erzählen, tue ich das auch. Ich erzähle, was es war, das die Klaustrophobie in mir ausgelöst hat.
Es war unter Tage. Wir bewegten uns an der Seite des

Streb-Randbereichs, die Luft war schwer und drückend. Helmut, mein Kumpel, war ein paar Schritte voraus. Er lachte unbeschwert. Plötzlich durchbrach ein grollender Donner die Stille – ein Geräusch von unvorstellbarer Wucht. Strebbruch! Die Welt verwandelte sich in einen düsteren Albtraum aus herabstürzenden Steinen, aufwirbelndem Staub und einem ohrenbetäubenden Dröhnen, das alles andere übertönte. Schreie durchdrangen das Chaos.

Ich riss instinktiv die Arme hoch und legte sie schützend um meinen Kopf. Ein schwerer Brocken traf mich an der Schulter, und ich wurde zu Boden geschleudert. Mein Körper krümmte sich zusammen wie der eines ungeborenen Kindes. Ich rang nach Luft und kämpfte gegen die aufsteigende Panik an.

Ich wartete – darauf, dass der Albtraum endete und ich noch lebte.

Es schien eine gefühlte Ewigkeit zu dauern, bis der Berg sich endlich beruhigte. Langsam ließ ich meine Arme sinken und versuchte, die Augen zu öffnen. Doch gleich darauf kniff ich sie wieder zusammen. Der Staub hatte wie ein grauer Schleier alles bedeckt, nur unterbrochen vom schwachen Schein einer einzelnen Grubenlampe, die zwei Meter neben mir flackerte. Ein Hustenanfall schüttelte mich durch, mein Körper zog sich zusammen, während ich keuchte und hustete. Der Magen verkrampfte sich, und ich konnte nicht anders, als mich auf die Gesteinsbrocken zu übergeben.

Das Atmen fiel mir schwer. Ich öffnete erneut die Augen und schaute mich um. Der Staub hatte sich ein wenig gelegt, doch das Bild vor mir war erschütternd: Eine blutige, verkrümmte Hand ragte aus dem Geröll – ein stummer Schrei nach Hilfe zwischen den Trümmern. Etwas weiter lag ein zerplatzter Helm neben einem Kumpel, dessen Gesicht ich nicht mehr erkennen konnte.

Drei Tage und Nächte hat es gedauert, bis sie mich rausgeholt haben. Nach ein paar Stunden schon war die Lampe ausgegangen, und ich verbrachte die ganze Zeit in völliger Dunkelheit. Seitdem ertrage ich keine engen Räume mehr.

»Ein furchtbares Erlebnis, wenn es wahr ist«, kommentierte Marvin.

»Das liest sich doch recht vernünftig«, sagte Max. »Zumindest gemessen an dem, was der Kerl heute so von sich gibt. Und immer vorausgesetzt, es handelt sich überhaupt um den gleichen Typen.«

»Ja, das war sein erster Post«, erklärte Weinand. »Danach hat er hier und da mal etwas kommentiert, was andere geschrieben haben, aber selbst nichts mehr gepostet. Die meisten seiner Kommentare waren auch okay, nur manchmal hat man beim Lesen das Gefühl, da war er richtig scheiße drauf. Und dann kam dieser letzte Post und die Kommentare dazu. Schätze mal, danach ist er gesperrt worden.«

Zwei Klicks von Weinand, und der besagte Post war geöffnet. »Bitte schön. Viel Spaß beim Lesen.«

Die Überschrift lautete diesmal: *Mein Grab!*

Alles war zusammengebrochen. Nur ein winziges Loch blieb mir, zu klein, um durchzuschlüpfen. Drei Tage und endlose Nächte verbrachte ich in diesem Erdloch, gefangen in der

Umarmung der Dunkelheit. Am ersten Tag schrie ich mir die Seele aus dem Leib, bis meine wunde Kehle nur noch heiseres Krächzen von sich gab. Tränen der Verzweiflung flossen aus meinen Augen, begleitet von schlotternder, erbärmlicher Angst. Noch heute sind meine Fingerkuppen taub, gezeichnet von den verzweifelten Versuchen, einen Ausgang freizukratzen.

Dann kam die Nacht und mit ihr die Kälte – eine eisige Umarmung, durchdrungen von unheimlichen Geräuschen. In der hintersten Ecke drückte ich mich gegen das feuchte braune Erdreich und zitterte vor Furcht und Kälte.

Doch irgendwann, nach einer scheinbar endlosen Zeit des Wartens, offenbarte sich mir die Welt in ihrer wahren Gestalt. Vielleicht war es das Resultat dieser außergewöhnlichen Situation, aber meine Wahrnehmung steigerte sich auf eine Weise, die nur wenigen Menschen vergönnt ist. Und eine Stimme sprach zu mir mit solcher Klarheit, dass ich plötzlich von Glücksgefühlen durchströmt wurde, und ich erkannte das Göttliche in seiner ganzen Vollkommenheit. Diese Erkenntnis ließ mich zur Ruhe kommen – nichts konnte mir mehr geschehen. Ich hörte Gottes Stimme, die mir von der Ungerechtigkeit in der Welt erzählte und davon, dass ich erwählt war, Recht über die Menschen zu bringen.

So saß ich still da, wartend und unberührt. Und die Stimme sagte immer wieder: »Du bist auserwählt!« Ich verstand, was die Stimme sagte, und es drang tief in mein Wesen ein.

Seit diesem Moment erlebe ich die Welt so, wie sie wirklich ist – voller Ungerechtigkeit und Ignoranz! Beides muss bestraft werden.

Zunächst wollte ich euch aufklären und euch warnen vor den Gefahren dieser Ungerechtigkeit um uns herum. Doch nun erkenne ich: Es ist nicht meine Aufgabe zu lehren; vielmehr ist es eure Pflicht, zu hören und zu verstehen.

»Scheiße!«, entfuhr es Max. »Der hatte ja damals schon einen gehörigen Schaden. Vor allem passt diese zweite Version in einigen Punkten überhaupt nicht zur ersten. Er schreibt zum Beispiel hier davon, dass die Nacht kam. In einem eingestürzten Bergwerk merkt man davon wohl kaum etwas.«

»Lies mal weiter«, forderte Weinand ihn auf, und Max richtete den Blick wieder auf den Monitor.

Die erste Antwort kam von einer Userin namens *Nofretete*.

Lieber Michael,
wir alle hier haben unsere Päckchen zu tragen, die einen kleinere, die anderen recht große. Manche von uns haben wie du traumatische Erlebnisse gehabt, die zur Klaustrophobie geführt haben. Dein Päckchen scheint wirklich gigantisch zu sein, und mir scheint, dass du noch mit ganz anderen Dämonen zu kämpfen hast als nur mit der Angst in engen Räumen. Ich rate dir ganz dringend, dich in Therapie zu begeben. Vielleicht solltest du sogar in Betracht ziehen, dich selbst in eine psychiatrische Klinik einzuweisen, damit dir geholfen werden kann. Hab Vertrauen, du schaffst das.
Nof!

Die Antwort darunter kam wieder von Michael.

Nofretete!
Ich danke dir für deinen guten Rat. Ich werde ihn vielleicht beherzigen, nachdem ich dich deiner gerechten Strafe zugeführt habe für deinen Hochmut. Dein übermäßiges Selbstwertgefühl und dein Glaube, besser zu sein als andere, sind eine Todsünde, und wenn Gott mir aufträgt, dich hart dafür zu bestrafen, werde ich das ohne Zögern tun.

Gleich darunter stand ein Post des Administrators, der nur wenige Minuten nach dem von Michael gepostet worden war.

Ihr Lieben!
Ich habe diesen Thread für weitere Antworten gesperrt, denn das ist nicht die Art, wie wir hier miteinander umgehen. Ebenso gesperrt habe ich MichaelMt520, *weil ich wie Nof der Meinung bin, dass er dringend psychologische Hilfe braucht. Ich habe ihn angeschrieben und ihm die Sperrung mitgeteilt.*

Und es folgte noch ein Post, der laut Zeitangabe sechs Stunden später wiederum vom Administrator verfasst worden war.

Ich möchte euch nicht vorenthalten, was MichaelMt520 *mir soeben geantwortet hat:*
Lieber Admin,
ich kann mir überhaupt nicht erklären, was mich geritten hat,

einen solchen Text zu schreiben. Ich weiß, er stammt von mir,
aber ich weiß nicht mehr, warum ich ihn geschrieben habe. Ich
kann es nicht mehr rückgängig machen, und ehrlich gesagt
möchte ich das auch nicht, denn ich habe diese Worte geschrie-
ben und muss dazu stehen. Dennoch tut es mir leid. Richte das
bitte auch den anderen aus. Besonders Nofretete.
Michael

MichaelMt520 *bleibt natürlich gesperrt.*

»Wow!«, stieß Marvin aus. »Das ist ja fast ein Beispiel für
ein psychologisches Lehrbuch zum Thema *rezidivierende
Schizophrenie.*«

»Rezi-was?«, fragte Weinand, während Max mit dem
Begriff durchaus etwas anfangen konnte.

»Rezidivierende Schizophrenie bezieht sich auf eine
Form, bei der die Symptome in Episoden auftreten. Das
bedeutet, dass die betroffene Person Phasen hat, Schübe,
in denen sie akute psychotische Symptome wie Halluzinationen, Wahnvorstellungen oder auch das Hören von
Stimmen erlebt, gefolgt von Phasen der Stabilität, in
denen die Symptome abklingen oder sogar vollkommen
verschwunden sind.« Marvin deutete auf den Monitor.
»So wie bei ihm.«

»Ist ja irre!«, entfuhr es Weinand, woraufhin Marvin
nickte und sagte: »Im wahrsten Wortsinn.«

»Hilf mir mal.« Max wandte sich an seinen Partner.
»Ich weiß zwar, was es bedeutet, aber die effektiven Aus-
wirkungen kenne ich nicht. Kann man sagen, jemand, der

unter dieser rezidivierenden Schizophrenie leidet, kann sich, wenn er gerade keinen Schub hat, ganz normal mit mir unterhalten, und ich merke nichts davon?«

»Das ist so extrem eher selten, aber durchaus möglich.«

»Das macht es nicht gerade einfacher«, kommentierte Weinand.

»Aber wir wissen jetzt etwas über Michael.« Max deutete auf den Monitor. »Wenn seine erste Version stimmt, und ich gehe davon aus, dass sie stimmt, weil er offenbar bei klarem Verstand war, als er sie geschrieben hat, dann war er bei einem Unglück mit Verschütteten dabei.«

»Ich fürchte, das war er nicht«, entgegnete Weinand.

Max sah ihn fragend an. »Klär uns auf.«

»Ich wollte wissen, ob er unter anderem Namen seine Geschichte sonst noch irgendwo gepostet hat, und ich wurde fündig. In einem Forum für Kurzgeschichten. Dort gibt es einen Text über jemanden, der bei einem Grubenunglück seinen Kumpel mit einem Stein erschlagen hat, weil der ihm Jahre zuvor die Frau ausgespannt und sie geheiratet hat.

Der Text, den Michael in diesem Forum gepostet hat, ist eins zu eins aus dieser Kurzgeschichte kopiert.«

»So ein Mist! Was ist mit dem Autor?«

»Eine Autorin, keine bekannten Veröffentlichungen außer ein paar Kurzgeschichten im Internet. Ich habe sie angeschrieben, aber noch keine Antwort erhalten.«

»Mir scheint, wir haben hier einen Supermann in Sachen Recherche«, bemerkte Marvin. »Wir sind echte Glückspilze.«

Max bedachte Weinand mit einem wohlwollenden Blick. »Ich gebe dir recht, lieber Marvin, was Kai betrifft, aber in Sachen Glück könnten wir noch eine Schippe mehr gebrauchen. Wir treten auf der Stelle.«

33

Max ließ sich von Weinand per Mail den Link zu der Hobbyautoren-Seite schicken, auf der er die Kurzgeschichte entdeckt hatte, aus der Michaels angeblicher Bericht über den Einsturz des Stollens stammte.

Die Autorin nannte sich Belinda Waltz und hatte außer dieser Kurzgeschichte noch einige andere Texte verfasst, die sich allesamt mit dem Sterben und dem Tod beschäftigten. Es waren düstere Storys, teils etwas zu schwülstig, aber grundsätzlich flüssig zu lesen und handwerklich gut gemacht.

Es gab unter den meisten ihrer kleinen Geschichten einige Kommentare von anderen Mitgliedern des Forums, die überwiegend sehr positiv und voll des Lobes waren. Belinda Waltz hatte jedoch auf keinen einzigen dieser Kommentare in irgendeiner Form reagiert.

Erneut suchte Max in dem Forum nach dem Namen der Autorin und klickte in der angezeigten Liste eine weitere Kurzgeschichte von ihr an, die er noch nicht gelesen hatte. Sie handelte von einer Frau, die die drei Männer, die sie als Jugendliche vergewaltigt hatten, zwanzig Jahre nach der Tat aufspürt und einen nach dem anderen hinrichtet. Als er etwa im letzten Drittel des Textes angekommen war, stockte er und murmelte: »Das ist ja seltsam.«

»Was ist seltsam?«, wollte Marvin wissen und sah ihn an, doch Max schüttelte nur den Kopf und las den letzten Abschnitt erneut, in dem die Protagonistin dem zweiten der Vergewaltiger in einer verlassenen Ruine eine Pistole zwischen die Beine hielt und zu ihm sagte: *Leid ist unvermeidlich in einer Welt voller Sünde. Wenn ich nicht handle, wird sich nichts ändern!*

Max wusste, er hatte diese oder sehr ähnliche Sätze erst kurz zuvor gelesen, und er ahnte auch, wo das gewesen war.

»Wenn du von seltsam sprichst, muss es sich um etwas Wichtiges handeln, das du entdeckt hast«, mutmaßte Marvin und kam um den Schreibtisch herum.

Max hob kurz die Hand und raunte: »Warte.«

Mit fliegenden Fingern wechselte er zum TOR-Browser, navigierte zu *Infamia* und meldete sich als User *Pekro* an.

Dann öffnete er sein User-Postfach und hatte kurz darauf gefunden, wonach er suchte. In einer der Nachrichten, die er in der vergangenen Nacht von *MichaelMt186* erhalten hatte, hieß es: *Leid ist unvermeidlich in einer Welt voller Sünde. Wenn ich nicht handle, wird sich nichts ändern! Ich spiele nicht Gott, ich befolge seine Befehle …*

Max schlug mit der Hand auf die Schreibtischplatte. Der Knall schreckte Weinand hoch. »Das ist ja ein Ding …«

Marvin las die Nachricht von *MichaelMt186* und zuckte

mit den Schultern. »Na ja, das ist ziemlich durchgeknallter Bibelsprühnebel aus dem Weihwasserhydranten, aber bei dem Typen doch nicht überraschend, oder?«

»Für sich allein betrachtet vielleicht nicht«, erklärte Max und wechselte zu seinem Standardbrowser, wo noch immer die Kurzgeschichte geöffnet war. Dann deutete er mit dem Zeigefinger auf die entsprechende Stelle, woraufhin Marvin sich noch etwas weiter nach vorn beugte und laut las:

»Leid ist unvermeidlich in einer Welt voller Sünde. Wenn ich nicht handle, wird sich nichts ändern!«

Verblüfft sah er Max an. »Da brat mir doch einer … das sind ja Wort für Wort die gleichen Sätze.«

»Genau. Nur dass er sie, anders als bei seinem seltsamen Bericht für die Klaustrophobie-Selbsthilfegruppe, nicht aus der Kurzgeschichte herauskopiert haben kann, weil diese Sätze Teil unserer schriftlichen Unterhaltung sind.« Max' Blick wanderte von Marvin zu Weinand und wieder zurück. »Das heißt, es gibt zwei Möglichkeiten: Entweder liebt Michael die Formulierungen von Belinda Waltz so sehr, dass er sich ein ganzes Repertoire an Sätzen und Textfragmenten herauskopiert hat und diese bei allen sich bietenden Gelegenheiten einsetzt, oder aber wir sollten in Betracht ziehen, dass sich hinter dem Pseudonym Belinda Waltz ein Mann verbirgt, und zwar *MichaelMt186.*«

Ohne Zögern fügte Marvin hinzu: »Oder umgekehrt.«

»Wie?« Auch Weinand war mittlerweile aufgestanden und hatte den kurzen Textausschnitt gelesen. Nun lehnte er sich gegen die Schreibtischkante. »Sie glauben, *MichaelMt186* könnte eine Frau sein?« Die einem Jungen die Kehle durchschneidet und – für mich noch unvorstellbarer – einer anderen Frau antut, was Richterin Markgraf angetan worden ist?«

Marvin zuckte mit den Schultern. »Ich weiß, das klingt erst einmal ziemlich unwahrscheinlich, aber völlig unmöglich ist es nicht. Wenn ich mir anschaue, was dieser Michael in den Foren und den Nachrichten an Max so alles von sich gibt, bin ich mir ziemlich sicher, dass wir es hier mit einer zeitweise zutiefst gestörten Person zu tun haben, die an rezidivierender Schizophrenie leidet, vielleicht tatsächlich ausgelöst durch ein traumatisches Erlebnis. Während einer akuten Phase kann es also zu unberechenbarem und völlig untypischem Verhalten kommen, das für andere schwer bis gar nicht nachvollziehbar ist.«

»Aber eine Frau …« Weinand blickte nachdenklich auf den Monitor.

»Da gäbe es noch eine andere Möglichkeit, die ich zwar für weniger wahrscheinlich halte, die aber ebenfalls nicht ausgeschlossen ist«, erklärte Marvin weiter. »Eine DIS.«

»Eine was?«

»DIS steht für *Dissoziative Identitätsstörung*, die man früher auch multiple Persönlichkeitsstörung nannte.«

»Ah, okay, ich verstehe.«

»Wenn ich mich recht erinnere, können die verschiedenen Personen, die bei dieser Krankheit in einem Körper wohnen, beiderlei Geschlecht haben«, sinnierte Max laut, während Marvin zu seinem Platz zurückging. »Das würde dann bedeuten, diese Autorin, Belinda Waltz, wäre kein Pseudonym von Michael, sondern eine eigenständige Persönlichkeit. Eine Frau, die im gleichen Körper wohnt wie Michael.«

»Und sich diesen Körper vielleicht mit noch weiteren Personen teilt«, fügte Marvin hinzu.

»Wow! Wenn man sich das vorstellt …« Weinand rieb sich mit der Hand über den Unterarm. »Da bekommt man ja eine Gänsehaut.«

»Okay«, sagte Max. »Das heißt für uns, wir werden uns jetzt im Internet auf die Suche nach Textfragmenten machen, die Michael mir in den Nachrichten geschrieben hat. Außerdem sehen wir nach, ob wir noch weitere Informationen oder Texte über Belinda Waltz finden.«

»Bin schon dran«, erklärte Weinand und ließ sich auf seinen Schreibtischstuhl fallen.

Die folgende Stunde verbrachten sie mehr oder weniger schweigend vor ihren Computern. Zwischendurch telefonierte Max erst kurz mit Jana, deren Mutter es noch immer nicht besser ging, anschließend rief er Böhmer an und setzte ihn von seiner Entdeckung zu *MichaelMt186* und der Autorin Belinda Waltz in Kenntnis.

»Und? Denkst du, das ist ein und dieselbe Person?«

»Die Wahrscheinlichkeit ist recht hoch, findest du nicht?«

»Vielleicht hat dieser religiöse Klappspaten aber auch

einzelne Sätze von der Autorin kopiert und fügt die in Unterhaltungen ein, weil er sie so gottergeben eloquent findet?«

»Daran habe ich auch schon gedacht. Jedenfalls versuchen wir, mehr über beide herauszufinden, um zu prüfen, ob es noch weitere Schnittmengen gibt.«

»Okay, tut das. Ich hatte eben übrigens einen Anruf von KHK a. D. Karl Weiß. Er wollte wissen, warum ich mir das Leben so schwer mache und versuche, Informationen über ihn von ehemaligen Kölner Kollegen zu bekommen, wo es doch viel einfacher wäre, ihn direkt anzurufen.«

»Hoppla!«

»Alles gut. Er sagte, er hätte früher wohl ähnlich reagiert, aber wenn ich – oder du – noch Fragen zu ihm hätte, stünde er jederzeit zur Verfügung. Ich denke, der ist ganz in Ordnung.«

»Ich werde ihn nachher mal anrufen. Vielleicht kann er uns ja tatsächlich helfen.«

»Das wäre nicht schlecht, denn wir können wirklich jede Hilfe brauchen.«

»Zumal die Zeit gegen Lara Albrecht läuft, wenn ich recht behalte.«

»Ich hoffe, dass du recht hast und sie noch lebt, auch wenn ich mir nicht ausmalen möchte, was dieser Irre mit ihr anstellt. Also, bleiben wir dran. Bis bald.«

»Ja, bis bald.«

Max legte auf und wollte sich wieder seinem Computer zuwenden, als Marvin ausstieß: »Was zum Teufel ...«, und mit halb zusammengekniffenen Augen auf seinen Monitor starrte.

»Was ist los?«

»Ich habe gerade eine Mail an meine neue Firmen-Mailadresse bekommen. Und zwar von *admin@infamia.onion.*«

»Das ist ja seltsam.« Nun war es Max, der seinen Platz verließ und hinter Marvin trat.

»Das ist eine Alias-Adresse. Die Website selbst hat ja nicht die Adresse infamia.onion, sondern diese lange, scheinbar sinnlose Folge aus Buchstaben und Zahlen. Also muss die Mail nicht zwingend wirklich von der *Infamia*-Seite gesendet worden sein. Die kann von jedem kommen, der sich im Darknet ein wenig auskennt.«

»Das werden wir vielleicht erfahren, wenn ich sie geöffnet habe.« Damit klickte Marvin die Nachricht an, noch bevor Max Bedenken äußern konnte.

Herr Dr. Wagner,

ich schreibe Ihnen, weil ich besorgt bin und es wichtig ist, Sie über etwas zu informieren. Es geht um eine Frau, die Sie möglicherweise näher kennenlernen möchten – Vanessa Lauter.

Auf den ersten Blick mag sie wie eine respektable Staatsanwältin erscheinen, die sich für Gerechtigkeit und Recht einsetzt. Doch hinter dieser Fassade verbirgt sich eine dunkle Wahrheit, die Sie unbedingt wissen sollten. Ich habe Informationen erhalten, die darauf hindeuten, dass sie ein Doppelleben führt und gefährlich ist.

Ich bin Betreiber einer Website im Darknet, von der auch Sie mittlerweile sicher gehört haben. INFAMIA. Die Inhalte auf dieser Seite mögen Ihnen vielleicht moralisch verwerflich erscheinen, doch ist diese Plattform für mich ein Weg, unfähige Richterinnen und Richter öffentlich vorzuführen und sie so vielleicht zum Umdenken zu bewegen. Zu keinem Zeitpunkt wollte ich, dass jemand getötet wird. Ich möchte Sie daher eindringlich warnen: Lassen Sie sich nicht vom Charme oder der vordergründigen Professionalität von Frau Lauter täuschen. Sie wird versuchen, Sie auszunutzen, um Informationen von Ihnen zum Stand der Ermittlungen zu erhalten. Eine Affäre mit ihr könnte nicht nur gefährlich sein, sondern auch schwerwiegende Konsequenzen für Ihr Leben und das der Menschen in Ihrem Umfeld haben. Dies gilt auch für Max Bischoff.

Halten Sie Abstand zu ihr. Lassen Sie sich nicht von ihrer äußeren Erscheinung blenden. Ich weiß, dass dies eine schwerwiegende Anschuldigung ist, und ich kann Ihnen versichern, dass ich diese Informationen nicht leichtfertig teile. Warum ich damit nicht zur Polizei gehe? Weil ich keine Beweise habe.

Mein Ziel ist es lediglich, Sie vor potenziellen Gefahren zu schützen.

Mit besten Grüßen,
der Administrator von INFAMIA

Marvin lehnte sich zurück und sah zu Max hoch, der gerade den letzten Satz gelesen hatte und sich durch die Haare fuhr. »Puh! Das ist starker Tobak.«

»Denkst du, die Mail kommt tatsächlich von der Website?«

»Das weiß ich nicht. Wie gesagt – im Darknet kann

jeder diese Adresse als Absender nutzen. Aber der Admin dieser Seite hat sicher Zugriff auf alle Bereiche, auch auf die privaten Nachrichten, die dort geschrieben werden. Er könnte also auch mitbekommen, wenn die User sich über den möglichen Täter – oder die Täterin – austauschen. Er schreibt ja, er hat Informationen erhalten, aber keine Beweise.«

»Moment!« Marvin schob seinen Stuhl so ruckartig zurück, dass Max zur Seite springen musste, und stand dann mit Schwung auf. »Du willst mir doch nicht ernsthaft erzählen, dass du in Betracht ziehst, Vanessa könnte etwas mit diesen Morden zu tun haben? Sie ist Staatsanwältin! Eine Frau! Sie würde doch niemals einem Kind die Kehle durchschneiden und einer anderen Frau ...« Er stockte, als er den kritischen Blick bemerkte, mit dem Max ihn ansah.

»Ich muss dich nicht daran erinnern, was du selbst noch vor ein paar Minuten in Bezug auf den Täter oder die Täterin gesagt hast, oder?«

»Ja, aber das war doch ... ich meine ...« Marvin durchquerte den Büroraum und blieb dann vor Max stehen. »Nein! Das ist ausgemachter Blödsinn. Ich wette, dass dieser Osterkamp dahintersteckt, der es nicht verkraftet, dass er bei Vanessa nicht landen kann und sie Interesse an mir zeigt.«

Max nickte. »Daran habe ich auch schon gedacht, und ich gebe dir recht, das ist eine Möglichkeit. Aber wir sollten nicht vergessen, dass er ebenfalls Staatsanwalt ist.«

»Ja, allerdings.« Marvin machte noch einen Schritt auf

Max zu und sah ihn eindringlich an. »Ein Staatsanwalt, der sich öffentlich darüber echauffiert hat, dass Richter viel zu milde Urteile sprechen und Straftäter viel zu früh wieder auf die Gesellschaft loslassen. Genau der Grundtenor dieses Forums. Und der deswegen wahrscheinlich nicht mehr in Gerichtssälen, sondern in der Pressestelle sitzt.«

»Das stimmt alles, Marvin, aber wir sprechen davon, einem Kind die Kehle durchzuschneiden und einer Frau furchtbare Dinge anzutun.«

»Was du eher Vanessa Lauter zutraust als Kurt Osterkamp?«

Marvin verschränkte die Arme vor der Brust. »Willst du mir das etwa sagen, Max?«

»Natürlich nicht«, beschwichtigte Max mit sanfter Stimme. Er konnte sich nicht erinnern, den Psychologen je so außer sich gesehen zu haben.

»Ich traue es keinem von beiden zu. Eigentlich sollte man so etwas überhaupt niemandem zutrauen müssen. Aber trotzdem begehen leider immer wieder Menschen solche furchtbaren Verbrechen. In Betracht ziehen müssen wir alles und jeden, und ausschließen sollten wir nichts und niemanden. Und dann gibt es ja auch noch die Möglichkeit eines Gehilfen, der die Taten ausführt, die man ihm befiehlt. Der vielleicht sogar denkt, dabei die Stimme Gottes zu hören.«

»Zumal ich zu Staatsanwältin Lauter noch interessante Details gefunden habe«, erklärte Weinand, woraufhin Max und Marvin sich zu ihm umwandten. Max hatte nicht bemerkt, dass Weinand sich während ihrer Diskussion weiter mit dem Computer beschäftigt hatte. Auch jetzt hielt er den Blick auf den Monitor gerichtet, als er fortfuhr: »Ich fasse mal zusammen, was hier steht, damit Sie nicht den ganzen Artikel lesen müssen: Vor rund fünf Jahren ist die damals siebzehnjährige Larissa Beyer nachts bei der Polizei aufgetaucht und hat angegeben, nach einer Party von drei jungen Männern vergewaltigt worden zu sein. Sie hatte Blutergüsse und Verletzungen am ganzen Körper, auch im Genitalbereich, wie die anschließende Untersuchung im Krankenhaus zeigte. Die drei Kerle haben behauptet, der Sex sei einvernehmlich gewesen, und die junge Frau hätte es besonders hart gewollt. Der zuständige Richter hat ihnen geglaubt und alle drei freigesprochen.«

»Und?«, fragte Max.

»Larissa Beyer war die Nichte von Staatsanwältin Lauter.«

»Scheiße!«, entfuhr Marvin ein für ihn völlig untypischer Fluch. »Das arme Mädchen. Aber das ist immer noch kein Indiz, dass eine Staatsanwältin zur Mörderin wird.«

Weinand nickte. »Da gibt es noch was. Einen Tag nach dem Urteil hat Larissa sich umgebracht.«

34

Er steht vor der Tür und starrt auf das glatte Holz. Er weiß nicht, wie viel Zeit vergangen ist, seit er zum letzten Mal hier war. Er weiß auch nur bruchstückhaft, was er in der Zwischenzeit getan hat. Da waren Gesichter, Begegnungen, Wörter, die er und andere gesprochen haben. Aber alles ist wie in dichten Nebel getaucht.

Das ist nichts Neues für ihn, er kann sich nicht erinnern, dass es jemals anders gewesen ist. Weil er sich an nichts mehr erinnern kann, das vor dieser Situation passiert ist. Ein Ereignis, das für ihn nur manchmal greifbar ist. Die Steine, feuchte Erde, modrige Luft ... die Angst!

Aber in Momenten wie diesen ist alles glasklar, und sein Verstand ist geschärft. Nur so ist er in der Lage zu hören, wenn er zu ihm spricht. So wie eben, als er ihm befohlen hat, hinunterzugehen, seine Kleidung auszuziehen und dann zu ihr zu gehen, um die Bestrafung fortzuführen.

Es fällt ihm schwer, den Raum zu betreten. Er tut es dennoch. Und er bemüht sich, seine Gedanken beiseitezuschieben. Er darf nicht denken, was er denken möchte. Er ist überzeugt, er kann auch seine Gedanken hören.

Wie aber stellt man sie ab? Wie verhindert man, dass der Verstand Gedanken formuliert, die er nicht formulieren sollte?

Er betrachtet sie, während er auf sie zugeht. Sie liegt auf der Seite und hebt den Kopf ein Stück weit. Sie hatte registriert, dass er hereingekommen ist. Als sie ihn sieht, beginnt sie zu wimmern.

»Nein, bitte nicht! Bitte nicht mehr weh tun. Ich tue alles, wirklich alles, aber bitte, bitte nicht mehr!«

Überall auf ihrem nackten Körper befinden sich Schlieren aus Schmutz und Blut, sogar in ihrem Gesicht.

Er möchte weinen, so sehr wird er von Mitgefühl überwältigt. Er möchte sich neben sie knien und ihr sanft über den Kopf streicheln. Und dann möchte er sie trösten und ihr sagen, dass alles gut werden wird, dass er ihre Wunde versorgt und ihr zu trinken und zu essen gibt und warme Kleidung. Das alles möchte er.

»Zögere nicht«, hört er ihn sagen. »Oder möchtest du meinen Zorn spüren?«

»Nein, das möchte ich nicht!«, antwortet er laut, woraufhin sie ihn hoffnungsvoll anschaut. »Dann tun Sie es nicht. Bitte. Wenn Sie mich losbinden, könnten wir uns unterhalten. Ich würde Ihnen zuhören und ...«

»Schweig!«, befiehlt er, weil er es fast nicht mehr erträgt und Angst hat, dass er nicht mehr tun kann, was er tun muss, wenn er zulässt, dass sie weiterredet.

Er geht zu dem niedrigen Schrank und greift nach dem Rasiermesser. An der Klinge klebt noch ihr Blut vom letzten Mal.

Als er sich umwendet und sie die Klinge in seiner Hand sieht, beginnt sie zu schreien.

»Tu es jetzt!«, sagt er. »Zweimal noch. Auge um Auge.«

Er geht neben ihr auf die Knie. Die Angst vor ihm ist grö-

ßer als jedes Mitleid und jeder Widerwillen. Er kann sich ihm nicht *widersetzen. Er packt sie an der Schulter und dreht sie auf die Seite, damit er die Stelle auf ihrem Rücken erreichen kann. Sie stemmt sich dagegen und strampelt schreiend mit den Beinen. Als sie sich immer heftiger wehrt, legt er das Rasiermesser auf dem Boden ab, ballt die Hand zur Faust und schlägt zu.*

Gleich darauf ist Ruhe. Und er kann mit seinem Werk beginnen.

Als er Minuten später neben ihr steht, hört er wieder seine *Stimme:* »Sag die Worte!«

Er schluckt, dann sagt er: »Wer aber einen dieser Kleinen, die an mich glauben, zum Bösen verführt, für den wäre es besser, dass ein Mühlstein um seinen Hals gehängt und er ersäuft würde im Meer, wo es am tiefsten ist.«

»Gut. Jetzt geh und reinige dich. Es gibt noch etwas zu tun.«

35

»Wir werden etwas in der Sache unternehmen müssen«, sagte Max, als Marvin sich wieder beruhigt hatte.

»Vielleicht stellt sich alles als Zufall heraus, aber diese Mail und dann der Artikel ... das können wir nicht ignorieren.«

Marvin nickte ergeben. »Ich weiß.«

Max kannte Marvin lange genug, um ihm einiges zuzutrauen. Auch ein Gespräch mit Staatsanwältin Lauter in dieser Situation. Dennoch sagte er: »Ich werde mit Horst reden. Letztendlich muss er entscheiden, inwieweit die Polizei in der Sache aktiv wird. Danach überlegen wir, wie wir reagieren, okay?«

»Ja, klar.«

Max hätte Marvin gern gesagt, dass sich vermutlich alles als Irrtum herausstellen würde, doch das konnte er nicht, denn er war sich dessen nicht sicher.

Kurz darauf rief er Böhmer an und berichtete ihm von der Mail und Weinands Entdeckung im Internet.

»Verdammter Mist!«, polterte Böhmer daraufhin los. »Und jetzt sollen wir aufgrund einer anonymen Mail eine Staatsanwältin als Verdächtige in einem Mordfall befragen? Weißt du, was mit meinem Arsch passiert, wenn sich das alles als Phantastereien eines Spinners herausstellt?«

»Ja, das weiß ich. Du vergisst die Sache mit ihrer Nichte vor fünf Jahren.«

»Denkst du vielleicht, das macht es besser? Dann wird man mir zusätzlich vorwerfen, diese für sie sowieso schon schreckliche familiäre Tragödie für meine haltlosen Vorwürfe zu missbrauchen.«

»Trotzdem müssen wir irgendwas unternehmen.«

»Dann tu was. Ich kann dir nicht verbieten, mit ihr zu reden. Aber wenn der Schuss nach hinten losgeht, und ich denke, das wird er, dann bist du dafür verantwortlich.«

»Okay. Ich halte dich auf jeden Fall auf dem Laufenden.«

»Max! Sei vorsichtig. Pass genau auf, was du zu ihr sagst und wie du es formulierst. Wir können uns beide ausmalen, wie die Staatsanwaltschaft auf so was reagiert, falls sie sich bei ihrem Chef über dich beschwert.«

»Ja, das mach ich. Bis dann.«

»Böhmer will nichts unternehmen, stimmt's?«, fragte Marvin, als Max das Telefon weggelegt hatte.

»Richtig. Das ist ihm zu heiß, und ich kann es ihm nicht verdenken. Keine Beweise, nicht einmal stichhaltige Indizien. Er überlässt es uns.«

Marvin hob beide Hände. »Meine Rede. Aber wie ich dich kenne, wirst du dem Ganzen trotzdem auf den Grund gehen wollen.«

»Ja, das will ich. Staatsanwältin hin oder her.« Max

deutete auf Weinands Computer. »Der Zufall ist mir zu groß, um der Sache keine Beachtung zu schenken. Wir müssen dabei allerdings taktisch klug vorgehen, sonst könnte es sein, dass unsere Detektei erledigt ist, noch bevor wir richtig losgelegt haben.«

Marvin senkte den Blick für ein paar Sekunden, dann sah er wieder auf. »Okay. Dann lass mich allein mit ihr reden. Ich werde es so verpacken, dass man uns nicht ans Bein pinkeln kann.«

Max ließ diese für Marvin erneut völlig ungewöhnliche Formulierung unkommentiert und nickte schließlich. »Also gut. Versuch es. Wenn du nichts erreichst, schauen wir weiter.«

Wortlos griff Marvin zum Telefon, tippte darauf herum und hielt es sich dann ans Ohr.

»Ja, ich bin es noch mal, Marvin. Geht es dir besser? … Das tut mir leid … Ja, wir tasten uns langsam voran … nein, nein … aber es gibt da einen überraschenden Hinweis zu dem Thema … Ja? Ja, okay … gern. Ich dachte nur … Ja, okay, dann bis gleich.«

Marvin ließ das Telefon sinken und sah Max ungläubig an. »Sie sagte, es geht ihr immer noch nicht gut. Als ich dann aber erwähnte, dass es eine Überraschung in dem Fall gibt, hat sie vorgeschlagen, dass ich zu ihr kommen soll.«

»Okay, dann los.«

Als Marvin seine Jacke von der Rückenlehne seines Stuhls zog, sagte Max: »Sei bitte vorsichtig. Auch wenn sie eine Frau ist. Ich hoffe, dass sich das Ganze als Irrtum herausstellt, aber die Erfahrung hat gezeigt, dass es Zufälle dieser Art nur selten gibt.«

»Aber es gibt sie.« Marvin schlüpfte in die Jacke und nickte Max zu. »Ich glaube nicht, dass sie was damit zu tun hat, aber ich werde trotzdem vorsichtig sein.«

Kurz darauf war er zur Tür hinaus.

»Soll ich die Suche im Internet fortsetzen?«, fragte Weinand.

»Ja, bitte.« Max war gedanklich immer noch bei Vanessa Lauter. »Besonders nach Informationen, die mit Belinda Waltz zu tun haben. Wir sollten uns mal auf die weibliche Komponente unseres Verdächtigen konzentrieren.«

Als Weinand sich sofort wieder dem Monitor zuwandte, warf Max einen Blick auf Marvins Uhr, die hinter ihm an der Wand hing. Kurz nach drei.

Die Abmachung mit Willms bezüglich eines Treffens an diesem Nachmittag fiel ihm wieder ein, und er griff erneut zu seinem Telefon.

Als sich nach dem sechsten Läuten die Voice-Mailbox einschaltete, legte Max auf, ohne etwas draufzusprechen. Im Grunde war er froh, dass Willms nicht erreichbar war. Er hatte im Moment keine Lust, sich mit ihm zusammenzusetzen und über den Fall auszutauschen. Zumal er einen Teufel tun würde, einem Journalisten der POST von der neuesten Entwicklung zu erzählen.

Er dachte an Marvin und an den außergewöhnlichen Zustand, in dem sich der Psychologe gerade befand. Wie es schien, war das, was er Staatsanwältin Lauter gegenüber empfand, mehr als nur Schwärmerei. Die Frage war, ob diese Gefühle tatsächlich auf Gegenseitigkeit beruhten. Max hoffte inständig, dass Marvin recht behielt und er selbst sich täuschte. Aber da war dieses Gefühl, das er schon häufiger gehabt hatte, wenn es um Menschen ging, die alle für unschuldig hielten, und das ihn leider selten getäuscht hatte.

Nachdem er mit einem Seitenblick festgestellt hatte, dass Weinand beschäftigt war, setzte Max sich an seinen Computer und öffnete die *Infamia*-Seite.

Er hatte die Hoffnung schon fast aufgegeben, von *MichaelMt186* noch eine Nachricht zu bekommen. Als er nun sah, dass es doch eine gab, beschleunigte sich sein Puls. Er öffnete den Chat mit einem Doppelklick und überflog kurz seine eigene letzte Nachricht:

Pekro:
Hallo Michael, ich habe das Gefühl, dass wir die ganze Zeit ehrlich zueinander waren, und das möchte ich auch beibehalten. Du hast recht, ich bin Max Bischoff. Und was nun? Bleibst auch du dabei, ehrlich zu sein? Dann ist es jetzt an dir, mir zu sagen, wer du bist.

Dann las er die Antwort darauf:

MichaelMt186:
Ich war ehrlich zu dir, und ich bleibe es auch. Aber ich kann dir nicht sagen, wer ich bin, denn dann würdest du versuchen, mich daran zu hindern, meine Aufgabe zu vollenden. Irgend-

wann wirst du erfahren, wer ich bin. Dann, wenn meine Auf-
gabe erfüllt ist und ich in seinem Namen für Gerechtigkeit
gesorgt habe. Er hat mir seinen Plan offengelegt. Es gibt noch
viel für mich zu tun.
Ich komme dir immer näher. Dir und deinem Freund Marvin.

Max las die Nachricht ein weiteres Mal. *Ich komme dir*
immer näher. Dir und deinem Freund Marvin …

War das eine Drohung? Warum erwähnte er Marvin explizit und nur mit Vornamen? Er hatte noch keine Berüh-
rungspunkte mit ihm gehabt. Oder doch? Er oder … *sie?*

Max dachte daran, dass Staatsanwältin Lauter Marvin
spontan zu sich eingeladen hatte, nachdem sie gehört
hatte, dass es etwas Überraschendes in dem Fall gab. Obwohl es ihr angeblich nicht gut ging.

Marvin anzurufen war sinnlos. Er würde sich so oder
so nicht davon abbringen lassen, mit Lauter zu reden.

Max stand auf, trat zur Kaffeemaschine und schaltete
sie ein. Während sie aufheizte, ging er zurück zu seinem
Platz, las erneut die Nachricht von *MichaelMt186* und
wanderte wieder zum Vollautomaten, wo er eine Tasse
darunter stellte.

»Machst du dir Sorgen um Herrn Wagner?«, fragte
Weinand.

»Wie kommst du darauf?«

»Du wirkst nervös.«

»Dieser Fall macht mich nervös.« Was nicht gelogen
war.

Kurz dachte Max darüber nach, dem Friseur zu erklären, dass diese Art von Nervosität fast immer mit seinem Gefühl zusammenhing, dass bald etwas Wichtiges im aktuellen Fall geschehen würde. Manchmal war dieses Ereignis positiver Natur, manchmal aber auch das Gegenteil.

Er verwarf den Gedanken. Er mochte Weinand, aber so nahe standen sie sich nicht, dass Max ihm sein Innerstes offenbaren würde.

Dennoch hatte Weinand recht. Max war nervös, weil er nicht wusste, was Marvin gerade tat und ob mit ihm alles in Ordnung war. Es war einer der ganz wenigen Nachteile, wenn man nicht allein agierte: Es gab jemanden, um den man sich in manchen Situationen Sorgen machte.

Für einen Moment dachte er daran, Marvin anzurufen, schob den Gedanken aber gleich wieder beiseite. Er konnte sich vorstellen, wie der Psychologe auf einen solchen *Kontrollanruf* reagieren würde.

Noch während der Kaffee, begleitet vom sanften Brummen des Motors, in die Tasse lief, ging Max zu seinem Platz, schnappte sich seine Jacke und sagte, an Weinand gewandt: »Halten Sie hier die Stellung? Ich muss mal an die frische Luft. Ich denke, ich bin in einer halben Stunde zurück.«

»Klar, kein Problem. Dann trinke ich den Kaffee.«

Draußen blieb Max stehen und atmete ein paarmal tief die kühle Luft ein, dann wandte er sich nach links und lief los. Kurz darauf bog er in die Volmerswerther Straße und nach ein paar Metern nach links in die Fährstraße in Richtung Rheinufer ein. Er ließ seinen Gedanken freien

Lauf, blieb kurz stehen, schloss die Augen und konzentrierte sich. Auf Osterkamp. Wenn Marvin recht hatte und es Osterkamp gewesen war, der diese Mail an ihn geschrieben hatte, in der er Staatsanwältin Lauter, die sowohl Osterkamps Vorgesetzte als auch zweifelsfrei das Objekt seiner Begierde war, indirekt beschuldigte, mit den Morden zu tun zu haben, konnte er unmöglich annehmen, dass Marvin sich deswegen nicht mehr mit ihr treffen würde. Er musste sogar damit rechnen, dass Marvin sie darauf ansprechen würde und dass ihr auch sofort klar war, von wem diese Informationen stammten. Daraufhin wäre auch die letzte Chance, die er sich vielleicht noch bei ihr ausgerechnet hatte, verloren. Warum sollte er das tun? Aus Rache, weil sie seine Liebe verschmähte? Falls die Anschuldigungen aus der Luft gegriffen waren, würde er damit nicht ihr schaden, sondern letztendlich nur sich selbst. Das ergab keinen Sinn.

Max öffnete die Augen und ging weiter. Nun hatte er den Faden gefunden, an dem er sich gedanklich entlanghangeln konnte.

Nein, das ergab so absolut keinen Sinn. Aber was war, wenn Lauter tatsächlich in irgendeiner Weise in diese Sache verstrickt war? Auch dann würde Osterkamps Mail nicht ausreichen, das zu beweisen. Es sei denn … Max blieb abrupt stehen. Es sei denn, er sorgte nicht nur dafür, dass Marvin zu Vanessa Lauter nach Hause fuhr, um mit ihr zu reden, sondern spielte ihr Hinweise zu, die sie glauben ließen, dass Marvin vielleicht Beweise gegen sie in der Hand hatte. Dann wäre Marvin in großer Gefahr.

»Oh Mann!«, entfuhr es Max, bevor er sein Handy aus der Tasche zog. Konnte sein, dass er völlig falschlag, aber er musste zumindest versuchen, Marvin auf diese Möglichkeit hinzuweisen.

Als sich gleich nach dem ersten Klingeln Marvins Mailbox einschaltete, hatte Max ein Déjà-vu-Gefühl. Genau das Gleiche war am Vorabend passiert, als er versucht hatte, Marvin während seines Besuchs bei der Staatsanwältin zu erreichen.

Mit einem unguten Gefühl legte er auf und wählte die Nummer der Staatsanwältin. Als sie das Gespräch annahm, fragte Max ohne Umschweife: »Ist Marvin bei Ihnen?«

»Nein, ich habe mich schon gewundert, wo er bleibt. Er wollte eigentlich zu mir kommen.«

»Er war noch gar nicht bei Ihnen?«

»Nein, wie gesagt, ich habe mich auch gewundert. Ist etwas passiert? Er sprach am Telefon von einem überraschenden Hinweis zu den Mordfällen.«

Max' Gedanken rasten. Waren seine letzten Überlegungen wahr geworden? Sollte er Böhmer anrufen? Oder erst mal weiter versuchen, Marvin zu erreichen? Er fasste einen Entschluss, sagte: »Okay, danke für die Info, entschuldigen Sie bitte die Störung«, und legte auf, bevor sie die Möglichkeit für eine Nachfrage hatte.

Anschließend machte er sich im Laufschritt auf den Rückweg.

Max war routinierter Jogger und brauchte nur wenige Minuten, dann hatte er das Büro wieder erreicht.

Weinand sah überrascht auf, als Max mit schnellen Schritten direkt zu Marvins Schreibtisch ging und sich auf den Stuhl fallen ließ. Er schaltete den Monitor ein und gab Marvins Passwort ein. Zum Glück hatten sie sich darauf geeinigt, die Passwörter für einen Notfall untereinander auszutauschen. So wie in diesem Moment. Schnell hatte er Marvins E-Mail-Client geöffnet und die Nachricht des angeblichen *Infamia*-Administrators gefunden, die er ausdruckte. Während der Laserdrucker aus dem Standby-Modus erwachte, griff Max nach seinem Autoschlüssel, der neben dem Monitor lag, und stand auf. Die mittlerweile ausgedruckte Seite faltete er zusammen und steckte sie in die Innentasche seiner Jacke.

»Ich kann Marvin nicht erreichen und fahre jetzt zu Staatsanwältin Lauter«, erklärte er Weinand. »Ruf mich in einer Dreiviertelstunde an. Wenn ich nicht abhebe, informiere Kriminalhauptkommissar Böhmer, dass ich bei der Staatsanwältin bin und dass etwas nicht stimmt. Ich schicke dir gleich noch seine Nummer.«

»Ähm … ja, klar. Aber soll ich nicht besser mitkommen?«

»Auf keinen Fall. Du musst hier im Büro die Stellung halten.«

Weinand lehnte sich zurück. »Ist das nicht eine dieser klassischen Situationen in Filmen, wo man sich als Zuschauer fragt, wie man als Frau so leichtsinnig sein kann, nachts aufzustehen und allein in den Keller zu gehen, aus dem man Geräusche gehört hat? Oder als unbewaffneter

Privatdetektiv ohne Rückendeckung zu einem möglichen Mörder zu fahren?«

Max nickte. »Ja, ich weiß, aber es sind alles nur Vermutungen, die nicht ausreichen, um die Polizei einzuschalten. Ich komme schon klar. Außerdem bist du hier meine Rückendeckung. Wie gesagt, gib mir eine Dreiviertelstunde!«

»Also gut.« Weinand sah auf die Uhr. »In genau einer Dreiviertelstunde rufe ich an.«

Sekunden später hatte Max das Büro verlassen und stieg in sein Auto.

36

Max brauchte für die Fahrt nach Golzheim, wo Staatsanwältin Lauter ein schickes, freistehendes Einfamilienhaus unweit des Rheinufers bewohnte, knappe zwanzig Minuten.

Er parkte seinen Wagen weit genug von ihrer Einfahrt entfernt und ging die letzten Meter zu Fuß.

Als er, ohne zu zögern, an der Haustür klingelte, war er angespannt und dachte nicht zum ersten Mal daran, dass ihm früher in solchen Situationen das Wissen, dass er eine Waffe bei sich trug, ein gewisses Gefühl der Sicherheit gegeben hatte.

»Ja, bitte?«, ertönte die Stimme der Staatsanwältin durch den kleinen Lautsprecher.

»Max Bischoff hier. Könnte ich kurz mit Ihnen sprechen?«

Die Antwort war knapp und kam mit Verzögerung.

»Ja.« Es folgte ein Klacken, Sekunden später waren Schritte zu hören, und die Tür wurde geöffnet.

Die Frau, die Max gegenüberstand, hatte recht wenig mit der energiegeladenen Staatsanwältin zu tun, mit der er bei der Eröffnung geplaudert hatte.

Vanessa Lauter war ungeschminkt und sah blass aus;

die Haare hingen ihr strähnig auf die Schultern. Statt eines Hosenanzugs oder Businesskleids trug sie eine dunkle Leggins und ein weißes Sweatshirt in Übergröße.

»Kommen Sie«, sagte sie, und ihre Stimme klang müde. Max folgte ihr durch den kurzen Flur in ein großes, modern eingerichtetes Wohnzimmer.

Lauter deutete auf die beigefarbene Ledercouch, die vor einem offenen Kamin stand. »Bitte.«

Max ignorierte die Aufforderung und blieb stehen.

»Frau Staatsanwältin, ich mache mir Sorgen um meinen Partner Marvin Wagner. Er wollte zu Ihnen …«

»Das ist mir bekannt«, unterbrach Lauter ihn kurz angebunden. »Aber wie ich Ihnen schon am Telefon sagte, ist er bisher nicht aufgetaucht. Deswegen verstehe ich auch nicht, was Sie jetzt hier wollen. Ich kann Ihnen nicht mehr sagen als vorhin.«

Max nickte und sah sie dabei eindringlich an. »Frau Lauter, was denken Sie über Marvin Wagner?«

»Wie? Was ist das denn für eine seltsame Frage?«

»Ich finde, das ist eine ganz einfach zu beantwortende Frage. Sie haben den gestrigen Abend zusammen verbracht, zu dem Sie ihn eingeladen haben.«

»Die Tatsache, dass ich ihn nicht aus irgendwelchen Sachzwängen, sondern aus freien Stücken eingeladen habe, spricht doch dafür, dass er mir zumindest nicht unsympathisch ist. Ich verstehe den Sinn der Frage immer noch nicht. Zumal es Sie wirklich nichts angeht, was ich für irgendwen empfinde. Und was war das überhaupt für ein überraschender Hinweis, von dem er am Telefon gesprochen hat?«

»Ich werde es Ihnen sagen«, erklärte Max und beobachtete Lauter ganz genau. »Marvin hat eine anonyme Mail bekommen. Angeblich stammt sie vom Administrator einer Website im Darknet, die *Infamia* heißt.«

Das Zucken in ihrem Gesicht war nur kurz, aber Max bemerkte es dennoch. Ebenso wie ihre Bemühungen, sich nichts anmerken zu lassen.

Max griff in seine Jackentasche und zog die ausgedruckte Mail hervor. Nachdem er das Blatt auseinandergefaltet hatte, reichte er es der Staatsanwältin. »Das ist ein Ausdruck dieser Mail.«

Lauter nahm das Blatt entgegen und konzentrierte sich auf den Text. In ihrem Gesicht war dabei keine Veränderung zu erkennen. Max schlussfolgerte daraus, dass sie nicht überrascht vom Inhalt war.

Als sie alles gelesen hatte, ließ sie das Blatt sinken und sagte leise: »Das war er.«

»Wer?«

»Kurt Osterkamp.«

»Der Gedanke ist uns auch schon gekommen. Aber warum glauben Sie das, und was sagen Sie zu den Vorwürfen, die gegen Sie erhoben werden?«

»Blödsinn«, antwortete Lauter, ging zur Couch und ließ sich darauf fallen. Max sah, dass ihre Augen feucht wurden, während sie den Blick auf den Kamin richtete.

»Ist das alles, was Sie dazu zu sagen haben? Dass das, was in der Mail steht, Blödsinn ist?« Max wartete eine Weile, bevor er fragte: »Frau Lauter?«

Noch immer reagierte sie nicht, schien in Gedanken ganz woanders zu sein.

Max ging um den niedrigen Glastisch herum und setzte sich ihr gegenüber in einen Sessel. »Frau Lauter, ich denke, wir beide wollen das Gleiche, nämlich sicherstellen, dass Marvin nichts geschieht. Im Moment machen Sie nicht den Eindruck, als ob Ihnen das wichtig wäre. Zudem sind einige Fragen zum Inhalt dieser Mail offen. Ich befürchte ernsthaft, dass Marvin in Schwierigkeiten steckt, und bitte Sie, mir zu helfen. Oder haben Sie selbst etwas damit zu tun?«

Nun erst wandte sie sich Max zu und nickte gedankenverloren. »Ja. Vielleicht habe ich das tatsächlich.«

Max spannte sich an. Er hatte das Gefühl, dass Lauter sich zu etwas durchgerungen hatte, das vielleicht alles in diesem Fall ändern konnte. »Inwiefern?«

Erneut dauerte es eine ganze Weile, bis sie reagierte.

»Also gut. Ich kann einfach nicht mehr länger schweigen. Wahrscheinlich habe ich das schon zu lange getan.«

Es fiel ihr offensichtlich schwer, weiterzureden. Sie rieb sich die Hände und atmete tief ein.

»*Ich* habe *Infamia* damals ins Leben gerufen.«

Sie sprach so leise, dass Max sich anstrengen musste, um sie verstehen zu können. »Wenn Sie immer noch so gut sind, wie man es Ihnen während Ihrer aktiven Dienstzeit nachgesagt hat, dann wissen Sie, was vor fünf Jahren passiert ist, oder?«

Als er nickte, erhob sie sich und ging auf das Sideboard zu, das an der Längswand des Raumes stand.

»Wo wollen Sie hin?«, fragte Max alarmiert.

»Keine Angst«, entgegnete sie, ohne sich umzudrehen. »Ich hole mir nur was zu trinken. Möchten Sie auch was?«

»Nein.« Max beobachtete sie angespannt, bereit, sich mit einem Sprung in Sicherheit zu bringen, falls sie plötzlich eine Waffe in der Hand halten sollte. Tatsächlich schenkte sie sich nur eine goldgelbe Flüssigkeit aus einer Flasche in ein Longdrinkglas und kehrte damit zur Couch zurück. Nachdem sie einen großen Schluck genommen hatte, stellte sie es auf dem Tisch ab und legte die Hände in den Schoß.

»Als das mit meiner Nichte Larissa passiert ist, war ich natürlich unendlich traurig, aber auch so wahnsinnig wütend, dass ich kurz davor war, mir eine Waffe zu besorgen und diesem verdammten Richter eine Kugel in den Kopf zu jagen. Die Vernunft und meine Unfähigkeit, einen Menschen zu töten, haben zum Glück die Oberhand behalten, aber ich hatte das Gefühl, irgendetwas tun zu *müssen*, um nicht an Wut und Trauer zu ersticken.«

Lauter griff nach dem Glas und nahm einen Schluck.

Max hätte sie am liebsten aufgefordert, zügig weiterzureden und endlich zum Punkt zu kommen, aber er befürchtete, damit diesen Moment zu zerstören, in dem sie bereit war, sich zu öffnen und ihm zu helfen. Immer vorausgesetzt, dass sie die Wahrheit sagte.

Also wartete er geduldig, bis sie weitersprach.

»Diese Richterinnen und Richter halten sich für gottgleiche Wesen, deren Urteile nicht angezweifelt werden dürfen, so absurd diese auch sein mögen. Als das damals passierte, war ich selbst Staatsanwältin für Kapitalstrafsachen, und was immer ich offiziell unternommen hätte, wäre nicht nur das Ende meiner Karriere, sondern auch das meines Berufes als Juristin gewesen. Das hat man mir deutlich zu verstehen gegeben, nachdem ich einer Journalistin gegenüber lediglich gesagt hatte, dass ich die Urteile nicht verstehen kann, in denen entgegen der Beweislage den Beschuldigten geglaubt wird und nicht dem unschuldigen Opfer. Am übernächsten Tag hatte ich eine Unterhaltung mit dem Leitenden Oberstaatsanwalt, der erklärte, da ich mich so gern mit Journalisten unterhalte, sei ich wie geschaffen für die Pressestelle. Und er hoffe, ich wäre mir gerade in dieser Funktion meiner Stellung als Staatsanwältin bewusst und würde mir besser als bisher überlegen, was ich der Presse gegenüber von mir gebe.«

Ein Griff nach dem Glas, ein kleiner Schluck ...

»Also habe ich anonym diese Website im Darknet eingerichtet, um Typen wie diesen Richter offen anzuprangern, die durch ihre idiotischen Urteile schuld daran sind, wenn Menschen sterben müssen.«

Zum ersten Mal, seit sie zu erzählen begonnen hatte, sah Lauter Max direkt an. »Ich wollte, dass andere davon erfahren, was diese Damen und Herren mit ihren ungerechtfertigt milden Urteilen angerichtet haben, und ja, ich wollte auch, dass diejenigen beschimpft und verunglimpft werden, weil ich das für zumindest eine kleine ausgleichende Gerechtigkeit hielt und immer noch halte. Ich gebe auch zu, dass ich dabei sogar in Betracht gezogen habe, dass einer dieser arroganten Idioten eins auf die Nase bekommt. Aber es war nie meine Absicht, dass dabei jemand getötet wird.«

»Das haben Sie aber billigend in Kauf genommen«, kommentierte Max zum ersten Mal ihre Ausführungen, woraufhin die Staatsanwältin den Kopf schüttelte.

»Nicht bewusst. Eine sehr lange Zeit lief die Website mit dem Forum so, wie ich es mir vorgestellt hatte. User konnten Fälle einreichen, die ich dann recherchiert und erst freigegeben habe, wenn ich sicher war, dass das, was dort eingestellt worden war, auch der Wahrheit entsprach. Ich selbst bin als Administratorin nie öffentlich in Erscheinung getreten. Ich hatte zu große Angst, dass ich aus Versehen etwas schreiben könnte, was mich verraten würde.

Ich habe viel Zeit investiert, alles zu überwachen. Das war mir wichtig. Jeden Post, der in irgendeiner Weise zur Gewalt aufrief, habe ich kommentarlos gelöscht und die User gesperrt. Ich habe mich dabei im Recht gefühlt. Auf der Seite der unschuldigen Opfer. Als es dann trotzdem passierte und ich mit Grauen feststellte, dass die Anregung zu der Tat womöglich von *Infamia* kam, war es zu spät.«

»Sie hätten doch gleich nach dem Mord an dem Jungen die Website vom Netz nehmen können.«

»Nein, das konnte ich nicht.« Wieder ein Griff nach dem Glas, das sie in einem Zug leerte.

»Sie haben vielleicht bemerkt, dass Kurt Osterkamp eine gewisse Zuneigung mir gegenüber hegt. Oder, nennen wir es beim Namen, er ist von mir besessen. Anfangs, als er mir vor rund einem Jahr als Stellvertreter zugeteilt wurde, war er sehr charmant und höflich mir gegenüber. Nicht dass ich mich jemals auch nur ansatzweise für ihn als Mann interessiert hätte, aber es war klar, dass wir jeden Tag im Büro viele Stunden miteinander verbringen würden, und ich versuchte deshalb, meinen Beitrag für eine gute berufliche Zusammenarbeit zu leisten. Relativ schnell bemerkte ich aber, dass er andere Absichten hatte und jede freundliche Geste von mir falsch interpretierte. Irgendwann lud er mich zum Abendessen in ein Restaurant ein, und ich nahm aus genannten Gründen an. An dem Abend hat er mir dann eröffnet, dass er in mich verliebt sei. Ich habe ihm erklärt, dass diese Gefühle einseitig sind und es eine Beziehung, wie sie ihm vorschwebte, zwischen uns nicht geben würde. Er schien das auch zu akzeptieren, aber im Büro rückte er mir weiterhin mit zweideutigen Bemerkungen auf die Pelle. Ich habe das lange ignoriert, so gut es ging, aber als er irgendwann abends völlig überraschend vor meiner Tür stand, wollte ich einen letzten Versuch starten, ihn zur Vernunft zu bringen und ihm klarzumachen, dass es Konsequenzen für ihn haben würde, wenn er nicht aufhörte, mich zu belästigen. Ich bat ihn herein und beging damit meinen größten Fehler.«

37

Als Lauter aufstand und mit dem leeren Glas auf den Schrank mit der Flasche zuging, sagte Max: »Bitte, können wir weitermachen? Ich befürchte, Marvin braucht meine Hilfe.«

Noch während sie das Glas füllte und wieder zur Couch zurückkam, fuhr sie fort: »Wie gesagt, ich war von Osterkamps Besuch überrascht worden. Als er klingelte, habe ich mit meinem Notebook dort am Esstisch gesessen.« Sie zeigte auf den länglichen, ungleichmäßig geschwungenen Holztisch, der offenbar aus einem wuchtigen Baumstamm herausgeschnitten war.

»Ich war gerade auf *Infamia* unterwegs und habe gedacht, ich könnte gleich weitermachen. Deshalb habe ich mich nicht abgemeldet und das Notebook auch nicht zugeklappt.

Osterkamp setzte sich in einen Sessel, ich saß auf der Couch, mit dem Rücken zum Tisch, so dass mir das aufgeklappte Display nicht aufgefallen ist. Zumal ich mich darauf konzentriert habe, die richtigen Worte zu finden, um ihm, ohne dass daraus ein Riesenärger im Büro entstand, ein für alle Mal klarzumachen, dass er bei mir nicht landen konnte.

Er gestand mir nochmals seine Gefühle und wollte wissen, ob es nicht doch irgendeine Möglichkeit gäbe, dass wir zusammenkämen.« Lauter stieß ein kurzes, humorloses Lachen aus. »Spätestens in diesem Moment hätte ich jegliches Interesse an ihm verloren, wenn es je eines gegeben hätte. Ich kann mit bettelnden Männern nichts anfangen. Wie schon einmal hat er angeblich eingesehen, dass es mit uns nichts werden kann, und bat um einen Kaffee, bevor er wieder aufbrach. Ich fand das um diese Zeit zwar ungewöhnlich, aber mit der Aussicht, dass er danach verschwinden würde, ging ich rüber in die Küche und machte ihm einen. Das dauerte eine Weile, weil ich die Maschine erst hochfahren musste. Als ich zurückkam, schlenderte er gerade zu dem Sessel zurück, in dem er gesessen hatte, und erklärte, er habe sich kurz die Beine vertreten müssen. Ich fand das seltsam, aber okay, Osterkamp ist eben seltsam.«

»Wann war das?«, wollte Max wissen.

»Dieser Abend? Das war vor knapp drei Wochen. Jedenfalls hat er sich kurz danach verabschiedet. Als ich dann etwas später gesehen habe, dass das Notebook noch aufgeklappt war, wollte ich mich abmelden. Dabei ist mir aufgefallen, dass die Seite mit den Benutzerkonten geöffnet war. Als Osterkamp geklingelt hatte, war ich aber in einem anderen Bereich gewesen. Glaubte ich zumindest. Ich habe das damit abgetan, dass ich müde war und mich die Sache mit ihm nervte.

Ein paar Tage später bemerkte ich, dass etwas eigenartig war. Ein gerade eingereichter Fall war freigegeben, obwohl ich ihn noch nicht gesehen und erst recht nicht überprüft hatte. Da erinnerte ich mich an den Abend, an dem Osterkamp bei mir gewesen war, und ahnte, dass etwas nicht stimmte.«

Sie trank wieder einen Schluck.

»Und dann passierte diese schreckliche Sache mit dem Jungen, und der Fall, der seinen Vater, Richter Holzheimer, betraf, war auf der Seite plötzlich rot eingefärbt. Außerdem stand dahinter dieses seltsame Galgen-Emoji, das ich vorher noch nie gesehen hatte. Ich suchte nach einer Funktion im Admin-Bereich, mit der so eine Manipulation möglich war, fand aber nichts. Ich habe auch im Internet nach einem Hinweis gesucht. Die Software, mit der die Website und das Forum erstellt sind, ist kostenlos, und der Programmiercode ist für jeden zugänglich, so …«

»Open Source«, warf Max ein, der immer nervöser wurde.

»Genau. Jedenfalls gibt es bei der Software keine Funktion, mit der das möglich ist.«

Max ahnte, worauf das hinauslief. »Osterkamp hat Ihr Admin-Passwort gefunden, als Sie in der Küche gewesen sind.«

»Ja. Und offensichtlich kennt er sich gut genug aus, um den Programmiercode zu modifizieren. Ich hatte keine Möglichkeit, das rückgängig zu machen. Das und die Erkenntnis, dass der Fall dieses Richters auf *Infamia* stand, hat mich zu dem Entschluss gebracht, dass ich die Website vom Netz nehmen muss. Aber auch das war nicht mehr möglich. Offenbar hat Osterkamp sich einen neuen, versteckten Admin-User angelegt und mir dann die Rechte beschnitten.«

»Was war mit dem Fall über Marvin?«

»Eingereicht und veröffentlicht ohne mein Zutun. Ich schätze, von Osterkamp selbst. Als ich es bemerkte, habe ich den Fall sofort wieder gelöscht, was tatsächlich noch funktionierte. Offenbar hat er nicht so weit gedacht. Danach hat er mir auch diese Möglichkeit genommen.«

»Sagt Ihnen ein User mit dem Namen *MichaelMt186* etwas?«

»Ja. Er ist religiös verpeilt, aber er hat sich mit seinen Bibelsprüchen immer dann eingeschaltet, wenn andere rumgetobt haben, und meist zu schlichten versucht.«

»Ist Ihnen klar, dass er wahrscheinlich der Täter ist?«

Lauter riss die Augen auf. »Nein! Ich schwöre Ihnen, davon hatte ich keine Ahnung.«

»Können oder konnten Sie private Nachrichten einsehen, die die User sich untereinander schreiben?«

»Nein. Vielleicht ist das mit einigen Tricks möglich, aber ich weiß nicht, wie. Dazu muss man wahrscheinlich die Datenbank manipulieren. Das hat mich allerdings nie interessiert.«

»Was ist der wahre Grund, warum Sie Marvin gestern Abend zu sich eingeladen haben?«

Sie sah Max traurig an. »Weil ich wissen wollte, ob Sie eine Ahnung haben, dass ich etwas mit *Infamia* zu tun habe. Aber nicht nur. Ich fand ihn vom ersten Moment an sehr interessant. Als er dann gestern Abend hier war, habe ich festgestellt, wie eloquent, charmant und witzig er ist, und die Zeit mit ihm sehr genossen. Ich habe sogar sein Handy unbemerkt auf Flugmodus gestellt, damit wir nicht gestört werden.«

Wie es schien, war die Staatsanwältin bereit, in allen Punkten ehrlich zu sein.

Max' Gedanken rasten. Er dachte an die Nachrichten, die er und *MichaelMt186* einander nachts geschrieben hatten, und dass es ein Rätsel war, woher der seinen Namen kannte. Konnte Osterkamp ihm Max' Namen mitgeteilt haben? Vielleicht, aber woher konnte er wissen, wer sich hinter Pekro verbirgt? Auch als Administrator ist es im Darknet unmöglich, eine IP-Adresse zurückzuverfolgen. Immer vorausgesetzt, Vanessa Lauter sagte die Wahrheit, gab es letztendlich nur eine schlüssige Erklärung. Und die war alles andere als beruhigend.

Max hob die Hand und legte den Zeigefinger auf die geschlossenen Lippen, woraufhin die Staatsanwältin ihn fragend ansah.

»Ich danke Ihnen für diese Ausführungen«, erklärte er dann mit fester Stimme, »aber ich muss Ihnen sagen, das klingt für mich alles nach Ausreden, die Sie sich überlegt haben, um den Kopf aus der Schlinge zu ziehen. Wie Sie selbst bestätigt haben, hat der Schreiber der Mail, wer immer das auch war, recht gehabt. Sie führen ein Doppelleben. Durch Ihr Forum und letztendlich auch mit Ihrer

Billigung sind zwei Menschen grausam ums Leben gekommen, und eine dritte Person ist entführt worden und schwebt in Lebensgefahr. Von Marvin Wagner ganz zu schweigen. Ich werde die Sache sowohl Kriminalhauptkommissar Horst Böhmer als auch Ihrem Vorgesetzten übergeben. Die werden sich dann mit Ihnen befassen. Das ist alles.«

Max legte erneut den Finger auf den Mund und deutete mit dem Kopf zum Ausgang.

Irritiert folgte Lauter ihm zur Tür.

Als sie beide vor dem Haus standen, drehte Max sich zu ihr um und sagte leise: »Hat Marvin Ihnen gestern Abend erzählt, dass ich auch einen Account auf *Infamia* erstellt habe?«

Lauter dachte kurz nach, dann nickte sie. »Ja. Aber was soll dieses Theater? Warum ...«

»Ich glaube Ihnen«, unterbrach Max sie. »Aber das alles bedeutet, es gibt zwei Möglichkeiten. Erstens: Osterkamp hat *MichaelMt186* meinen Namen verraten.«

»Und zweitens?«

»Osterkamp *ist MichaelMt186.*«

Lauters Mund klappte überrascht auf, und diese Reaktion war so überzeugend, so erkennbar unbeabsichtigt, dass sie entweder unbewusst geschehen war, oder Vanessa Lauter war eine der besten Schauspielerinnen, die Max je gesehen hatte.

»Aber ... woher soll er wissen, dass Sie sich dort angemeldet haben? Und warum stehen wir hier draußen?«

»Dass ich hinter dem Account stecke, kann er nur

wissen, wenn er gehört hat, was Sie und Marvin gestern Abend gesprochen haben. Ich schätze, als er hier war, hat er nicht nur Ihr Administrator-Passwort geklaut, während Sie in der Küche waren und Kaffee gemacht haben, sondern auch eine Wanze in Ihrem Wohnzimmer versteckt. Um Sie zu kontrollieren. Er stalkt Sie, weil er Sie nicht für sich haben kann. Das erklärt auch, warum er gestern Abend vor Ihrem Haus gestanden hat. Die Reichweite des Dings ist wahrscheinlich recht gering. Als er durch Marvin erfahren hat, dass ich mich auf der Seite angemeldet habe, musste er sich nur die Neuanmeldungen der letzten zwei Tage anschauen. Wenn er dann noch gelesen hat, was ich an Michael geschrieben habe – oder an ihn –, war ihm wahrscheinlich schnell klar, dass ich hinter diesem Account stecke. Wäre es für Sie in Ordnung, wenn Spezialisten Ihr Wohnzimmer nach Wanzen durchsuchen?«

Die Staatsanwältin zuckte erst mit den Schultern, dann nickte sie. »Ja, sicher. Das ist ja der reinste Albtraum. Das alles habe ich nie gewollt.«

»Hören Sie, auch wenn ich es ansatzweise sogar verstehen kann, verurteile ich, was Sie mit diesem Forum bezweckt und letztendlich auch ausgelöst haben, aber das ist jetzt zweitrangig. Ich muss mich um Marvin kümmern. Und auch um Osterkamp. Haben Sie seine Adresse?«

»Ja, natürlich.«

»Gut, gehen Sie bitte rein und holen Sie sie mir. Ich werde in der Zwischenzeit ein Telefonat führen.«

Als Lauter sich abwandte, warf Max einen Blick auf die Uhr.

Halb sechs. Die Wahrscheinlichkeit war groß, dass Osterkamp nicht mehr im Büro, sondern zu Hause war.

Max entfernte sich noch ein paar Schritte weiter vom Haus, dann rief er Böhmer an und fasste sein Gespräch mit der Staatsanwältin zusammen.

»Verdammter Mist, das kann ja wohl nicht wahr sein. Hast du die Adresse von diesem Arschloch?«

Als wäre es ihr Stichwort gewesen, tauchte in diesem Moment Vanessa Lauter wieder auf und reichte Max einen Zettel.

»Ja, schreib mit.«

Nachdem Max die Adresse vorgelesen hatte, sagte Böhmer: »Ich schicke sofort ein paar Leute zu Osterkamp und fahre auch selbst dahin. Ich hoffe, wir reiten uns mit dieser Sache nicht so richtig in die Grütze.«

»Schickst du bitte Spezialisten her, um im Wohnzimmer von Staatsanwältin Lauter nach Wanzen zu suchen? Wenn ich recht habe, findet ihr darauf vielleicht verwertbare Fingerabdrücke.«

»Ich sag denen Bescheid.«

»Okay. Wir treffen uns bei Osterkamp. Kann sein, dass er die junge Frau und auch Marvin in seiner Gewalt hat. Seid vorsichtig. Falls er wirklich mein Gespräch mit Staatsanwältin Lauter mitgehört hat, kann er sich ausrechnen, dass demnächst jemand bei ihm auftauchen wird. Er wird also vorbereitet sein.«

»Ja, ja. Ich bin Bulle, schon vergessen?«

Damit war das Gespräch beendet.

»Gern geschehen«, murmelte Max und steckte sein Telefon ein.

38

Max' Gedanken überschlugen sich, während er so schnell, wie es gerade noch zu verantworten war, zu Osterkamps Haus fuhr, das im Stadtteil Ludenberg etwas abseits gelegen am Rande des Grafenberger Waldes stand.

Weder Böhmer noch ein Streifenwagen waren zu sehen, als er eintraf. Er parkte den Wagen ein Stück weit vor dem Haus in einer Lücke zwischen zwei Bäumen und stieg aus.

Er fröstelte und zog den Reißverschluss der Jacke zu, während sich sein Atem zu hellen Wolken manifestierte, die sich gleich darauf wieder im Nichts verloren. Die Temperatur musste knapp am Gefrierpunkt liegen.

Kurz überlegte Max, ob er auf Böhmer warten sollte, doch dann dachte er an Marvin und die junge Frau, die sich vielleicht in Osterkamps Gewalt befanden, und setzte sich in Bewegung.

Der Vorplatz des Hauses war geschottert, nur auf den letzten paar Metern lagen Naturpflastersteine.

Vor der Haustür aus dunklem, massivem Holz angekommen, atmete Max noch einmal tief durch, dann drückte er auf den Klingelknopf.

Als die Tür geöffnet wurde, wusste Max, dass er mit

seiner Vermutung recht gehabt hatte. Osterkamps Miene zeigte weder Überraschung noch Unmut. Im Gegenteil, er lächelte Max in einer solch überheblichen Art entgegen, dass ihm offensichtlich nicht nur klar war, dass Max von seiner Wanze in Lauters Haus wusste, sondern er auch wollte, dass Max verstand, dass er es wusste.

»Herr Bischoff«, sagte Osterkamp betont schlecht geschauspielert und – ganz anders als bei der Eröffnungsfeier in Lauters Anwesenheit – demonstrativ selbstbewusst. »Was verschafft mir die Ehre eines privaten Besuchs?«

»Ich würde mich gern mit Ihnen unterhalten. Darf ich reinkommen?«

»Selbstverständlich«, entgegnete Osterkamp mit der gleichen gespielten Freundlichkeit. Bevor Max jedoch das Haus betreten konnte, waren Motorgeräusche zu hören. Zwei Streifenwagen fuhren gleichzeitig vor und stoppten direkt vor dem Haus. Auf ihren Dächern zuckte Blaulicht, auf das Martinshorn hatte man jedoch verzichtet.

Vier uniformierte Polizisten stiegen aus den beiden Fahrzeugen, drei Männer und eine Frau.

Max und Osterkamp sahen ihnen entgegen, während einer von ihnen, ein Hauptkommissar, sich von seinen Kollegen löste und vor Max und Osterkamp stehen blieb.

Er nickte Max zu. »Herr Bischoff, KHK Böhmer möchte, dass Sie auf ihn warten.«

»Er wird ja sicher gleich da sein«, sagte Max. »Ich warte drinnen, da ist's wärmer.« Er machte Anstalten, ins Haus zu gehen, doch der Beamte sagte: »Hier draußen!«

Max wollte schon zu einer Entgegnung ansetzen, verzichtete dann aber darauf. Osterkamp stand vor ihnen und konnte nichts mehr tun. Also steckte Max die Hände in die Hosentaschen und zog die Schultern hoch.

»Darf ich fragen, was hier gerade passiert?«, meldete sich Osterkamp zu Wort und sah den Hauptkommissar an.

»Das wird Ihnen Kriminalhauptkommissar Böhmer gleich erklären«, antwortete der.

Osterkamp nickte. »Sie wissen aber schon, dass ich Staatsanwalt bin, oder?«

»Das ist uns bekannt, Herr Osterkamp.«

»Ich frage also noch einmal: Was soll das hier alles?«

In diesem Moment hielt ein Wagen hinter den beiden Streifenwagen, und gleich darauf stieg Böhmer aus.

Als er auf die Gruppe zukam, sagte Osterkamp: »Kriminalhauptkommissar Böhmer, ich würde ja sagen, schön, Sie wiederzusehen, aber das fällt mir gerade etwas schwer.«

»Klar«, grummelte Böhmer. »Dürfen wir reinkommen?«

»Wenn Sie mir sagen, worum es geht, spricht grundsätzlich nichts dagegen.«

Böhmer schnaufte und tauschte genervt mit Max einen Blick. »Es gibt Vorwürfe gegen Sie, dass Sie eine Website im Darknet betreiben, in der unter anderem zu Gewalt gegen Richterinnen und Richter aufgerufen wird.«

Osterkamp machte ein verblüfftes Gesicht. »Sie sehen mich überrascht, Herr Böhmer. Das ist natürlich völliger Quatsch, aber es interessiert mich, woher diese Vorwürfe stammen. Also bitte, kommen Sie herein.«

Er machte Platz und ließ erst Max, dann Böhmer eintreten. Als der uniformierte Beamte folgen wollte, stellte Osterkamp sich ihm in den Weg. »Sie bleiben draußen!«

Böhmer drehte sich zu seinem Kollegen um, der ihn fragend ansah. Dann sagte er zu Osterkamp: »Finden Sie es wirklich besser, wenn die Nachbarn sehen, dass uniformierte Polizisten vor Ihrem Haus stehen?«

Osterkamp zuckte mit den Schultern. »Erstens wohnen meine nächsten Nachbarn ein Stück weit entfernt, zweitens stehen ja immer noch die Streifenwagen mit eingeschaltetem Blaulicht vor meinem Haus, was auffälliger nicht sein kann. Und drittens kann ich den Nachbarn bei Nachfragen erklären, dass die Polizei aufgrund von haltlosen Vorwürfen einen unbescholtenen Staatsanwalt abends zu Hause behelligt.«

Während Böhmer den Blick auf den Hauptkommissar richtete, ihm zunickte und sagte: »Schon okay, warten Sie bitte hier«, gestand Max sich ein, dass er Osterkamp diese Redegewandtheit nicht zugetraut hatte. Er konnte den Eiertanz förmlich sehen, den Böhmer vollführte, um einerseits den Vorwürfen von Vanessa Lauter und Max' Vermutungen nachzugehen und sich andererseits keinen Ärger mit der Staatsanwaltschaft einzuhandeln.

Osterkamp geleitete sie in sein Wohnzimmer, das ähnlich wie das von Staatsanwältin Lauter modern eingerichtet war. Allerdings gab es in diesem Raum nichts, was darauf hindeutete, dass tatsächlich jemand hier lebte. Zwar war er mit allem ausgestattet, was man im Allgemeinen in einem Wohnzimmer vermutete, aber das Ganze erinnerte Max eher an eine Ausstellung als an ein Zimmer, in dem gewohnt wurde. Alles wirkte wie mit dem Lineal gezogen, die Kissen auf der dunklen Stoffcouch waren exakt ausgerichtet. Auf dem Couchtisch lag genau mittig eine kleine Tischdecke, so dass der Abstand zur Tischkante an allen Seiten identisch war. Die weißen Bodenfliesen sahen aus, als seien sie Minuten zuvor geputzt worden, und verliehen dem Raum etwas Klinisches.

»Möchten Sie sich setzen?«, fragte Osterkamp. »Oder sind wir so schnell fertig, dass es sich nicht lohnt?«

»Herr Osterkamp«, überging Böhmer die Frage, kam aber nicht weiter, weil Max' Telefon klingelte. Es war Weinand, der wie vereinbart anrief. Max hob ab und sagte: »Alles okay, mir geht es gut, danke Ihnen.« Dann legte er wieder auf.

Böhmer wunderte sich nicht über den Anruf, er hatte dieses Procedere mit Max oft genug selbst durchgeführt, wenn sich einer von ihnen in eine potenziell gefährliche Situation begeben hatte. »Stimmt es, dass Sie der Betreiber einer Internetseite namens *Infamia* sind, auf der

Richterinnen und Richter angeprangert werden, die nach Meinung Einzelner zu milde Urteile gegen Verbrecher gefällt haben?«, fragte Böhmer geradeheraus.

Osterkamp schüttelte den Kopf, als könne er nicht fassen, was er gerade gehört hatte. »Ist das Ihr Ernst? Läuft diese Geschichte mir tatsächlich immer noch nach?«

»Welche Geschichte meinen Sie?«

»Na, meine Äußerung vor über einem Jahr. Als ich bei diesem Interview nach dem Urteilsspruch gesagt habe, dass ich finde, dass die verhängte Strafe ein Witz ist, und der Meinung bin, unsere Richter täten gut daran, das mögliche Strafmaß auch auszuschöpfen. Was ich übrigens immer noch denke.«

»Unabhängig davon haben Sie meine Frage nicht beantwortet«, insistierte Böhmer. »Also?«

»Natürlich betreibe ich als Staatsanwalt kein solches Forum. Wobei die Schilderung von Fällen, in denen extrem gnädige Urteile gesprochen wurden, meines Wissens nicht strafbar ist.«

»Das Wissen über eine verübte oder geplante Straftat aber schon, wenn man darüber nicht die Polizei informiert.«

Erneut tat Osterkamp verblüfft. »Ach, das gibt es dort auch?«

Max juckte es in den Fingern, und er musste sich zusammennehmen, dem Mann nicht an die Gurgel zu gehen.

Erneut schnaufte Böhmer genervt. »Herr Staatsanwalt, Sie haben doch sicher einen Computer?«

»Natürlich, meinen Dienstcomputer im Büro und ein privates Notebook.«

»Dürfte ich dieses Notebook einmal sehen?«

»Tut mir leid, aber das ist mir gestohlen worden.«

Erneut tauschten Max und Böhmer einen schnellen Blick.

»Wann?«, fragte Max.

»Gestern erst. In der S-Bahn. Ich hatte es neben mir auf den Sitz gelegt, und als ich danach greifen wollte, war es verschwunden. Die Bahn war brechend voll, ich hatte keine Chance, den Dieb zu erwischen.«

»Na, so ein Pech«, stieß Max mit unterdrückter Wut aus.

»Haben Sie den Diebstahl angezeigt?«, fragte Böhmer.

»Dazu bin ich noch nicht gekommen. Wie Sie sicher von Herrn Bischoff wissen, war Staatsanwältin Lauter heute krank. Ich hatte den ganzen Tag extrem viel zu tun.«

»Verstehe.«

»Eine Frage«, versuchte Max einen Vorstoß. »Dürfen wir uns in Ihrem Haus mal ein wenig umsehen? Keine Durchsuchung, nur ein kleiner Spaziergang durch die Räume.«

Osterkamp stieß ein bellendes Lachen aus und wandte sich an Böhmer. »Herr Kriminalhauptkommissar, ich kann nicht glauben, dass Ihr ehemaliger Partner, ein hochgelobter, früherer Polizeibeamter, mir tatsächlich diese Frage stellt.«

»Hey!«, stieß Max aus. »Ich bin hier. Nicht Herr Böhmer hat Ihnen diese Frage gestellt, sondern ich. Also reden Sie gefälligst mit mir.«

Eine Weile starrten sie einander in die Augen, dann presste Osterkamp die Lippen zusammen, schüttelte den Kopf und sah wieder Böhmer an. »Ich würde sagen, wir sind fertig. Sofern es nicht noch weitere haltlose Vorwürfe gibt, denen Sie nachgehen möchten, verlassen Sie jetzt bitte mein Haus. Ich denke, ich werde mit dem Leitenden Oberstaatsanwalt morgen ein längeres Gespräch führen. Es könnte sein, dass ihm das nicht gefällt, was er hören wird.«

Max machte abrupt einen großen Schritt und stand unvermittelt dicht vor dem Staatsanwalt, der erschrocken zusammenzuckte. »Tun Sie das. In der Zwischenzeit sind Spezialisten der Polizei mit einer ganz bestimmten Aufgabe befasst, und ich bin mir recht sicher, sie werden erfolgreich sein. Danach werden wir sehen, was dem Oberstaatsanwalt noch weniger gefällt.«

»Max!«, herrschte Böhmer ihn an, doch das war Max in diesem Moment egal. Er hatte das Gefühl gehabt zu explodieren, wenn er sich nicht ein wenig Luft verschaffte.

Mit einem Ruck wandte er sich ab und verließ das Haus, ohne sich noch einmal umzudrehen.

»Max, warte«, rief Böhmer ihm nach, als er den kurzen gepflasterten Weg bereits hinter sich gelassen hatte und mit großen Schritten über den knirschenden Schotter stampfte.

»Was?« Max blieb stehen und wartete, bis Böhmer ihn erreicht hatte.

»Was sollte das? Mich hat der Arsch auch wütend gemacht, aber deswegen gehe ich ihm noch lange nicht an die Gurgel. Willst du mit aller Gewalt, dass ich wieder Streife fahre? Ich sage dir, darauf hab ich auf meine alten Tage so was von keine Lust ...«

»Ach, es ist einfach zum Kotzen! Der hat uns doch dadrin nach Strich und Faden verarscht. Von wegen Notebook geklaut. Er wusste, dass wir kommen, und er wusste, dass wir keinen Durchsuchungsbeschluss haben würden, weil er auch weiß, dass wir dazu zu wenig in der Hand haben. Was, wenn Marvin und Lara Albrecht bei ihm im Keller eingesperrt sind?«

Böhmer legte den Kopf schief. »Das wäre nicht eben clever von ihm, oder? Und selbst wenn – wir haben keine Beweise gegen ihn, noch nicht einmal einen eindeutigen Hinweis, dass es so sein könnte. Also sag du es mir, Max. Was ist dann?«

Max fuhr sich mit den gespreizten Fingern durch die kurzen Haare und zischte: »Fuck!«, dann sah er Böhmer an. »Sind deine Kollegen jetzt bei Staatsanwältin Lauter im Haus?«

»Ich denke schon.«

»Gut. Wenn sie eine Wanze finden und es gibt tatsächlich Fingerabdrücke darauf, kannst du dann wenigstens durchsetzen, dass wir Abdrücke von Osterkamp bekommen?«

»Das ist nicht nötig«, erklärte Böhmer und zog vorsichtig eine kleine Glasfigur aus der Manteltasche, die er mit Mittelfinger und Daumen am Fuß hielt. »Von der Kommode in seinem Flur. So, wie ich diesen Arsch einschätze, fasst er sie jeden Tag an, um sie exakt auszurichten.«

39

Als Max den Wagen gestartet hatte, um zurück zum Haus der Staatsanwältin zu fahren, hatte er das Gefühl, dass das Auto, dessen Lichter er im Seitenspiegel sehen konnte, auch gerade erst losgefahren war. Ein paarmal blickte er in den Rückspiegel und vermutete anhand der Scheinwerferform, dass das Fahrzeug hinter ihm immer das gleiche zu sein schien. Nachdem er auf eine vielbefahrene Hauptstraße eingebogen war und die einzelnen Fahrzeuge hinter sich nicht mehr auseinanderhalten konnte, wischte er dieses Gefühl beiseite und wählte Marvins Nummer, doch wie zuvor schaltete sich sofort die Voice-Mailbox ein. Er hatte die Verbindung gerade beendet, als sein Handy klingelte.

»Willms hier«, meldete sich der Journalist der POST. »Haben Sie kurz Zeit?«

»Das ist im Moment ganz schlecht«, entgegnete Max. »Ich melde mich, wenn es …«

»Ich glaube, es ist extrem wichtig.«

»Worum geht es denn?«

»Weil ich an der Sache dran bin, hat mir einer meiner Informanten gesteckt, ihm hätte gerade jemand erzählt, dass er gesehen haben will, wie ein auffällig tätowierter

Mann mit Glatze und Piercings im Gesicht von jemandem in ein Auto gestoßen wurde, das dann mit hoher Geschwindigkeit losgefahren ist. Er meinte, daraus ließe sich sicher eine Story machen, wenn sich herausstellte, dass dieser Mann entführt wurde. Könnte es sich dabei um Ihren Partner handeln?«

»Was? Wo soll das passiert sein?«

»Das weiß ich noch nicht.«

»Warum ruft der Kerl nicht bei der Polizei an?«

»Das ist ein Informant von der Straße, Herr Bischoff. Diese Leute haben kein großes Vertrauen zur Polizei, weil sie denen nicht glauben, was die Geheimhaltung ihrer Identität betrifft. Wissen Sie, was mit diesen Leuten passiert, wenn die Falschen davon erfahren, dass sie Informationen weitergegeben haben?«

Das wusste Max noch von seiner aktiven Zeit als Polizist. »Aber gut, ich wollte Sie nur vereinbarungsgemäß informieren. Ich fahre jetzt gleich zu einem Treffen mit ihm.«

»Wie hat er sich bei Ihnen gemeldet?«

»Telefonisch.«

»Und warum hat er Ihnen nicht gleich am Telefon gesagt, was er weiß?«

Max hörte ein kurzes Lachen. »Weil er diese Informationen nur gegen Bares weitergibt. Cash in die Hand. Deshalb erfährt man wichtige Dinge nur bei einem persönlichen Treffen.«

Max überlegte fieberhaft. Einerseits konnte hinsichtlich Marvins Verschwinden jede Minute und jede Information wichtig sein, andererseits wollte er unbedingt wissen, ob seine Theorie stimmte und es tatsächlich eine Wanze in Lauters Wohnzimmer gab. Aber wenn Willms' Informant wirklich gesehen hatte, wie man Marvin entführte …

»Er sagte, er glaubt, denjenigen erkannt zu haben, der den Mann ins Auto gezerrt hat.«

»Was? Warum sagen Sie das denn nicht gleich?«

»Ich habe es Ihnen doch gerade gesagt. Wie auch immer, ich fahre jetzt los und treffe mich mit ihm. Anschließend …«

»Nein, tun Sie das nicht!«, sagte Max.

»Entschuldigung, aber ich habe die Info bekommen, und es ist nicht nur mein Recht, sondern auch meine Pflicht als Journalist …«

»Warten Sie zwanzig Minuten, okay? Ich komme und begleite Sie. Unternehmen Sie solange nichts, verstanden?«

»Das geht nicht. Wenn er sieht, dass ich nicht allein bin, verschwindet er sofort.«

»Dann rufen Sie ihn eben an und sagen ihm, dass Sie einen Kollegen mitbringen. Wir haben eine Vereinbarung, Herr Willms, schon vergessen? Es gibt einige neue Entwicklungen, die ich auch gern mit Ihnen teilen werde, aber dazu müssen Sie auf mich warten.«

Es entstand ein kurze Pause, dann sagte der Journalist. »Sie sagen mir alles, was Sie wissen? Und ich darf es drucken?«

»Zumindest das, was ich Ihnen sagen kann, ja«, versprach Max.

»Oh nein, darauf lasse ich mich nicht ein. Ich möchte alles wissen, mit Namen und allem, was dazugehört. Was ist das denn sonst für eine Nachricht? Ich habe meinem Chefredakteur *die* Story versprochen. Ganz nahe am Ermittler und exklusiv.«

»Wir hatten vereinbart, dass Sie von mir die Infos erhalten, die ich Ihnen geben kann, und Sie nichts drucken, was ich nicht freigebe.«

»Haben wir das? Wie auch immer. Ich höre mir jetzt an, was mein Informant zu sagen hat. Kann gut sein, dass ich dann eh mehr weiß als Sie.«

»Verdammt nochmal«, entfuhr es Max. »Ich habe keine Lust und keine Zeit, jetzt mit Ihnen zu diskutieren.«

Wieder eine kurze Pause. »Wir müssen ja nicht diskutieren, aber so läuft das nicht. Das ist mir zu einseitig. Ich treffe mich jetzt mit dem Mann und erzähle Ihnen anschließend ebenfalls nur so viel von dem Gespräch, wie ich kann. Es sei denn, ich erfahre von Ihnen alles, was Sie wissen, und wir spielen beide mit offenen Karten und basteln daraus eine Megastory.«

Max biss sich in die geballte Faust. Sein Verstand arbeitete auf Hochtouren.

Es war möglich, dass sich Marvin in Osterkamps Gewalt befand, falls der Staatsanwalt tatsächlich *MichaelMt186* war. Ebenso gut konnte es aber auch sein, dass *MichaelMt186* jemand anderes war, dem Osterkamp lediglich Max' Namen verraten und der Marvins gefakten Fall eingestellt hatte.

Wenn dieser Mann, von dem Willms berichtete, tatsächlich beobachtet hatte, wie Marvin in ein Auto gezerrt worden war, und nähere Angaben dazu machen konnte, dann könnten das die wichtigsten Informationen sein, die sie bisher zu dem Fall bekommen hatten, und ihn direkt zum Täter führen. Und damit zu Lara Albrecht und Marvin.

»Also gut, ich sage Ihnen alles, was ich weiß«, log Max widerstrebend. »Aber ich möchte bei dem Treffen dabei sein. Das müssen Sie irgendwie hinkriegen. Wo treffen Sie sich mit ihm?«

»Wo sind Sie?«

»Noch etwa eine Viertelstunde vom Büro entfernt«, wich Max aus. »Und Sie?«

»Ich habe gerade jemanden im St.-Martinus-Krankenhaus besucht, als der Anruf kam. Das ist nicht weit von Ihrem Büro entfernt. Ich stehe dort im Parkhaus, unterste Etage. Kommen Sie her. Ich versuche in der Zwischenzeit, meinen Informanten zu erreichen und ihn davon zu überzeugen, dass wir zu zweit an der Story arbeiten.«

»Wir können uns ebenso gut gleich dort treffen, wo Sie sich mit dem Mann verabredet haben.«

»Nein! Wenn wir mit zwei Autos auftauchen, ist er weg, bevor wir ausgestiegen sind. Auch wenn er weiß, dass wir zu zweit kommen. Zwei Autos bedeuten aus seiner Sicht doppelte Gefahr.«

»Okay. Ich bin in zehn Minuten da.«

»Gut.«

Max legte auf und wählte die Nummer von Böhmer.

»Und? Haben deine Kollegen im Haus der Staatsanwältin was gefunden?«

»Gib Ihnen eine Chance, Max. Wenn es so wäre, hätte ich dich schon informiert.«

»Okay, ja, ich weiß, entschuldige. Ich wollte dir nur schnell erzählen, dass ich gerade einen Anruf von einem Redakteur der POST hatte, den ich auf unserer Eröffnungsfeier kennengelernt habe.«

»Und? Du hast ihm hoffentlich keine Infos gegeben.«

»Nein, darum ging es nicht.« Max berichtete Böhmer von dem Treffen mit Willms' Informanten und versprach, ihn anschließend zu informieren, dann legten sie auf.

Während der restlichen Fahrt kreisten Max' Gedanken um Marvin und Lara Albrecht, die entführte junge Frau aus Aachen. Der Entführer hatte sie seit mehr als vierundzwanzig Stunden in seiner Gewalt. Niemand konnte wissen, was er schon mit ihr angestellt hatte. Max mochte sich gar nicht ausmalen, wie es Lara ging. Noch schlimmer war der Gedanke an Marvin. Wenn der Täter Marvin wirklich in seine Gewalt gebracht hatte, dann musste Max damit rechnen, dass sein Partner nicht mehr am Leben war. Der Gedanke daran versetzte Max einen Stich. Er musste diesen Dreckskerl so schnell wie möglich erwischen. Und je nachdem, was bei diesem Treffen mit dem Informanten herauskam, würde er Osterkamp in die Mangel nehmen.

Als Max ins Parkhaus des St.-Martinus-Krankenhauses einbog, sah er den Journalisten sofort. Er lehnte an der

Motorhaube eines etwas älteren VW Golf und richtete sich auf, als er Max erkannte.

Max stellte seinen Wagen auf einen der freien Plätze daneben und stieg aus.

»Kommen Sie«, sagte Willms, »die Sache ist hochbrisant.«

Nachdem Max auf dem Beifahrersitz des Golfs saß, fragte er: »Haben Sie Ihren Informanten erreicht?«

»Ja.«

»Und? Ist es okay, wenn ich mitkomme?«

»Ich habe nichts davon gesagt.«

»Warum, verdammt?«

Willms sah zu ihm hinüber und startete den Motor. »Ich sagte doch gerade, die Sache ist hochbrisant. Mein Informant verlangt dieses Mal den doppelten Preis. Als ich wissen wollte, warum, sagte er, weil er mittlerweile sicher ist, dass der Entführer jemand ist, der eigentlich zu den Guten gehört.«

»Was?«, stieß Max aus. »Woher weiß er das?«

»Mehr hat er nicht gesagt.« Willms manövrierte den Wagen aus der Parklücke und fuhr los.

»Haben Sie Bargeld dabei? Sonst müssen wir zum Geldautomaten. Ich hoffe doch, Sie beteiligen sich.«

»Wie viel will er?«

»Er bekommt normalerweise für gute Infos dreihundert. Die müsste dann jetzt jeder von uns hinlegen.«

»Ich denke, zweihundert habe ich dabei«, sagte Max.

Willms nickte und fuhr los. »Das passt, ich lege den Rest drauf.«

Max sah nachdenklich aus dem Fenster. *Dass der Entführer jemand ist, der eigentlich zu den Guten gehört ...* Max dachte an das Naheliegendste: an Staatsanwalt Osterkamp. Er war jemand, der *eigentlich* zu den Guten gehören sollte. Dass dem nicht so war, schien mittlerweile offensichtlich, und letztendlich würde sich damit bestätigen, was Max sowieso schon in Betracht gezogen hatte. Aber wie sollte dieser Informant, dessen Lebensmittelpunkt die Straße war, einen Staatsanwalt wie Osterkamp erkennen? Weil er schon mal vor Gericht gestanden und ihn dort gesehen hatte, gab Max sich selbst die Antwort.

»Was macht Ihr Informant denn so auf der Straße?«

»Er hat mit Drogen zu tun und kennt sich in der Szene gut aus. Eigentlich ist das das Hauptthema zwischen uns.«

Bevor Max weitergrübeln konnte, fuhr Willms fort: »Sobald wir dort sind, werden Sie sich ducken und im Auto bleiben müssen, wenn ich aussteige. Er darf Sie nicht sehen.«

»Was soll das denn jetzt? So hatten wir das nicht abgesprochen. Auch wenn angeblich einer der *Guten* involviert ist, können Sie doch trotzdem einen Kollegen haben, der mit Ihnen an der Story schreibt.«

Willms warf ihm einen kurzen Blick zu, bevor er sich wieder auf die Straße konzentrierte. »Ist Ihnen klar, dass Ihr Foto gerade bei uns in der POST abgedruckt war? Denken Sie, diese Leute lesen keine Zeitung? Sie waren Polizist, und zwar einer der bekanntesten in Düsseldorf. Und jetzt will mein Informant mir Infos über jemanden geben, der eigentlich zur guten Seite gehört. Könnte auch ein Polizist sein, oder?«

Max antwortete nicht darauf, aber als er an den Informanten dachte, schoss ihm plötzlich ein Gedanke in den Kopf, der alles, was er bisher geglaubt hatte, noch einmal durcheinanderwirbelte.

40

Sie hatten den Rhein in Richtung Neuss überquert und befanden sich nun in einem Gebiet, das Max nicht kannte. Als Willms abbremste und langsam weiterfuhr, sagte er: »Wir sind gleich da. Ducken Sie sich. Und das Geld brauche ich noch.«

Max fingerte sein Portemonnaie aus der Jacke und reichte Willms alle Scheine, die sich darin befanden. »Hier, das müssten ungefähr zweihundert sein.«

Willms nahm das Geld und stopfte es achtlos in die Tasche.

»Und jetzt runter mit Ihnen.«

Max blickte noch einmal nach vorn und sah, dass sie auf ein großes graues Gebäude zufuhren, das ihn an ein Stellwerk erinnerte. Als Willms zischte: »Los jetzt!«, rutschte er auf dem Sitz nach vorn und drehte den Oberkörper zur Seite, bis er schräg halb auf dem Sitz und halb im Fußraum hing und man ihn von außen sicher nicht mehr sehen konnte.

Willms brachte den Wagen zum Stehen und sagte leise: »Bis gleich.« Dann stieg er aus. Bevor er die Tür zuschlug, warf er sein Handy auf den Fahrersitz.

Nachdem seine Schritte nicht mehr zu hören waren,

wurde es still um Max. Seine Gedanken kehrten wieder zu Willms' Informanten zurück, zu dem, was dieser gesagt hatte und in welchem Milieu er sich herumtrieb. Aber die Schlussfolgerung, die sich daraus ergab, wollte er nicht glauben. Nein, er war sogar recht sicher, dass das unmöglich war. Osterkamp *musste* der Täter sein, weil einfach *alles* gegen ihn sprach.

Eine Krähe schimpfte krächzend in der Nähe des Autos und lenkte Max für einen Moment ab. Doch gleich darauf kehrten seine Gedanken wieder zurück zu dem Fall und wanderten weiter zu Marvin.

Ihr erster gemeinsamer Auftrag gestaltete sich nicht gerade positiv für seinen neuen Partner. Max hoffte inständig, dass Marvin noch am Leben war und es ihm gut ging, und er stellte sich die Frage, was er andernfalls tun würde. Würde er ihre Firma allein weiterbetreiben? Sich einen neuen Partner suchen?

Im nächsten Moment schalt er sich einen Narren, dass er sich in dieser Situation Gedanken um einen eventuellen Nachfolger für Marvin machte. Marvin lebte noch, basta. Er *musste* noch leben.

Nach geschätzten zehn Minuten kam Willms zurück und stieg ins Auto.

»Und?«, fragte Max, blieb aber trotz der Schmerzen, die ihm seine verdrehte Stellung mittlerweile bereitete, in Deckung.

»Er ist bereit, sich mit Ihnen zu unterhalten«, erklärte Willms mit gedämpfter Stimme. Ächzend richtete Max sich umständlich auf.

»Alles okay?«, fragte Willms.

»Ja, es war nur verdammt unbequem.« Er drückte den Rücken durch. »Was haben Sie ihm gesagt?«

»Dass Sie früher Bulle waren, aber den Laden verlassen haben, weil Sie dort unzufrieden waren. Und dass ich mich für Sie verbürge.«

»Gut, danke. Hat er schon gesagt, wen er glaubt, erkannt zu haben?«

»Ja. Aber er möchte es Ihnen als ehemaligem Polizisten selbst sagen. Ich denke, wir sollten jetzt gehen, sonst ist er weg. Er schien sehr nervös zu sein. Ach, und Ihr Handy müssen Sie hierlassen.«

»Warum denn das?«

»Weil er es so möchte. Vielleicht wegen Gesprächsaufzeichnungen oder Handyortungen, was weiß ich. Ich habe nie danach gefragt.«

»Wie kann er wissen, ob ich ein Handy dabeihabe?«

Willms zuckte mit den Schultern. »Er tastet Sie ab.«

Max wollte noch etwas entgegnen, dachte aber an Marvin und Lara und warf sein Handy in die Mittelkonsole.

Dann stiegen sie aus dem Auto aus und gingen auf das große Gebäude zu, das offenbar tatsächlich zum Bahngelände gehörte.

Sie hatten den Eingang, der im schwachen Mondlicht wie ein geöffnetes schwarzes Maul wirkte, gerade erreicht, als hinter ihnen schnelle Schritte zu hören waren.

Dann rief jemand: »Warten Sie!«, und noch während Max sich umdrehte, ahnte er, um wen es sich handelte.

»Herr Weiß«, sagte er, als der ehemalige Polizist auf

sie zukam. Bevor Weiß so nahe war, dass er sie hören konnte, flüsterte Willms Max zu: »Das ist er. Er hat Ihren Partner entführt.«

Fast hätte Max aufgestöhnt. Das konnte, das durfte doch nicht wahr sein. Was er sich bereits zusammengereimt hatte, aber nicht hatte glauben wollen, bewahrheitete sich jetzt. Der Informant war in der Drogenszene unterwegs. Weiß war bis zu seinem Ausscheiden bei der Drogenfahndung gewesen. Es war logisch, dass die beiden sich schon begegnet waren und der Informant Weiß erkannt hatte. Dann Weiß' psychische Probleme, der schmerzliche Verlust seines Sohnes, seine permanente Anwesenheit auf *Infamia* … es passte alles so perfekt zusammen, dass Max sich selbst hätte ohrfeigen können, weil er sich auf seine Gefühle verlassen hatte, statt eins und eins zusammenzuzählen. Seine Menschenkenntnis hatte ihn offenbar vollkommen im Stich gelassen.

»Herr Weiß, was tun Sie denn hier?«, fragte Max betont verwundert.

Weiß blieb etwa drei Meter vor ihnen stehen und zuckte mit den Schultern. »Ich hatte doch gesagt, ich helfe Ihnen auch unentgeltlich. Ich stehe zu meinem Wort.«

»Und da schleichen Sie nachts hier herum? Sind Sie uns gefolgt?«

»Ich bin *Ihnen* gefolgt, Herr Bischoff, und das, seit ich mitbekommen habe, dass Herr Wagner verschwunden ist.«

»Ah, verstehe! Wie haben Sie davon erfahren? Das weiß doch kaum jemand.«

»Von Kai Weinand. Er hat mich auf dem Laufenden gehalten.«

Max stieß innerlich einen Fluch aus, dass er dem Friseur derart freie Hand gelassen hatte. Das rächte sich nun.

»Ich denke, ich muss mit Herrn Weinand mal ein Wörtchen reden. Er scheint doch recht mitteilsam zu sein.«

»Er möchte nur, dass Ihnen nichts passiert.«

Was aber aller Wahrscheinlichkeit nach nicht funktioniert hat, dachte Max und überlegte fieberhaft, wie er diese Situation retten konnte. Sein Handy lag im Auto, genau wie das von Willms. Blieb noch der Informant. Aber wenn Max die Situation richtig einschätzte, war der mit der Ankunft von Weiß getürmt.

Blieb erst einmal zu hoffen, dass Weiß keine Waffe dabeihatte, obwohl das Max sehr gewundert hätte. Er musste es also mit Reden versuchen.

»Wo wollen Sie eigentlich hin?«, wollte Weiß wissen, und die Tatsache, dass er nicht danach fragte, wer Willms war, konnte bedeuten, dass er sich auch schon für den Redakteur der POST interessiert hatte.

»Dort drin wartet jemand auf uns, der uns Informationen zum Verschwinden meines Partners Marvin Wagner geben kann«, erklärte Max. Vielleicht hielt die Anwesenheit einer dritten Person Weiß davon ab, das zu tun, was immer er vorhatte.

»Wo Sie schon mal hier sind und mir helfen wollen, kommen Sie mit?«

Weiß' Blick richtete sich auf Willms, dann wieder auf Max. »Sicher, warum nicht.«

Max fiel auf, dass der ehemalige Hauptkommissar anders wirkte als sonst. Angespannter.

»Also los, gehen wir.« Max deutete auf den dunklen Eingang. »Kommen Sie.«

Wenn er es schaffte, Weiß in seine Nähe zu bekommen oder vielleicht sogar vorausgehen zu lassen, bot sich eventuell eine Möglichkeit, ihn zu überwältigen.

Als sich der Ex-Polizist näherte, entdeckte Max unter der geöffneten Steppjacke den Griff einer Pistole. Ein schneller Blick zu Willms zeigte ihm, dass dieser es auch gesehen hatte und die Augen verdrehte. Max konnte sich in dieser Situation kaum auf die Hilfe des Journalisten verlassen. Der mochte sich vielleicht hier und da mit halbseidenen Gestalten treffen, aber der Gefahr, von einem Wahnsinnigen umgebracht zu werden, war er sicher zum ersten Mal ausgesetzt.

»Wer ist das denn, der dort drin auf Sie wartet?« Weiß wandte sich zum ersten Mal an Willms.

»Ich bin Journalist, und das ist einer meiner Informanten.«

»Und um welche Information geht es? Hat er schon Näheres darüber gesagt?«

»Nein, das wissen wir noch nicht«, übernahm Max, bevor Willms etwas erwidern konnte, das Weiß vielleicht zum Handeln zwang.

Sie durchschritten den Eingang der Halle. Zum Glück war es nicht stockdunkel, da durch einige Lücken im Dach das Mondlicht hereinfallen konnte und genügend Helligkeit spendete, um Gegenstände auf dem Boden schemenhaft erkennen zu können.

»Wo ist er denn?«, fragte Weiß, und Max befürchtete, dass er ahnte, dass der potenzielle Zeuge, der ihn bisher davon abgehalten hatte, seinen Plan in die Tat umzusetzen, nicht mehr da war. »Wie es scheint, ist niemand hier.«

»Es ist noch ein Stück«, sagte Max, dann brach plötzlich Chaos aus. »Vorsicht!«, rief hinter ihm Willms, dann nahm Max aus den Augenwinkeln eine ruckartige Bewegung von Weiß wahr. Es folgte ein Scharren und Kratzen und anschließend ein Geräusch, das Max lange nicht vergessen würde.

Weiß neben ihm stöhnte auf und fiel wie ein Sack vornüber zu Boden, wo er reglos liegen blieb.

»Oh Gott!«, stieß Willms, der immer noch hinter Max war, aus. »Ich … mein Gott, ich hoffe …«

Max bückte sich und tastete nach Weiß' Arm und nach seiner rechten Hand, in der sich die Pistole befand.

»Ich … ich habe gesehen, dass er nach der Waffe gegriffen hat«, stotterte Willms. »Da hat etwas in mir ausgesetzt. Ich … mein Gott, ich hatte solche Angst, ich dachte, wenn ich jetzt nichts tue, sind wir beide tot, es tut mir leid, ich wollte nicht … ist er … ich meine … aber was sollte ich denn machen?«

Max berührte Weiß' Kopf und spürte eine weiche, von harten Splittern durchsetzte Masse am Hinterkopf.

»Womit haben Sie zugeschlagen?«

»Mit einem Stein, der da am Boden lag.«

Nachdem Max zwei Finger auf Weiß' Halsschlagader gelegt hatte, richtete er sich wieder auf, zog mit der sauberen Hand eine Packung Papiertaschentücher aus der Jackentasche und wischte sich Karl Weiß' Hirnmasse von der Hand, darum bemüht, sich nicht zu übergeben.

»Auf jeden Fall haben Sie kräftig zugeschlagen. Er ist tot.«

»Oh Gott! Ich hatte solche Angst«, wiederholte Willms.

»Sie haben eine beachtliche Reaktionsgeschwindigkeit.«

»Ich wusste, wenn ich nichts tue …«

»Ja. Nur werden wir jetzt nicht mehr von ihm erfahren können, wo er die junge Frau und meinen Partner versteckt hat.«

»Das … tut mir leid, aber …«

Als Willms zu schluchzen begann, klopfte Max ihm auf die Schulter. »Gehen wir zurück zum Auto und rufen die Polizei.«

41

»Verdammte Scheiße!«, sagte Böhmer, während sie im Licht der aufgebauten Scheinwerfer dabei zusahen, wie Weiß' Körper in einen Zinksarg gelegt und dann zum Leichenwagen geschoben wurde. Er strich sich über den gepflegten, kurzgeschorenen Bart. »Die Kollegen von der Kriminaltechnik sind schon in seiner Wohnung und drehen dort alles auf links auf der Suche nach einem Hinweis. Seine Ex-Kollegen werden gerade befragt. Vielleicht hat er irgendwo noch ein Wochenendhaus oder irgendeinen Ort, der in Frage käme, um jemanden zu verstecken.« Er wandte sich Max direkt zu. »Wir finden die beiden, Partner.«

Max nickte. »Die Frage ist, wie schnell. Was ist mit Willms?«

»Der ist auf dem Weg ins Krankenhaus. Hat wohl einen Schock.«

»Ich muss schnellstmöglich mit ihm reden«, erklärte Max. »Ich muss wissen, wer dieser Informant ist, damit ich ihn befragen kann. Vielleicht weiß er ja irgendwas, das uns weiterbringt.«

Böhmer legte Max eine Hand auf die Schulter. »Dann lass uns mal aufbrechen. Das machen wir zusammen.«

Als sie den Wagen erreichten, sagte Böhmer: »Wo ist überhaupt dein Auto?«

»In einem Parkhaus. Da steht es gut für die Nacht.«

Während der Fahrt redeten sie nicht viel. In Max' Kopf wirbelten die Gedanken durcheinander. Einerseits konnte er sich glücklich schätzen, einer bedrohlichen Situation entkommen zu sein, andererseits fiel es ihm schwer zu akzeptieren, wie kolossal er sich in puncto Karl Weiß geirrt hatte. Ein Irrtum, der vielleicht eine junge Frau und seinen Partner das Leben kostete.

»Du machst dir Vorwürfe, stimmt's?«, fragte Böhmer nach einer Weile.

»Ja«, gab Max zu. »Ich hätte es sehen müssen.«

»Was?«

»Dass vieles an der Person Karl Weiß zum Profil des Täters passte.« Er sah Böhmer an. »Ich habe wie so oft auf meinen Instinkt vertraut, und der hat mich dieses Mal im Stich gelassen. Für mich lediglich eine bittere Erkenntnis, für meinen Partner und Lara Albrecht aber vielleicht das Todesurteil.«

»Wir haben alle unser Bestes gegeben, auch du. Aber du bist doch keine Maschine, sondern immer noch ein Mensch.«

»Ich weiß, Horst. Aber das nimmt mir nicht dieses taube Gefühl.«

Dietmar Willms war ins St.-Martinus-Krankenhaus gebracht worden, ausgerechnet jene Klinik, in deren Parkhaus Max sein Auto abgestellt hatte.

Als sie zwanzig Minuten später dort eintrafen, waren die Besuchszeiten längst vorüber, und der junge Mann hinter dem Tresen gab ihnen die Zimmernummer von Willms erst, als Böhmer seinen Dienstausweis vorzeigte.

Willms hatte ein Einzelzimmer in der zweiten Etage. Auf dem Flur neben der Zimmertür saß ein Beamter auf einem Stuhl und blickte ihnen müde entgegen.

»Warum sitzt der Polizist dort?«, fragte Max, obwohl er sich die Frage selbst hätte beantworten können.

»Was ist das denn für eine Frage? Willms hat einen Menschen getötet, und solange die Ermittlungen laufen, wird er nicht allein gelassen.«

»Ja, natürlich.« Max musste sich eingestehen, dass er gerade nicht auf der Höhe war.

Als sie nach dem Anklopfen den Raum betraten, lag Willms mit geschlossenen Augen im Bett. Erst als sie näher kamen, öffnete er die Augen und wandte ihnen den Kopf zu.

»Haben Sie geschlafen?«

»Nein. Ich denke, ich werde eine Weile Probleme haben einzuschlafen. Ich höre immer noch dieses Geräusch von seinem Kopf, als …«

Ich auch, dachte Max und blieb neben dem Bett stehen.

»Herr Willms, ich mache es kurz«, sagte er mit ruhiger Stimme. »Ich muss mich mit Ihrem Informanten unterhalten. Vielleicht kann er mir noch irgendetwas sagen, das uns dabei hilft, den Aufenthaltsort der jungen Frau und meines Partners zu finden.«

Willms schüttelte wie in Zeitlupe den Kopf. »Da sehe ich schwarz. Ich habe schon mehrfach versucht, ihn zu erreichen. Keine Chance. Ich befürchte, er ist abgetaucht.«

»Wissen Sie denn seinen Namen?«

»Tom!«

»Tom, und weiter?«

»Keine Ahnung. Diese Leute geben ihre Namen oder Adressen nicht preis.«

»Gibt es denn andere Informanten von Ihnen, die diesen Tom vielleicht kennen könnten?«, erkundigte sich Böhmer in sachlichem Ton.

»Nicht dass ich wüsste.«

»Das bedeutet, Sie arbeiten mit Leuten zusammen, die in der Drogenszene aktiv sind und auf- und abtauchen, wie es ihnen beliebt.«

»Ja, weil sie mir Informationen geben, an die ich sonst nicht rankäme.«

»Und manchmal sind das auch Informationen zu strafbaren Handlungen, oder? Informationen, die Sie aber nicht an die Polizei weitergeben.«

»Okay, lassen wir's gut sein für heute«, ging Max dazwischen. »Und danke, dass Sie so schnell reagiert haben. Damit haben Sie wahrscheinlich uns beiden das Leben gerettet.«

Als sie das Zimmer verlassen hatten, sagte Max an Böhmer gewandt: »Was war das dadrin gerade, Horst?«

»Was meinst du?«

»Du bist Willms recht schroff angegangen.«

Böhmer zuckte mit den Schultern. »Er hat einen Kollegen umgebracht.«

»Einen Kollegen, der ein irrer Mörder war.«

Ohne ihn anzusehen, sagte Böhmer: »Bist du da ganz sicher?«

Alle Fakten sprachen dafür, aber verrückterweise war Max tatsächlich nicht zu einhundert Prozent davon überzeugt, wenn er tief in sich hineinhörte. Dieser Zwiespalt fraß ihn innerlich fast auf.

»Ich war selten so ratlos«, wich er aus. »Wo sollen wir jetzt noch nach Marvin und Lara Albrecht suchen?«

Die Aufzugtüren glitten mit einem Summen auseinander, und sie traten ein.

»Wir tun alles Menschenmögliche, Max, aber … du weißt, wie gering die Wahrscheinlichkeit ist, dass wir die beiden finden.«

»Ja, ich weiß«, sagte Max und empfand eine Leere in sich, die einem schwarzen Loch glich, das seine gesamte Energie verschluckte.

Als der Aufzug im Erdgeschoss ankam, schlug Böhmer sich vor die Stirn und sagte: »Verdammt, ich hab was vergessen. Ich werde wohl wirklich langsam alt.«

»Was denn?«

»Ich muss Willms noch nach dem genauen Tathergang befragen.«

»Es ist schon spät, das kannst du doch auch morgen machen. Es ist ja jetzt nicht so, dass er unter Mordverdacht steht. Ich war schließlich dabei.«

»Du weißt, dass man solche Befragungen so schnell

wie möglich nach dem Geschehen durchführen soll. Wenn die Erinnerung noch frisch ist. Morgen hat er vielleicht schon die eine oder andere Kleinigkeit vergessen.«

Als sie zwei Minuten später das Zimmer erneut betraten, sah Willms sie überrascht an.

»Ich habe vergessen, Sie nach dem Hergang des Geschehens zu fragen«, erklärte Böhmer und trat ans Bett, wo er sein Handy herausnahm, ein paarmal darauf herumtippte und es dann auf dem Nachttisch neben einer Schnabeltasse ablegte, die dort stand.

»Also, erzählen Sie bitte genau, was heute Abend passiert ist.«

Willms schilderte den Hergang, wie Max ihn auch erlebt hatte. Dass er gesehen hatte, wie Weiß nach seiner Waffe griff, und aus Panik den Stein vom Boden aufhob und damit zuschlug, bevor Weiß Max und ihn erschießen konnte.

Als er fertig war, sah Böhmer Max an, der zur Bestätigung, dass alles so abgelaufen war, mit den Schultern zuckte und nickte.

Willms hustete mehrmals. Max ging zu dem Nachtschränkchen, nahm die Schnabeltasse und reichte sie ihm. Willms griff danach, und in dem Moment, als Max die Tasse losließ, glitt sie dem Journalisten aus der Hand und landete auf der Bettdecke.

»Oh, sorry!«, stieß Max reflexartig aus, doch Willms winkte ab. »Alles okay. Das sind meine tauben Fingerkuppen. Ich hab sie mir als Kind abgeschabt und seitdem kein Gefühl mehr darin. So was passiert mir öfter.«

Max wandte sich mit einem Ruck ab und schaffte es gerade noch zu sagen: »Okay, ich warte draußen«, dann verließ er den Raum. Als er die Tür hinter sich geschlossen hatte, lehnte er sich unter dem fragenden Blick des Polizeibeamten gegen die Wand und spürte, wie ihm die Kraft aus den Beinen wich. Langsam ließ er sich an dem kalten Putz hinabgleiten, bis er auf dem Boden saß und den Kopf in die Hände stützte.

Gleich darauf kam Böhmer heraus und blieb vor ihm stehen. »Was ist los, Max? Geht es dir nicht gut?«

Max sah zu Horst auf, stemmte sich hoch und sagte: »Wir haben uns getäuscht. Willms ist unser Mann.«

42

»Normalerweise würde ich dich fragen, ob du verrückt geworden bist, aber … schieß los.«

»Seine Hand«, erklärte Max. »Die tauben Fingerkuppen. Es gibt einen älteren Forumseintrag vom Täter, in dem er beschreibt, wie er verschüttet worden ist und mit den bloßen Fingern versucht hat, sich freizuschaufeln. Er beschreibt, dass er sich das Fleisch bis auf die Knochen abgeschabt hat und die Fingerkuppen seitdem taub sind. Wie bei Willms. Er ist es, Horst, ich bin mir absolut sicher.«

»Okay.« Böhmer wandte sich an den Beamten, der auf dem Stuhl saß. »Sie lassen niemanden mehr hier rein oder raus. Ich schicke Ihnen gleich noch Verstärkung.« Dann an Max gewandt: »Auf geht's. Weißt du, wo der Knabe wohnt?«

»Nein, aber das ist ja rauszufinden. Ich habe die Telefonnummer einer Kollegin von ihm.«

Als sie das Krankenhaus verließen, hatte Max Noemi Grundhöfer am Telefon und erzählte ihr von einem Besuch, den er Willms abstatten wollte. Kurz darauf hatte er seine Adresse.

Eine halbe Stunde später brachen Beamte des SEK die

Haustür von Willms' altem Haus auf, das sehr renovierungsbedürftig war und ähnlich wie das von Osterkamp ein wenig abseits stand. Nach zwei Minuten hatten sie im Keller die verschlossene Stahltür entdeckt. Es dauerte weitere zehn Minuten, bis Spezialwerkzeug geholt worden war, mit dem die Tür aufgebrochen werden konnte. Als sie mit einem lauten Krachen aufflog, stürmten zwei schwerbewaffnete Beamten in den Raum, sahen sich um und nickten dann in Richtung Böhmer und Max. »Alles klar, sie sind hier«, sagte einer der beiden mit gedämpfter Stimme.

Als Max hinter Böhmer den Raum betrat, fiel sein Blick als Erstes auf die nackte junge Frau, die zusammengekauert auf dem Boden lag und ihnen ängstlich entgegenstarrte. Dann schaute er hinüber zu Marvin, der, die Hände hinter dem Rücken an ein Rohr gefesselt, ebenfalls auf dem Boden saß und offensichtlich einigermaßen wohlauf war. Zumindest konnte Max keine Verletzungen erkennen. Während Böhmer sich zusammen mit einer Beamtin um die Frau kümmerte, ging Max zu Marvin und sagte: »Alles okay bei dir, Partner?«

»Ja. Sieht man von der menschlichen Enttäuschung ab, wie lange es gedauert hat, bis du mich befreist. Daran sollten wir arbeiten.«

EPILOG

ACHT TAGE SPÄTER

»Mein Gott«, sagte Kirsten, als Max geendet hatte, und ließ sich in das Kissen zurücksinken. »Man kann dich wirklich nicht allein lassen. Was ist mit der jungen Frau? Wie geht es ihr?«

»Es wird eine Weile dauern, bis sie wieder fit ist, und es werden unschöne Narben auf ihrem Rücken zurückbleiben, aber sie hat überlebt und erholt sich recht gut. Marvin ist wie eh und je und geht mir wie immer auf die Nerven.«

»Aber was war denn jetzt mit dem Journalisten? Ist er wirklich verschüttet worden?«

»Ja, tatsächlich, als Kind. Er ist in den Hohlräumen eines gesprengten Weltkriegsbunkers herumgeklettert, und die sind eingestürzt. Es hat drei Tage gedauert, bis man ihn gefunden und rausgeholt hat. In diesen drei Tagen ist einiges mit ihm geschehen, was seine Schizophrenie ausgelöst hat. Lange Zeit ist sie gar nicht aufgefallen, weil er es tatsächlich geschafft hat, diese Schübe immer besser zu steuern. Als Erwachsener war es dann wohl so, dass er sich freiwillig seinen Halluzinationen hingegeben hat, wenn er gespürt hat, dass ein Schub kommt, oder aber er hat sich dagegen gewehrt, dann konnte er ihn zumindest eine Weile unterdrücken. Das ist der Grund, warum niemandem aufgefallen ist, was mit ihm los ist.«

»Und er hat wirklich gedacht, Gott spricht zu ihm?«

»Ja. Und das war ihm auch in seinen normalen Phasen bewusst. Er ist hyperintelligent, aber er war auch in seinen klaren Episoden davon überzeugt, dass er Gottes Auserwählter ist, auch wenn er dann dessen Stimme nicht gehört hat.«

»Das ist ja gruselig.«

»Das kann man wohl sagen. Marvin meinte, eine Schizophrenie mit solchen Ausprägungen hat er noch nie erlebt.«

»Dass er Marvin entführt hat, verstehe ich aber nicht.«

»Vanessa Lauter hat zwar den falschen Fall, der Marvin betroffen hat, gelöscht, aber das hat Willms als einen Akt des Teufels angesehen, der seinen besonders treuen Gefolgsmann schützen wollte. Also ist er ihm von unserem Büro aus zum Haus von Vanessa Lauter gefolgt und hat ihn zu seinem Auto gerufen: Das hat funktioniert, weil Marvin ihn ja kannte. Als Marvin sich zu ihm hinunterbeugte, hat er ihm ein schnellwirkendes Betäubungsmittel in den Arm gejagt.«

»Mein Gott, das ist ja wirklich verrückt. Und was war mit dem ehemaligen Polizisten, den Willms erschlagen hat?«

»Karl Weiß, der arme Kerl. Seinetwegen mache ich mir schlimme Vorwürfe. Er hat wohl in diesem Forum alle möglichen User kontaktiert und versucht, etwas über *MichaelMt186* herauszufinden. Staatsanwalt Osterkamp hat gestanden, Willms aka *MichaelMt186* diese Nachrichten zugespielt zu haben, und der hat seine Mission wohl durch Weiß gefährdet gesehen. Als er dann bemerkt hat, dass Weiß mir als unsichtbarer Beschützer folgte, nachdem er von Kai Weinand von Marvins Verschwinden erfahren hatte, hat er diesen cleveren Plan ausgeheckt, Weiß in eine Situation zu locken, in der er ihn – in meinem Beisein – umbringen konnte und es wie Notwehr aussehen würde. Weiß muss bemerkt haben, dass Willms einen Stein aufgehoben hat, und konnte daraufhin noch seine Waffe ziehen, bevor seine Schädeldecke zertrümmert wurde.«

»Wie schrecklich. Und was ist mit diesem Informanten?«

»Den hat es natürlich nie gegeben.«

»Das ist ja schon regelrecht teuflisch.«

»Ja, manchmal verlaufen die vermeintlichen Wege Gottes ganz dicht neben einer teuflischen Achterbahn.«

»Was ist mit Kai Weinand, dem Friseur? Hast du ihn wirklich in die Mangel genommen, weil er Karl Weiß von Marvins Verschwinden erzählt hat?«

»Nein, wie könnte ich? Unter dem Strich hatte Weinand in diesem Fall ein besseres Gespür als ich dafür, wem man trauen kann und wem nicht. Ich mag ihn, und er ist ein Meister der Recherche, wie sich herausgestellt hat.«

»Das glaube ich. Und? Wirst du noch mal mit ihm zusammenarbeiten?«

»Er ist zurück nach Trier, wo er seine Familie und sein Geschäft hat. Zudem ist er immer noch Knastfriseur. So was lässt man nicht sausen, um für zwei Privatermittler im Internet herumzuschnüffeln.«

Beide schmunzelten, bis Kirsten sagte: »Eines interessiert mich aber noch: Was passiert jetzt eigentlich mit den beiden Staatsanwälten?«

»Nun, nachdem wie befürchtet eine Wanze in einer Lampe in Vanessa Lauters Wohnzimmer gefunden wurde und tatsächlich Osterkamps Fingerabdrücke darauf waren, hat er schließlich zugegeben, *Infamia* gekapert und manipuliert zu haben. Dieses Geständnis wurde ihm positiv angerechnet. Negativ wurde bei der Staatsanwaltschaft allerdings seine Behauptung gewertet, dass Staatsanwältin Lauter die eigentliche Betreiberin der Seite gewesen sei und er das Passwort von ihr gestohlen habe. Man vermutet einen Racheakt aus verschmähter Liebe.«

»Horst und du, ihr ... habt sie gedeckt?«

Max grinste. »Jap!«

»Nicht zu glauben. Und? Marvin und die Staatsanwältin? Geht da was?«

Max zuckte mit den Schultern. »Sie haben sich seitdem nicht mehr getroffen.«

»Hm ... Und was passiert jetzt mit Osterkamp?«

»Man hat ihn rausgeschmissen, sowohl bei der Staatsanwaltschaft als auch aus der Anwaltskammer. Er wird sich einen neuen Job suchen müssen. Vielleicht als Administrator einer Website.« Max grinste. Dann stand er auf und küsste seine Schwester auf die Stirn.

»Aber jetzt verlasse ich dich. Nach diesem zweistündigen Erzählmarathon musst du dich ausruhen. Denk daran, morgen beginnen die ersten Stehversuche.«

»Ja, ich weiß«, sagte Kirsten, Tränen in den Augen.

»Du schaffst das, Schwesterlein. Ich bin da. Immer.«

Damit wandte er sich ab und verließ das Zimmer.

Als Max aus dem Münchener Krankenhaus ins Freie trat und tief die kalte, schneedurchsetzte Luft einatmete, klingelte sein Telefon. Es war Böhmer.

»Hallo, mein Freund«, meldete sich Max' Ex-Partner. »Wie geht es deiner Schwester?«

»Recht gut. Sie hat Angst, dass die OP umsonst gewesen sein könnte, was sie natürlich nie zugeben würde. Aber ich bin sehr zuversichtlich.«

»Das ist gut. Ich wollte dir nur sagen, dass Willms offensichtlich wieder einen Befehl von Gott bekommen hat.«

»Was meinst du?«

»Gott hat ihm wohl befohlen, sich selbst zu richten. Er ist tot.«

Eine Weile herrschte Stille, dann sagte Max: »Ist es verachtenswert, wenn ich sage, dass Gott der Menschheit damit einen Dienst erwiesen hat?«

»Willms war ein armer Hund, aber nein, verachtenswert ist es nicht. Vielleicht hat Gott dieses Mal wirklich zu ihm gesprochen.«

NACHWORT

Während einer Benefizveranstaltung im November 2023 versteigerte ich eine Figur für den vorliegenden Band der Mörderfinder-Reihe: Im Gegenzug für den höchsten gespendeten Betrag durfte sich der Spender einen Charakter ausdenken, der eine Nebenrolle in »Mörderfinder – Das Muster des Bösen« spielen sollte. Dabei gab es keinerlei Einschränkungen hinsichtlich Alter, Geschlecht oder Gesinnung.

Den Höchstbetrag spendete Kai Weinand, der in Trier zwei Friseursalons betreibt und zudem der Friseur der dortigen Justizvollzugsanstalt ist. Auf meine Frage während der Veranstaltung, ob er denn schon eine Idee für seine Romanfigur hätte, nickte er grinsend und sagte: »Ich selbst möchte mitspielen. Mit meinem richtigen Namen und meinem Beruf.«

Allein schon angesichts seiner Tätigkeit in der JVA Trier fand ich das auf Anhieb eine hervorragende Idee und stimmte erfreut zu.

So kam also ein Trierer Friseurmeister nach Düsseldorf, um Max und Marvin beim ersten Fall von *WaBi Investigations* zu unterstützen und seinen Teil zur Auflösung beizutragen.

Natürlich war es naheliegend, auch die JVA Trier einzubinden, und ich war begeistert, als die Leiterin der Einrichtung, Sabine Beckmann, sich ohne Zögern bereiterklärte, mir eine Führung durch die JVA zu geben, und sich außerdem die Zeit nahm, mir alle aufkommenden Fragen zu beantworten.

Mein ausdrücklicher Dank geht also an dieser Stelle an Kai Weinand und Sabine Beckmann für ihre Unterstützung. Die Zusammenarbeit hat mir großen Spaß gemacht.

WICHTIGES UPDATE

Der neue große Thriller von Arno Strobel
erscheint im **Herbst 2025**.

Wenn Sie über den genauen Erscheinungstermin
informiert werden möchten,
dann senden Sie eine E-Mail mit Ihrem Namen an
info@arno-strobel.de.

Sobald es Neuigkeiten gibt,
werden Sie umgehend benachrichtigt.

Arno Strobel / Ingo Bott
Gegenspieler
Bischoff und Pirlo ermitteln

Als einer der Partner der wegen der TaxEx-Steuersparmo-
delle in Verruf geratenen Starkanzlei *Müller & Mahler*
tot aufgefunden wird, glauben nicht alle an Suizid. Daraufhin soll Privatermittler Max Bischoff den Tod untersuchen
und erhält Unterstützung von Sophie Mahler, Tochter des
Gründungspartners Ernst Mahler und selbst aufstrebende
Strafverteidigerin. Sophies Kanzleipartner Anton Pirlo ist
entschieden dagegen, bis ihr Vater verhaftet wird und Pirlo seine Verteidigung übernimmt. Plötzlich findet er sich
auf derselben Seite wieder wie Bischoff. Und gemeinsam
schmieden sie einen gewagten Plan …

416 Seiten, Klappenbroschur
978-3-596-71048-5

Weitere Informationen finden Sie auf
www.fischerverlage.de